HERZENSKÜSSE AUF MALLORCA

LIEBESROMAN

CLEO LAVALLE

Liebe Leserinnen und Leser,
wenn Sie immer die Nase vorne haben und als Erste über neue Bücher, Gewinnspiele oder eine meiner vielen Aktionen informiert werden wollen, dann schicken Sie bitte eine Mail an
Cleo_Lavalle@yahoo.de
Mehr erfahren Sie, wenn Sie mir schreiben.
Bitte denken Sie daran, das BONUS-Kapitel bei mir anzufordern!

1

VIVIEN: SCHLAG INS GESICHT

Morgen ist mein letzter Arbeitstag! Ich kann kaum glauben, dass ich nur noch zweimal schlafen muss, bis ich ins Flugzeug steigen kann, um ans Meer zu kommen.

Das Meer ...

Wenn ich die Augen schließe, höre ich das sanfte Rauschen der Wellen, die über den Sand rollen und meine Fußspitzen kitzeln. Ich stelle mir vor, wie ich mich auf eine Decke an den Strand lege, Arme und Beine von mir strecke und mein Po sich eine gemütliche Kuhle in den warmen Sand drückt.

Ich werde frei sein!

Endlich werde ich tun und lassen können, wozu ich gerade Lust habe. Ganze vierzehn Tage lang, mein Jahresurlaub, den ich mir so was von verdient habe!

„Träumst du, Vivien?"

Erschrocken zucke ich zusammen. Meine Freundin Angelika steht vor mir.

„Ich bräuchte mal die Gästeliste der Reimann-Hochzeit."

„Habe sie dir gerade geschickt", antworte ich nickend und zeige auf meinen Bildschirm.

„Gehen wir heute Abend etwas trinken? Ich muss mal dringend raus. Mein Göttergatte geht mir gehörig auf die Nerven mit seinem Männerschnupfen“, fragt sie.

„Willst du das Risiko wirklich eingehen?“

„Risiko?“, wundert sie sich.

„Er könnte doch während deiner Abwesenheit das Zeitliche segnen“, entgegne ich grinsend.

„Ich denke, er wird es überleben.“

„Vor neun werde ich es aber nicht schaffen. Zu viel Arbeit“, erkläre ich.

„Kein Problem, dann kann ich in Ruhe die Kinder ins Bett bringen.“

Ich sehe auf die Uhr.

„Ups, ich muss ja weg. Frau Reimann abholen und mit ihr im *Waldschlösschen* das Hochzeitsmenü aussuchen.“

„Musst du nicht! Der Boss hat gesagt, ich soll das übernehmen.“

„Hä? Wieso?“, wundere ich mich. „Ich betreue diese Kundin doch.“

Das Telefon auf meinem Schreibtisch klingelt.

„Die Meisner“, stelle ich fest und verziehe mein Gesicht.

Frau Meisner ist unsere Sekretärin. Die einzige Kollegin, die sich nicht mit uns duzt, weil sie dafür eine zu wichtige Position in der Agentur innehat. Zumindest tut sie so.

„Sie sollen zum Chef kommen. Jetzt gleich“, blafft sie in ihrem üblichen Befehlston in mein Ohr und legt auf.

„Wie immer sehr freundlich“, motze ich. „Wir sehen uns später, Angelika. Die genaue Uhrzeit sage ich dir noch, ja? Die Adresse von Frau Reimann findest du auf der Gästeliste. Ich werde den Boss gleich mal fragen, warum *du* sie begleiten sollst.“

„Das würde mich aber auch mal interessieren. Mir hat er es nicht verraten.“

Neugierig, was er von mir will, mache ich mich auf den Weg zum Chef. Dazu muss ich nur ein Stück den Flur hinuntergehen und das Vorzimmer der Meisner durchqueren. Das ist aber nicht erlaubt, ohne dass sie ihr Okay gibt.

„Gehen Sie rein“, sagt sie, ohne den Kopf zu heben.

„Hi, Boss. Hier bin ich“, begrüße ich ihn, als ich die Tür öffne und sein Büro betrete. „Wieso soll Angelika plötzlich unsere Kundin Reimann betreuen?“, falle ich gleich mit der Tür ins Haus.

„Nimm bitte Platz“, antwortet er förmlich und wirft mir einen gereizten Blick zu.

In meinem Bauch macht sich ein unangenehmes Grummeln breit.

„Was ist denn los?“, frage ich.

„Ich habe dir etwas zu sagen, das dir nicht gefallen wird.“

Obwohl ich mir keiner Schuld bewusst bin, verstärkt sich das Bauchgrummeln.

„Aha?“

„Ich will nicht lange um den heißen Brei herumreden.“

Trotz seiner Ankündigung senkt er den Blick und betrachtet eingehend seine Fingernägel.

Jetzt red halt!, denke ich ungeduldig.

„Der Firma geht es schlecht. Wir haben zu wenig Aufträge!“, schießt es da auch schon aus ihm heraus. „So kann es nicht weitergehen!“

„*Was*?“, frage ich ungläubig. „Das kann ja gar nicht sein, wir haben doch erst den großen Auftrag von ...“

„Es ist aber so“, unterbricht er mich. „Ich muss Ballast abwerfen, damit es nicht noch schlimmer wird.“

„Und ... ähm ...“

Ich traue mich nicht, weiterzusprechen. Mein Herz klopft wild, während die schlimmsten Gedanken durch meinen Kopf schießen.

Weil mein Chef schon wieder seine Fingernägel mustert, als müsste er sich deren Form für alle Zeiten einprägen, nehme ich meinen ganzen Mut zusammen und spreche den Satz zu Ende.

„Ähm ... dieser Ballast ... ähm ... soll aber nicht *ich* sein?"

Mein Gott, wie sehr meine Stimme zittert.

„Vorläufig du und noch jemand anderes."

Ungläubig starre ich ihn an.

„Warum? Also ... ich meine, warum gerade ich?"

Da er nicht antwortet, sondern jetzt zur Abwechslung auf den Bildschirm seines Computers starrt, hole ich tief Luft und lege los.

„Seit Monaten laufe ich mir hier die Hacken ab, um Events unserer Kunden zu außergewöhnlichen Ereignissen zu machen, an die sie sich auch noch in hundert Jahren zurückerinnern sollen!", sage ich vorwurfsvoll. „Ich gehe auf dem Zahnfleisch, denn ich bin immer zur Stelle, wenn du mich rufst, egal, ob ich längst Feierabend habe, Wochenende ist oder ich schon auf dem Weg ins Bett bin."

Ich mache eine Pause, um ihm Gelegenheit zu geben, mir zu antworten. Aber sein Blick hängt weiterhin auf dem Bildschirm fest.

„Und zum Dank für meinen Einsatz willst du mich rauswerfen?"

Endlich wendet er sich mir zu. Sein Blick ist distanziert.

„Das kann nicht dein Ernst sein!", füge ich meinen Worten hinzu.

„Vivien, es tut mir leid. Aber du bist die Letzte, die zu uns gestoßen ist!"

„Ja, und? Habe ich nicht immer vollen Einsatz gebracht? Habe ich nicht alles pünktlichst erledigt, um sowohl dich als auch unsere Kunden zufriedenzustellen?", empöre ich mich.

„Ja, du bist eine Spitzenkraft. Zudem zuverlässig und loyal. Aber wir halten uns an den Sozialplan. Du hast keine Familie, die du versorgen musst. Deshalb bist du die Erste, von der wir uns trennen müssen.

Mit offenem Mund lausche ich seiner Erklärung.

„Der fehlende Mann und die Kinder, die ich noch nicht geboren habe ... das soll der Grund dafür sein, dass ich gefeuert werde? Was ist denn mit den beiden Faulenzern, die sich den ganzen Tag in der Teeküche herumdrücken?“, frage ich.

Ich muss ihm keine Namen nennen, da mein Boss, der genau genommen gar nicht mehr mein Boss ist, auch so weiß, wen ich meine.

„Einer von den beiden fliegt ebenfalls, damit der andere sich zukünftig zusammenreißt!“, erklärt er triumphierend.

„Soll es etwa ein Trost für mich sein, dass du mich mit denen auf eine Stufe stellst?“

„Es tut mir leid, Vivien. Aber die Entscheidung ist gefallen.“

Ich starre ihn an.

„Ist das dein letztes Wort?“, frage ich verzweifelt.

Er verzieht sein Gesicht, als hätte er in eine Zitrone gebissen und nickt.

„Es tut mir wirklich sehr leid, das kannst du mir glauben. Aber wie ich schon gesagt habe: Du bist als Letzte zu uns gestoßen und deshalb ist das auch mein letztes Wort.“

„Du wirfst also die *Spitzenkraft* raus, obwohl sie dir helfen könnte, die Agentur auf Vordermann zu bringen. Sehr logische Vorgehensweise“, sage ich in sarkastischem Tonfall.

Er zuckt nur mit den Schultern.

„Ich habe keine andere Wahl. Du wirst ab sofort freigestellt.“

Deshalb sollte also Angelika meinen Termin, der in einer halben Stunde stattfinden wird, übernehmen.

„Na, schönen Dank auch! Übermorgen will ich in Urlaub fliegen. Den hast du mir jetzt gründlich vermiest! Hättest wenigstens warten können, bis ich zurück bin.“

„Pflaster muss man schnell abreißen. Das weißt du doch.“

„Pfff“, mache ich nur, stehe auf und stapfe ohne ein weiteres Wort aus dem Zimmer.

Schlag die Tür nicht wütend zu!, ermahne ich mich, als ich die Klinke in der Hand halte. *Denk an dein Zeugnis.*

Doch so ganz habe ich mich nicht im Griff.

„Na, na!“, meint die Meisner, die bei dem Knall zusammengezuckt ist.

„Ja, ja!“, antworte ich nur, gehe an meinen Arbeitsplatz, der nun auch nicht mehr meiner ist, und suche meine persönlichen Dinge zusammen, um sie in die Handtasche zu stopfen.

Erst als ich alles eingepackt habe, fällt mein Blick auf den Briefumschlag mit dem Firmenlogo, der auf der Tastatur des Computers liegt und auf dem mein Name steht.

Für einen Augenblick habe ich die irrwitzige Idee, die Kündigung könnte nur ein schlechter Scherz sein. Ein Stresstest, vom Boss persönlich durchgeführt, um zu sehen, wie ich mit heiklen Situationen umgehe und ob ich dazu in der Lage bin, die Nerven zu behalten und freundlich zu bleiben.

Da wäre ich wohl eindeutig durchgefallen, denke ich und reiße den Umschlag auf.

Natürlich hätte mir klar sein müssen, dass es sich nur um die schriftliche Kündigung handeln kann. Aber die Tatsache, dass ich gerade meinen Job verloren habe, hat mir einen derartigen Schock versetzt, dass er mir die Denkfähigkeit geraubt hat.

Während die Worte vor meinen Augen verschwimmen, steht die Meisner mit einem gezückten Kugelschreiber vor mir, damit ich das Duplikat unterschreibe.

So sehr sie sich auch anstrengen mag, sich nichts anmerken zu lassen, kann ich doch den Triumph in ihren Augen erkennen. Sie konnte mich ja noch nie leiden.

„Sie wünschen?“, tue ich ahnungslos.

„Unterschreiben, dass sie die Kündigung erhalten haben!“, sagt sie im Befehlston und streckt mir ihren Kugelschreiber hin.

Am liebsten würde ich ihr den Brief links und rechts um die Ohren hauen. Aber was würde das bringen? Nichts.

Ich krame in meiner Handtasche, werde fündig, ziehe einen eigenen Stift hervor und setze meinen Namen unter die Kündigung.

Dann hebe ich meinen Kopf und werfe ihr einen Blick zu, der genauso feindselig ist wie ihrer. Ich schaue ihr fest in die Augen, nehme das Blatt hoch, halte es über den Papierkorb und lasse es hineinsegeln.

„Fischen Sie es dort heraus, wo es hingehört: in den Müll", sage ich mit einem bösen Grinsen.

Sie zischt wie eine Schlange, während sie mich ansieht, als wollte sie jeden Moment zubeißen.

„Und Meisner ... pass auf, dass du nicht die Nächste bist", warne ich sie.

Dann schnappe ich meine Sachen und verschwinde.

Ja, das hätte wirklich nicht sein müssen und womöglich war es dumm von mir, mich so zu verhalten. Denn sie ist schließlich diejenige, die mein Zeugnis tippen wird und wer weiß, ob mein Ex-Boss es sich genau durchliest, bevor er seinen Namen daruntersetzt.

Dieser Abgang musste jetzt einfach sein!

Und wenn das Zeugnis tatsächlich schlecht ausfällt, zerre ich die Agentur vors Arbeitsgericht.

Von den Kollegen verabschiede ich mich nicht. Womöglich steigen mir Tränen in die Augen und das wäre das Allerletzte, was ich wollte.

Es gibt eine weitere Kollegin, die mich nicht leiden kann, weil ihr meine direkte Art nicht liegt. Sie würde sich ins Fäustchen lachen, wenn sie sähe, wie aufgewühlt ich bin.

Den anderen Kollegen, mit denen ich super ausgekommen bin, schicke ich später eine Sprachnachricht.

Aber erst, nachdem ich mich und meine Stimme wieder in den Griff bekommen habe.

Ich habe heute Abend doch schon früher Zeit, denn ich wurde gerade rausgeworfen!, schreibe ich mit einem heulenden Smiley an meine Freundin.

Waaas? Das kann doch wohl nicht wahr sein! Ich rufe dich sofort an, wenn ich einen Moment alleine bin!!!, antwortet sie.

Inzwischen haben sich Wut und Enttäuschung in Verzweiflung verwandelt. Wo soll ich so schnell einen gleichwertigen Job herbekommen? Es war ja schon schwierig genug, den letzten zu finden.

Stöhnend halte ich mir den Kopf.

Mein Einsatz für die Agentur ist nicht belohnt worden. Nun muss ich wieder von vorne beginnen. Deshalb beschließe ich, jetzt gleich das Internet zu durchforsten und morgen früh zum Arbeitsamt zu gehen. Zeit habe ich ja genug.

Ich schaue auf die Kontoauszüge, die vor mir auf dem Küchentisch liegen. Der Kontostand ist ziemlich mies. Obwohl ich in der Agentur gut verdient habe, musste ich zuerst einmal die Schulden, die sich während Studium und Ausbildung angesammelt hatten, begleichen.

Es war eine Sisyphus-Aufgabe, denn sobald ich dachte, alles in einem Schwung abbezahlen zu können, ging die Waschmaschine kaputt oder meine alte Schrottkiste gab wieder mal den Geist auf.

Weil ich dringend ein zuverlässiges Auto brauchte, mit dem ich mich nicht schämen musste, die Agentur zu repräsentieren, bekam ich einen kleinen Firmenwagen zur Verfügung gestellt.

Verdammt! Den bin ich jetzt auch los.

Da fällt mir ein, dass ich vorhin zwar zu Fuß nach Hause gegangen bin, der Schlüssel aber noch in meiner Handtasche steckt.

Dass die Meisner ihn nicht sofort einkassiert hat, kann nur daran liegen, dass ich sie durch meine Provokation außer Gefecht gesetzt habe.

Soll sie ihn doch bei mir abholen, denke ich verdrießlich.

Mein Gehalt müssen sie mir jedenfalls bis zum offiziellen Kündigungstermin zahlen. Leider liegt der in nicht allzu weiter Ferne, denn ich habe in der Eventagentur nur neun Monate, zwei Wochen und drei Tage gearbeitet.

Das ist ja auch der Grund dafür, dass ich als die Nummer 1 auf der Abschussliste stand.

Und weil ich keine Familie habe!, denke ich frustriert.

Bisher hatte mein Ex-Boss es sehr begrüßt, dass ich als Single quasi rund um die Uhr zur Verfügung stand. Nun ist das ein Makel, der mich aus der Agentur befördert hat.

Hör auf zu jammern, das nützt jetzt auch nichts, denke ich und klappe lustlos mein Notebook auf.

Bevor ich mich auf die Suche nach Stellenangeboten machen kann, klingelt mein Telefon.

Angelika.

„Erzähl! Was ist passiert?", fordert sie mich atemlos auf.

Ich schildere ihr das Gespräch mit meinem Ex-Boss in allen Einzelheiten, während sie mich immer wieder mit entsetzten Aufschreien unterbricht.

„Ich kann es nicht glauben. Er hat uns noch keinen Ton von der schlechten Geschäftslage gesagt! Aber nachdem er dich gefeuert hat, muss er ja damit rechnen, dass du den Grund dafür herumerzählst."

„Vielleicht ist es ihm lieber, wenn ich das für ihn erledige?", antworte ich und ziehe eine Grimasse.

„Wäre ihm zuzutrauen, dem alten Feigling!", regt sie sich auf. „Das kann der doch nicht machen. Ausgerechnet *dich* rauszuwerfen. Ich werde mit ihm reden. Ich bin die Dienstälteste im Büro, von der Meisner mal abgesehen. Da gibt es sicher eine andere Möglichkeit. Er könnte doch ..."

„Nein, tu das bitte nicht", unterbreche ich sie. „An seiner Entscheidung ist nicht zu rütteln. Das hat er mir deutlich zu verstehen gegeben."

Angelika seufzt.

„Das tut mir so leid. Und die zwei Faulenzer will er auch feuern?"

„Einen von denen. Das hat er zumindest gesagt."

„Mal sehen, wann ich an der Reihe bin."

„Das wird nicht so schnell passieren. Als Mutter und mit

einem studierenden Ehemann bist du auf der sicheren Seite", kläre ich sie mit viel Sarkasmus in der Stimme auf.

„Gibt es irgendetwas, das ich für dich tun kann?"

„Ja. Mir einen gleichwertigen Job besorgen", sage ich und schlucke schwer, um die aufsteigenden Tränen hinunterzuschlucken.

„Du wirst etwas finden, Liebes. Da bin ich mir ganz sicher."

„Mit dieser Erwartung stehst du alleine da."

„Wenn wir uns heute Abend treffen, kannst du dich bei mir ausheulen. Soll ich zu dir kommen?"

Vor meinem inneren Auge erscheint das Bild, wie ich mit Angelika auf dem Sofa sitze und sie mich in die Arme nimmt, weil die Tränen tatsächlich fließen.

Ich schüttle den Kopf.

„Nein, gehen wir lieber ins *Dolce*", schlage ich vor. „Kannst du schon um acht Uhr?"

„Müsste ich hinbekommen. Ich hol edich ab, ja?"

„Okay. Und denk bitte dran, dass ich dir den Schlüssel für den Firmenwagen gebe."

„Oh je! Dann hast du ja gar kein Auto mehr."

„Ich werde es überleben. Irgendwie", sage ich und seufze.

„Aber weißt du, was mir da gerade einfällt? Als deinem Vorgänger gekündigt und er freigestellt wurde, hat er den Dienstwagen bis zum Ende benutzt. Anscheinend ist das gesetzlich so geregelt."

Ein kleiner Hoffnungsschimmer regt sich in meinem Inneren. Mit einem fahrbaren Untersatz wäre alles einfacher.

„Meinst du?", hake ich nach.

„Ja, ich bin ganz sicher. Aber so was kann man bestimmt im Internet recherchieren. Reden wir später noch mal drüber. Ich freue mich, dich zu sehen."

„Kann aber sein, dass ich dir ein wenig die Ohren volljammere", warne ich sie.

„Das macht überhaupt nichts."

„Angelika?"

„Ja?“

„Ich bin froh, dass du für mich da bist.“

„Nicht der Rede wert. Das ist doch normal unter Freundinnen.“

„Du bist die Beste!“, sage ich.

„Nein, du“, erklärt sie. „Bis später.“

2

VIVIEN: ENTSCHEIDUNG

Wir sitzen im *Dolce* und trinken heiße Schokolade mit Sahne und einem Schuss Baileys.

Nachdem ich mich bei Angelika ausgeheult habe – natürlich ohne Tränen zu vergießen – geht es mir wieder um einiges besser.

„Wenn eine Tür sich schließt, öffnet sich die nächste. Du wirst etwas finden, das dir noch mehr gefällt als dein Job in der alten Agentur!“, versucht sie, mich aufzumuntern.

„Ich rede mir das jetzt ein“, beschließe ich.

„Immer schön auf das fokussieren, was du erreichen willst“, fügt sie hinzu. „Im Urlaub kannst du dir deine Zukunft so ausmalen, wie du sie haben willst. Ohne Einschränkungen. In den buntesten Farben. Bis sie Wirklichkeit geworden ist.“

„Urlaub?“, frage ich irritiert.

„Du fliegst doch übermorgen nach Mallorca!“

Ich schüttle den Kopf.

„Das ist jetzt der ungünstigste Zeitpunkt, um wegzufliegen. Ich muss mich beim Arbeitsamt melden, das Internet durchkämmen und Initiativbewerbungen schreiben.“

„Die Jobbörsen im Internet hast du heute schon gecheckt.

Beim Arbeitsamt kannst du dich auch online als arbeitssuchend anmelden und danach packst du."

„Mir ist so gar nicht danach, Geld auszugeben. Ich habe vorhin einen Blick auf meinen Kontostand geworfen."

„Hast du die Reise nicht schon bezahlt?"

Ich verziehe mein Gesicht.

„Musste ich ja."

„Na, dann wärst du aber ganz schön dumm, sie nicht anzutreten."

„Ich könnte sie stornieren."

„Einen Tag vorher? Da geht dir doch fast alles flöten."

„Aber wenn ich fliege, kommen noch weitere Kosten auf mich zu."

„Was ist das schon? Mal irgendwo ein belegtes Brötchen kaufen oder einen Kaffee trinken. Du hast doch Halbpension im Hotel!"

Ich zucke mit den Schultern.

„Und an den Flughafen fahre ich dich", spricht sie weiter. „Ohne, dass du mir einen Cent Benzingeld anbieten musst, damit das gleich klar ist!", sagt sie in einem Befehlston, der dem der Meisner alle Ehre gemacht hätte. „Und ich hole dich natürlich auch wieder ab."

Wir diskutieren eine Weile hin und her, denn mir ist die Lust auf Meeresrauschen und Sand nach der Kündigung und den schlechten Aussichten, rasch etwas anderes zu finden, echt vergangen.

„Hast du nicht vor Kurzem gesagt, du wärst wegen deiner ständigen Überstunden so was von reif für die Insel?"

„Überstunden, die ich in dieser beschissenen Agentur machen musste", entgegne ich mürrisch.

„Nicht wieder von vorne anfangen mit dem Gejammere. Das passt so gar nicht zu dir."

„Du hast recht. Deshalb fahren wir jetzt nach Hause und lege mich ins Bett."

„Morgen früh sieht alles anders aus."

„Wenn du das sagst, Süße ...“

Ich verbringe den ganzen Vormittag am Küchentisch in meiner kleinen Zwei-Zimmer-Wohnung. Zuerst registriere ich mich als arbeitssuchend, danach verschicke ich Initiativbewerbungen.

Als ich Kopfschmerzen bekomme, weil ich so lange auf den Bildschirm gestarrt habe, schenke ich mir ein großes Glas Wasser ein, gehe ans Fenster und schaue auf die gegenüberliegenden Häuser.

Es fällt mir schwer, einen klaren Gedanken zu fassen, weil mein Kopf dröhnt, denn Zukunftsängste plagen mich.

Wenn ich das gewusst hätte!, denke ich. *Dann hätte ich nicht gleich nach der Probezeit die Mallorcareise gebucht und wäre jetzt um gut zweitausend Euro reicher.*

Zusammen mit den paar Kröten auf meinem Sparkonto hätte ich mir von dem Geld ein gebrauchtes Auto kaufen können und wäre flexibler, was meine Arbeitseinsätze anbelangt.

Ich trinke das Wasser aus, stelle das Glas ab und gehe ins Schlafzimmer. Dort lasse mich aufs Bett fallen und starre weiter vor mich hin.

Es wäre wirklich vernünftiger, zu Hause zu bleiben und mich ausschließlich darum zu bemühen, einen neuen Job zu finden. Womöglich meldet sich eine der angeschriebenen Agenturen ausgerechnet während meines Urlaubs, da sie im beginnenden Sommer jemanden braucht, der kurzfristig zur Verfügung steht.

Und ich bin nicht da, weil ich unter Palmen liege.

Ich würde mir in den Hintern beißen, wenn so etwas passierte!

Außerdem könnte ich aufs Geratewohl sämtliche Agenturen der Stadt und in der Umgebung abklappern, freundlich lächeln und um eine Anstellung betteln.

Betteln? Spinnst du?, denke ich.

Immerhin habe ich Erfahrung in der Branche und wurde von meinem Ex-Chef als Spitzenkraft bezeichnet.

Mein Blick fällt auf eine Postkarte aus Mallorca, die mir vor ein paar Wochen eine Kollegin geschickt hat und die seitdem auf dem Nachttischchen liegt.

In den letzten Tagen hat sie dafür gesorgt, dass ich unter dem ganzen Gerenne und Gemache nicht zusammengebrochen bin.

Ich nehme die Karte in die Hand, betrachte sie und stelle mir vor, dass ich dort morgen im Sand liegen und mir die Sonne auf den Bauch scheinen lassen könnte.

„Für das Geld, das diese Reise kostet hat, habe ich schwer geschuftet“, murmele ich.

Das Klingeln des Smartphones holt mich zurück in die Realität.

„Hast du schon gepackt?“, fragt Angelika.

„Nein, habe ich nicht“, erwidere ich trotzig.

„Bitte, Vivien. Stell dich nicht so an. Du genehmigst dir jetzt die vierzehn Tage auf Mallorca. Danach bist du voller Energie und findest auf Anhieb einen neuen Job“, versucht sie schon wieder, mich zu motivieren.

Ich lasse ihre Worte auf mich wirken, ohne zu antworten.

„Bist du noch dran?“, fragt sie.

„Ja“, antworte ich, springe ruckartig auf und ziehe den Koffer vom Schlafzimmerschrank.

„Was war das für ein Poltern?“

„Du bist lieb, dass du mich so drängst. Mit dem, was du sagst, hast du völlig recht und gepoltert hat mein Koffer!“, erkläre ich und klappe ihn auf.

„Sehr gut! Den Kopf hängen zu lassen, ist doch gar nicht deine Art.“

„Deshalb packe ich jetzt. Ich melde mich noch mal, wenn ich fertig bin. Und ähm ... danke!"

Wir verabschieden uns und ich öffne den Schlafzimmerschrank, um meine Klamotten herauszuholen. Sommerkleider, Shorts, Tops, Unterwäsche und zwei Bikinis. Dazu Flip-Flops und auch ein paar High Heels für abends.

Jetzt erst recht!, denke ich grimmig. *Ich werde trotz allem auf Mallorca den besten Urlaub meines Lebens verbringen!*

„Wir landen in wenigen Minuten in Palma de Mallorca", sagt die Flugbegleiterin und der Flugkapitän verrät uns, dass wir angenehme sechsundzwanzig Grad Lufttemperatur erwarten dürfen.

Das perfekte Wetter!, denke ich. *Warm, aber nicht zu warm.*

Ich steige mit den anderen Gästen aus und mache mich auf den Weg zur Kofferausgabe. Das große Gepäckstück war zum Glück im Preis inbegriffen.

Kurz darauf sitze ich in einem Bus, der uns quer über die Insel kutschiert. Ich schaue aus dem Fenster und als wir die Randbezirke von Palma verlassen, blicke ich auf grüne Wiesen, auf denen gelbe und rote Blümchen wachsen, auf Olivenbäume und Palmen. Im Hintergrund sehe ich die Berge des Tramuntana Gebirges.

Ich kenne Mallorca ein wenig, denn vor ein paar Jahren habe ich hier mal mit Angelika zwei Wochen lang Urlaub gemacht. Das war auch im Osten der Insel gewesen und deshalb hat es mich dort wieder hingezogen.

Natürlich hätte ich an der Playa de Palma bleiben können, um tagsüber in vollen Cafés zu sitzen, mich nach dem Abendessen ins Touristengetümmel zu stürzen und später in einem Club zu landen und abzutanzen.

Für eine Alleinreisende meines Alters wäre das vielleicht die bessere Wahl gewesen. Aber der Gedanke, auch im Urlaub wieder so viel Trubel um mich zu haben, hatte mich abgeschreckt.

Deshalb habe ich mich für ein Hotel in einer ruhigeren Gegend entschieden.

Notfalls langweile ich mich ein wenig. Das wäre das Kontrastprogramm zu den letzten Monaten, denke ich.

Aber im Hotel wird es sicher auch ein paar Singles geben, mit denen ich etwas unternehmen kann. Und falls nicht, setze ich mich eben alleine auf die Terrasse eines Cafés und beobachte die Leute.

Hauptsache, ich grüble nicht über meine Zukunft nach!

Die Gedanken an meine Situation werde ich aus meinem Kopf scheuchen, denn diesen Urlaub habe ich mir schwer verdient. Dass ausgerechnet jetzt jemand anrufen könnte, um mich kurzfristig bei sich einzustellen, sagt nur die Miesmacherstimme in meinem Oberstübchen, die mich davon abhalten will, Spaß zu haben.

Es wird mir guttun, einfach mal nur in der Sonne zu liegen und nichts zu tun. Ich werde eins der vielen Bücher lesen, die schon seit ewigen Zeiten auf dem Reader warten, einen Strandspaziergang machen, ein wenig schwimmen und schauen, was noch so kommt.

Die Sonne scheint von einem nahezu wolkenlosen, tiefblauen Himmel und das ist schon mal vielversprechend.

Wir kommen im Osten der Insel an und dann endlich sind wir am Hotel.

„Hier wird doch hoffentlich nicht während der Saison gebaut", murmele ich, als ich das Gerüst um einen halbfertigen Hotelkomplex in der Nachbarschaft sehe.

Diese Frage wiederhole ich, als ich mich an der Rezeption einchecke.

„Sie werden davon sicher nichts mitbekommen", sagt eine freundliche Dame und reicht mir lächelnd die Schlüsselkarte. „Das Meeresrauschen wird alle Geräusche verschlucken."

Hoffen wir mal, dass das stimmt, denke ich.

„Sie bekommen eines unserer besonders schönen Zimmer ganz oben.“

Als ich gebucht habe, war ich noch guter Dinge und ging davon aus, dass ich in nächster Zeit genug Geld verdienen werde, um mir den Luxus eines Vier-Sterne-Hotels leisten zu können. Es liegt nicht nur direkt am Strand, ich habe auch den Aufpreis für ein Zimmer mit Meerblick bezahlt, um auf das Wasser und das Cap Formentor sehen zu können.

Mir wird ein Fruchtcocktail gereicht, den ich zum gleichmäßigen Takt mehrerer Hämmer aus dem Hintergrund trinke.

Ich werfe der Rezeptionistin einen strafenden Blick zu, aber die sieht das gar nicht, weil sie sich um weitere Gäste kümmern muss.

Egal, was passiert, ich lasse mir meinen Urlaub nicht vermiesen!

Mit dieser Entscheidung packe ich den Griff meines Koffers und mache mich auf den Weg in mein Zimmer.

3

VIVIEN: KRACH

Als ich das Hotel mit meiner Strandtasche und einem Handtuch unter dem Arm verlasse, um zum Strand zu gehen, atme ich einmal tief durch und schaue auf die weite blaue Fläche, auf der die Sonne ihre glitzernden Sprenkel hinterlässt.

Ich bin am Meer!, wird mir erst jetzt so richtig bewusst.

Und noch dazu an einer wunderschönen Stelle.

Schnell schlüpfe ich aus meinen Flip-Flops und bohre meine Zehen in den Sand. Natürlich wäre es am Pool auf einer der Liegen bequemer. Aber ich will den direkten Kontakt zur Natur und deshalb breite ich das Handtuch ganz vorne aus, ziehe mein Strandkleid über den Kopf und lasse mich nach unten sinken.

Ich sitze eine Weile nur da und schaue auf die Wellen, die sich seit ewigen Zeiten in einem fortwährenden Rhythmus dem Strand nähern und wieder zurückzuziehen. Das Rauschen tut meinen Ohren gut. Es fühlt sich an, als würden alle meine Sorgen weggewaschen werden.

Nach einer Weile lege ich mich hin und schließe die Augen. Ich muss für einen Moment eingeschlafen sein, denn als ich das kreischende Geräusch einer elektrischen Säge höre, schrecke ich hoch und brauche kurz, um zu realisieren, wo ich bin.

Erneut heult die Säge auf.

Das darf doch nicht wahr sein! Da habe ich mir bewusst eine ruhige Stelle auf der Insel ausgesucht und dann so etwas!

Ich schaue mich um. Die anderen Urlauber scheint der Krach nicht zu stören.

Die haben sich wohl schon daran gewöhnt.

Dazu bin ich nicht bereit. Auf keinen Fall an meinem ersten Tag. Deshalb stehe ich auf, schlüpfe in mein Strandkleid, rolle das Handtuch zusammen, stecke es mir wieder unter den Arm und marschiere los.

Nach einer Weile wird der Krach weniger. Dafür höre ich leise Musik. Ich gehe darauf zu. Als ich an eine kleine Landzunge komme, muss ich ein wenig kraxeln, um sie zu überqueren. Aber das macht nichts, denn ich will wissen, woher die beruhigenden Klänge kommen.

Dann sehe ich es. Vor mir liegt eine kleine Bucht mit einem langen Steg, der bis ins Wasser führt. Am anderen Ende steht ein Haus mit einer voll besetzten Terrasse, einer Bar und Liegestühlen.

Hier bleibe ich!, denke ich spontan, denn die Bucht mit den hohen Palmen gefällt mir außerordentlich gut, obwohl auch hier geschäftiges Treiben herrscht. Aber es wirkt ganz anders, als ich es kenne. Irgendwie so heimelig.

Ja, es ist genauso, als würde ich nach Hause kommen.

Ich muss über meine Assoziation lachen. Doch das ändert nichts an meinem Gefühl.

Langsam gehe ich auf die Bar zu und beschließe, mir trotz des Sparkurses, den ich fahren will, einen Kaffee zu gönnen.

Der kann ja nicht die Welt kosten, denke ich.

Außerdem habe ich Urlaub und auf ein paar Euro weniger auf meinem Konto kommt es jetzt auch nicht an.

„Hola", begrüße ich den Barkeeper.

Als er sich umdreht, halte ich die Luft an.

Der ist zu schön, um wahr zu sein, schießt es mir durch den Kopf.

„Hola, Chica. Was möchtest du trinken? Ich bin übrigens David. Wie heißt du?"

„Vivien", sage ich, überrascht über seine Freundlichkeit.

Ich kenne es eher so, dass Männer mit diesem Aussehen arrogant oder distanziert sind.

„Ich hätte gerne einen Kaffee."

„Mache ich dir sofort", sagt er. „Milch und Zucker?"

„Nein, schwarz wie die Sünde und bitter wie ..."

Das Leben, hatte ich sagen wollen.

Zum Glück schlucke ich es rechtzeitig hinunter, denn wenn man hier Urlaub macht, ist das alles andere als bitter.

„Wie *was*?", hakt er da schon nach.

Ich zucke mit den Schultern.

„Mir fällt kein Vergleich ein."

„Wie wäre es mit Schokolade?"

„Oh ja, gerne", sage ich begeistert.

David lacht.

„Ich meinte als Vergleich. Aber ich habe hier ein paar winzige Täfelchen für besonders nette Gäste."

„Danke für die Blumen", antworte ich grinsend. „Und für das Schokolädchen natürlich auch."

„Schon gut, schon gut."

Er hebt beschwichtigend seine Hände. „Du sollst mehr bekommen."

Er legt drei weitere Täfelchen neben die Tasse. Während ich mir mit einem glücklichen Lächeln das erste in den Mund schiebe, sieht er mich abschätzend an.

„Dein erster Urlaubstag?", will er wissen.

„Woran erkennst du das?", frage ich verblüfft.

„Du bist so blass um die Nase", antwortet er grinsend. „Siehst ein wenig gestresst aus. Aber das wird sich sicher schnell ändern. Wo wohnst du?"

„In einem hübschen Hotel mit einer grässlich lauten

Baustelle in der Nachbarschaft. Ich hätte nicht gedacht, dass es erlaubt ist, in der Saison solch einen Krach zu veranstalten."

„Wir haben noch Vorsaison, Vivien. Das hört sicher in den nächsten Tagen auf."

„Spätestens dann, wenn ich wieder im Flugzeug sitze", entgegne ich mit einem schiefen Grinsen.

„Dann kommst du eben zu uns. Hier ist es sowieso viel schöner."

„Das stimmt allerdings. Bei euch herrscht eine wundervolle Atmosphäre."

Und vor allem gibt es hier einen spektakulären Barkeeper.

„Wir tun alles, damit unsere Gäste sich wohlfühlen. Apropos wohlfühlen: Brauchst du einen Liegestuhl?"

„Nein, nein. Ich liege lieber im warmen Sand."

„Falls du etwas essen willst, gib Bescheid."

„Habt ihr auch Kleinigkeiten? Am Abend bekomme ich etwas im Hotel."

„Natürlich. Pimientos de patron, in Öl gegarte Scampi, Patatas bravas mit einer scharfen Soße, Baguette mit Aioli, ein Stückchen Tortilla."

„Das klingt perfekt! Ich melde mich, sobald ich hungrig bin. Aber jetzt lege ich mich zuerst einmal in den Sand."

„Das wird dir guttun. Bis später."

Es ist herrlich, hier zu sein. Das Rauschen der Wellen übertönt die anderen Geräusche. Nur die Musik dringt zu mir durch.

Ich wende mein Gesicht der Sonne zu und genieße die warmen Strahlen. In diesem Jahr habe ich vom Frühling kaum etwas gehabt, weil ich mich überwiegend in geschlossenen Räumen aufgehalten habe.

Kurz vorm Einschlafen drehe ich mich auf den Bauch. In der letzten Nacht bin ich ständig aufgewacht. Deshalb fallen mir erneut die Augen zu.

Dieses Mal ist es nicht das Geräusch eines kreischenden Bohrers, das mich weckt, sondern lachende Kinder, die eine Sandburg bauen. Versonnen schaue ich ihnen eine Weile zu. Ich möchte auch solche kleinen Racker haben, aber zuerst brauche ich den zu mir passenden Kerl. Jetzt bin ich schon seit einem Jahr Single und es wäre an der Zeit, wieder einmal die Arme eines Mannes um mich zu spüren.

Ich träume eine Weile vor mich hin, stelle mir vor, wie es wäre, jetzt jemanden neben mir liegen zu haben. Wie er aussieht, ist mir egal. Wichtig ist mir nur, dass er ein großes Herz hat. Die meisten Frauen wollen einen Bad Boy. Zumindest wird das in den Romanen auf meinem Reader so geschildert.

Ich brauche so etwas nicht. Ein bodenständiger Kerl, ehrlich, zuverlässig und treu, ist mir lieber. Einer, an den ich mich anlehnen kann, der aber auch seine Schwächen zeigt und nicht den Helden spielt, um mir zu imponieren.

Eine innige Liebe voller Vertrauen und Leidenschaft. Das ist es, was ich will.

Eigentlich sind das ganz normale Wünsche. Aber der Mann, der diesem Bild entspricht, ist mir noch nicht begegnet.

Bevor ich einen Sonnenbrand bekomme, stehe ich lieber auf, ziehe mein Strandkleid an und gehe zur Bar, um bei David ein Wasser zu trinken.

„Da bist du ja wieder“, begrüßt er mich. „Was möchtest du haben?“

Erneut haut mich sein gutes Aussehen um.

„Ein Wasser bitte.“

„Keinen Cocktail oder ein Glas Rotwein?“

„Nein, nein. Ein Wasser reicht mir“, erwidere ich in Hinblick auf meine Finanzen.

„Willst du etwas essen?“, fragt er, als er die Flasche und das Glas vor mir abstellt.

Mein Magen knurrt.

„Wie spät ist es denn?“

„Gleich fünf.“

„Danke, dann möchte ich nichts. Im Hotel gibt es ja bald Abendessen."

„Dann knabbere wenigstens etwas", meint er und stellt ein Schälchen mit Nüssen vor mir ab.

„Das ist lieb von dir. Danke."

Während ich die Nüsse knabbere und ab und zu einen Schluck Wasser trinke, beobachte ich das Geschehen um mich herum. Die Bar ist genauso voll wie vorhin, als ich gekommen bin. Drei hübsche Frauen und ein attraktiver Kerl laufen zwischen den Tischen hin und her. Hinter der Theke gibt es einen zweiten Barkeeper. Und dann ist da noch einer, der Musik macht.

Hier muss man bestimmt einen Gesichtstest machen, um angestellt zu werden, stelle ich schmunzelnd fest.

„Haben sich hier die attraktivsten Menschen der Insel versammelt?", witzele ich, als David ein Tablett mit Getränken füllt.

Er lacht.

„Könnte man meinen. Ist aber Zufall."

Ich betrachte ihn.

So ein schöner und netter Kerl wie er kann nicht frei sein, vermute ich.

„Lebst du schon lange auf Mallorca?"

„Sehr lange. Und ich will nirgends anders sein."

„Das würde ich auch gerne mal sagen können."

„Kommt noch. Du bist ja jung."

Ich lache.

„Und du schrecklich alt?"

„Ja, ganz schrecklich."

„Ich möchte gerne zahlen."

„Du musst doch deshalb nicht gleich die Flucht ergreifen!"

„Vor dir? Ich kann mir nicht vorstellen, dass da jemand wegrennt."

„Das hofft mein Freund auch", stellt er mit einem Augenzwinkern fest.

Nun wäre das schon mal geklärt, denke ich bedauernd.

„Dachte ich es mir doch“, rutscht es mir schneller von den Lippen, als ich mich bremsen kann.

„Dass ich schwul bin?“

„Nö. Dass du jemanden hast“, sage ich rasch. „Bei deinem Aussehen ...“

„Für sein Aussehen kann man ja nichts und es ist auch kein Garant für Glück.“

„Das stimmt. Aber das Schicksal hatte es trotzdem besonders gut mit dir gemeint, als die Attraktivität verteilt wurde. Nett bist du auch noch. *Und* einen Partner hast du“, zähle ich auf. „Beneidenswert!“

„Du bist ausgesprochen hübsch, sehr symphatisch und findest auch noch den Richtigen“, zählt nun *er* auf.

„Schön wäre es.“

„Warten wir mal ab, bis dein Urlaub vorbei ist.“

„Ein Mann auf Mallorca nützt mir wenig.“

„Mein Mann lebt auch in Deutschland.“

„Und das funktioniert?“

„Als Model ist er sowieso ständig unterwegs.“

„Dann ist es ja egal, wo er wohnt. Ich werde mich jetzt mal auf den Weg in mein Hotel machen. Was bekommst du von mir?“

„Darf ich mir etwas wünschen?“

„Ähm, ja ...“

„Dann gib mir einen Kuss!“

Er streckt mir seine Wange hin.

„Ähm, wieso?“, wundere ich mich.

„Das Wasser geht aufs Haus, weil heute dein erster Tag auf der Insel und in der Bar del Sol ist.“

„Das ist ja lieb von dir!“

Er zeigt auf seine Wange.

„Wo bleibt mein Kuss?“

Lachend drücke ich ihm meine Lippen auf die Wange.

„Ich kann mich nicht erinnern, jemals irgendwo so herzlich

empfangen worden zu sein wie hier. Ist das bei euch immer so?“

„Nur bei besonderen Leuten.“

„Und woher weißt du, dass ich ein *besonderer Leut* bin?“

„So etwas spüre ich. Kommst du morgen wieder?“

„Auf jeden Fall“, antworte ich.

„Dann wünsche ich dir einen schönen Abend.“

„Ich dir auch.“

4

VIVIEN: MÄNNERBEKANNTSCHAFTEN

Mein Hotelzimmer ist richtig groß. Genau genommen ist es ein Doppelzimmer mit einem hübschen Sofa, einem Tisch und einem Sessel.

Auch der Balkon ist nicht gerade klein. Es gibt sogar eine Liege und der Blick aufs Meer und das Cap Formentor ist aus dem sechsten Stockwerk natürlich noch beeindruckender, als wenn man am Strand liegt.

Ich bin mit der Wahl des Hotels also sehr zufrieden.

Als ich jedoch den Speisesaal betrete, bin ich über die grelle Beleuchtung und die leblose Einrichtung aus einfachen Holztischen und -stühlen entsetzt.

In der Mitte des riesigen Raumes befindet sich ein Buffet. Beim Vorbeigehen sehe ich, dass es überwiegend die üblichen Hotelspeisen bietet, die dem deutschen Gaumen angepasst wurden: Schnitzel, Pommes frites, Spaghetti mit Tomatensoße und so weiter.

Und ich stelle noch etwas fest: Trotz Vorsaison scheinen die Urlauber nur aus Familien und Paaren zu bestehen. Das hatte ich mir anders vorgestellt.

Mit hängendem Magen setze ich mich an einen der aus zwei schmalen Tischen zusammengestellten Vierertische.

Vielleicht setzt sich ja jemand zu mir, hoffe ich.

„Sind Sie alleine, Señorita?“, fragt einer der Kellner mich auf Deutsch.

Nachdem ich genickt habe, rückt er einen der beiden Tische zur Seite.

Na, prima!

Damit hat sich die Frage, ob ich hier die nächsten Tage alleine sitze, auch geklärt.

Ich wollte ja meine Ruhe haben, erinnere ich mich. *Um mich von meinem stressigen Job zu erholen, den ich nun nicht mehr habe.*

„Was darf ich Ihnen zu trinken bringen, Señorita?“

„Ein Glas Rotwein bitte.“

„Wein bieten wir nur in Flaschen an.“

Na, prima!, denke ich. *Alleine am Katzentisch und nun muss ich auch noch eine ganze Flasche bestellen.*

Ich nicke. Dann werde ich den Rest eben mit in mein Zimmer nehmen und morgen Abend wieder in den Speisesaal tragen. Rotwein muss ja zum Glück nicht gekühlt werden.

Der Kellner bringt den Wein und ich trinke das Glas mit einem Schluck halb leer, um die kantinenmäßige Atmosphäre zu ertragen. Danach gehe ich ans Buffet und lade mir den Teller mit Salat voll.

Als ich mir eins der überdimensionalen Blätter in den Mund stecke, entdecke ich ein Stückchen entfernt einen Mann, der auch ohne Begleitung zu sein scheint. Er sieht aus wie ein Spanier mit seiner gebräunten Haut und den dunklen Haaren. Und er schaut zu mir her.

Schnell halte ich die Hand vor meinen Mund, damit er nichts von meinem Kampf mit dem Salatblatt mitbekommt.

Zu spät!

Grinsend hebt er sein Weinglas und prostet mir zu. Ich schlucke, tupfe mir den Mund mit der Serviette ab und dann nehme ich ebenfalls mein Glas und proste lächelnd zurück.

Dieser gut aussehende Kerl ist ein Lichtblick an diesem öden Ort.

Ich trinke einen Schluck, schneide die restlichen Salatblätter in je zwei Hälften, bevor ich sie in den Mund stecke, und registriere bei jedem Blick in seine Richtung, dass der Spanier ebenfalls zu mir herschaut.

Ein Flirt gleich am ersten Abend? Warum eigentlich nicht?, denke ich und fühle mich mit einem Schlag viel besser.

Als ich kurz darauf zum Buffet gehe, um meinen Teller mit einem Stück Hühnerbrust, Kartoffeln und Gemüse zu füllen, steht er plötzlich neben mir und reicht mir den Löffel für den Brokkoli.

„Gracias", bedanke ich mich.

„Sehr gernöö. Du bist allein 'ier?", fragt er in Deutsch mit süßem französischem Akzent.

„Ja, bin ich. Und du?"

„Isch auch. Darf isch disch an meine Tisch einladen?"

Der fackelt nicht lange herum, denke ich und nicke. *Warum eigentlich nicht?*

„Gerne. Ich muss nur meinen Wein holen."

„Das erlädige isch", antwortet er.

Ganz Gentleman zieht er den Stuhl vom Tisch und bedeutet mir, Platz zu nehmen. Dann stellt er seinen Teller ab und einen Moment später stehen mein Glas und die Flasche Wein vor mir.

„Auf deine Wohl", sagt er.

Als ich das Glas wieder abstelle, schenkt er mir nach. Aus seiner Flasche.

„Bon appétit", wünscht er mir.

Wir essen eine Weile schweigend und werfen uns nur Blicke zu. Der Franzose sieht auch aus der Nähe betrachtet gut aus. Seine braunen Augen blitzen, als er spricht.

„Wo'er kommst du?"

„Aus Süddeutschland. Und du?", will ich wissen.

„Isch auch aus dem Süden. Isch lebe in der Dordogne."

„Wie lange bist du schon auf Mallorca?"

„Zehn Tage. Du seit 'eute."

„Woher weißt du das?"

„Eine schöne Frau wie du wäre mir aufgefallen."

Ich lächle geschmeichelt, obwohl ich mir denken kann, dass er diesen Spruch schon oft losgelassen hat.

„Soll isch dir eine Dessert 'olen?", fragt er, nachdem er das Besteck auf seinem Teller abgelegt hat.

„Odär wollen wir einen Cockteel an der Bar trinken?"

Er lacht mich schelmisch an, als er das sagt.

„Lieber einen Cocktail", antworte ich.

In Begleitung des charmanten Franzosen kommt es natürlich nicht in Frage, dass ich mir die noch fast volle Flasche Wein unter den Arm klemme. Also lasse ich sie schweren Herzens neben seiner leeren stehen.

Er legt kaum spürbar seine Hand an meinen Rücken, als wir die Bar betreten und er mich in eine der Nischen führt.

„Isch 'abe misch dir noch gar nischt vorgestellt. Mein Name ist Jean-Luc", sagt er und deutet eine Verbeugung an.

„Vivien."

„Oh, du 'ast eine französische Name. Was willst du trinken? Eine Piña colada? Süß wie eine Dessert?"

„Ja, gerne", antworte ich, nach wie vor fasziniert von seinem Akzent.

Er bestellt mir den Cocktail und sich noch ein Glas Rotwein.

„Gefällt es dir 'ier auf der Insel?", fragt er.

„Oh ja. Sehr gut. Nur der Krach von der Baustelle ..."

„Isch ertrage das schon seit ein paar Tagen."

„Hast du dir Ohrstöpsel gekauft?"

Weil er mich irritiert anschaut, stecke ich mir die Zeigefinger in die Ohren.

Lachend nickt er.

„Das 'ätte isch wirklisch tun sollen."

„Ich bin heute gleich geflüchtet und am Strand entlanggegangen. Hinter der kleinen Landzunge liegt eine sehr schöne Bar."

Dorthin könntest du mich morgen begleiten, denke ich.

„Die Bar del Sol meinst du? Isch war schon ein paar Mal dort und ‘abe zu Abend gegessen. Das Essen im ‘Otel ist nischt besonders delikat.“

„Das habe ich gemerkt“, antworte ich, obwohl das gar nicht stimmt, denn ich war durch seine Anwesenheit viel zu sehr abgelenkt, um das wirklich beurteilen zu können.

Unsere Getränke werden serviert. Er prostet mir zu.

„Schmeckt deine Cockteel?“, will er wissen.

„Hm, sehr lecker“, sage ich mit einem zufriedenen Lächeln im Gesicht.

„Was machst du in Deutschland?“

„Du meinst, was ich arbeite?“

„Ja, natürlisch.“

„Ich bin Eventmanagerin.“

„Was macht man da?“

Ich erkläre meinen Beruf in drei Sätzen, um ihn nicht durch zuviele Details zu langweilen.

„Und was machst du?“, frage ich.

„Isch bin eine Reschtsanwalt.“

„Das ist sicher interessant.“

„Nischt so sehr. Isch arbeite in einem großen Unternehmen.“

Erneut prostet er mir zu.

Will er mich betrunken machen, um mich abzuschleppen?

Dagegen hätte ich grundsätzlich nichts. Jedoch bestimmt nicht am ersten Abend und schon gar nicht, ohne ihn näher zu kennen und zu wissen, ob er es wert ist.

Deshalb nehme ich nur einen kleinen Schluck.

„Hast du dir schon etwas von der Umgebung angeschaut?“, frage ich ihn.

„Alleine macht das keine große Spaß“, sagt er mit einem bedeutungsvollen Blick.

Ja, er gibt ordentlich Gas. Aber er ist ja auch Franzose.

„Das kann ich gut verstehen. Ich hatte erwartet, im Hotel auf mehr Singles zu stoßen.“

„Es sind nischt viele 'ier. Doch 'eute Abend 'abe isch disch kennengelernt."

Er bewegt seine Hand in meine Richtung und ich ziehe meine weg. Das geht mir eindeutig zu schnell.

„Entschuldige, ich muss mal kurz ... ähm ... Ich bin gleich wieder zurück."

Als ich auf der Toilette in den Spiegel schaue, sehe ich, dass meine Wangen gerötet sind. Ein Zeichen, dass ich nur noch wenig trinken sollte.

Ich suche die Kabine auf und nehme mir vor, mich demnächst von Jean-Luc zu verabschieden. Er wird sicher fragen, ob wir uns morgen treffen, und dann können wir *vielleicht* einen Schritt weitergehen.

Als ich den Finger Richtung Spülung bewege, höre ich, wie zwei Frauen die Toilette betreten und sich lautstark unterhalten.

„Da hat er sich doch schon wieder an sein nächstes Opfer rangemacht", sagt die eine.

„Er greift sich immer eine von den Neuankömmlingen. Die wissen ja noch nicht, mit was für einem Aufreißer sie es zu tun haben."

„Mal sehen, ob er die morgen auch schon wieder abserviert."

„Im Moment ist die Auswahl nicht so groß. Könnte sein, er behält sie länger."

„Er sieht halt gut aus und mit seiner Nummer, er sei Franzose, kommt er bei den Frauen gut an."

Ich habe genug gehört. Mein Finger saust auf die Spülung, dann stoße ich mit Schwung die Tür auf.

Die beiden sehen mich erschrocken an.

„Redet ihr von Jean-Luc?", frage ich und durchbohre sie mit meinen Blicken.

Die eine schaut betreten nach unten, die andere nickt.

„Er schleppt also eine Frau nach der anderen ab?"

„Sorry, aber so ist es leider", sagt diejenige, die auf den Boden geschaut hat.

„Danke für die Info. Mit mir wird er das garantiert nicht machen!"

Ich lasse Wasser über die Hände laufen, dann gehe ich wütend nach draußen. Dieser Kerl ist also Deutscher und wahrscheinlich heißt er Karl-Heinz oder so.

Ich spiele kurz mit dem Gedanken, zurück an den Tisch zu gehen, ihn zur Rede zu stellen und ihm meine Meinung zu geigen.

Das ist dieser Möchtegern-Casanova doch gar nicht wert!, entscheide ich dann jedoch.

Deshalb gehe ich zum Aufzug und drücke ungeduldig auf dem Knopf herum.

Als die Tür sich nach einer gefühlten Ewigkeit endlich öffnet, steht Jean-Luc plötzlich hinter mir und hält mich am Arm fest.

„Wo gehst du hin?", wundert er sich und ich nehme zur Kenntnis, dass der angebliche Franzose seinen Sprachfehler verloren hat, denn das „h" kam ihm ganz leicht über die Lippen.

„Dorthin, wo Typen wie du nichts zu suchen haben", sage ich von oben herab. „Und jetzt nimmst du gefälligst deine Griffel von meinem Arm!"

Sofort zieht er seine Hand weg.

„Was habe ich dir denn getan?"

„Ich korrigiere: Was *'abe isch* dir getan?"

„Gar nichts hast du mir getan!", wundert er sich.

Kopfschüttelnd betrete ich den Aufzug.

Und wegen dieses Deppen habe ich meinen Wein stehen lassen!

„Du musst noch deinen Cocktail bezahlen!", fordert er.

„Isch abe aber gar keine Geld", antworte ich, zeige ihm einen Vogel, drücke auf die Sechs und schon schließt sich die Tür.

Jetzt habe ich gleich zwei Gründe, um mich morgen aus dem Staub zu machen, denke ich und dann muss ich lachen.

Über die Anmache dieses Abschlepptypen, meine Naivität, seinen Akzent für echt zu halten, den Zufall, der die beiden Frauen zeitgleich mit mir zur Toilette geführt hat, um mich unwissentlich zu warnen, und über die Tatsache, dass – zusammen mit dem Besuch in der Strandbar – an meinem ersten Urlaubstag ganz schön viel los war.

5

ZARA: EINLADUNG

„Mein Vater will mit uns sprechen, Javier. Er hat uns morgen zum Abendessen eingeladen", eröffne ich meinem Liebsten, als ich zu ihm ins Bett krieche, um mich noch einmal an ihn zu kuscheln, bevor ich endgültig aufstehe.

Er verzieht sein Gesicht. Auch wenn die beiden Männer sich vertragen, werden sie niemals Freunde sein.

„Muss ich da mitgehen?"

„Willst du mich etwa alleine in die Höhle des Löwen schicken?"

„Ich dachte, *ich* sei dein Löwe?"

„Aber in *deiner* Höhle bin ich doch schon. Gefangen für immer", steige ich auf sein Spiel ein.

„Gefesselt durch meine Liebe."

„Ich könnte mir nichts Schöneres vorstellen", hauche ich verträumt und gebe ihm einen sanften Kuss.

Eine Weile später spreche ich weiter.

„Und da wir aneinandergefesselt sind, wird dir nichts anderes übrig bleiben, als mich zu begleiten."

„Wie geschickt du doch vorgehst, wenn du mich um den Finger wickeln willst", antwortet er grinsend.

„Findest du?“, tue ich harmlos.

„Oh ja!“

Er seufzt abgrundtief.

„*Morgen* Abend, sagst du?“

„Morgen Abend.“

„Ich bin mit Diego verabredet.“

„Der hat sicher auch übermorgen Zeit für dich.“

„Oh nein, da sitzt er wieder im Flugzeug.“

Kopfschüttelnd sehe ich ihn an.

„Javier, Javier ... Wie soll das nur werden, wenn ich bald zwei Kinder habe?“

„Zwei Kinder? Du hast mir gar nichts davon gesagt, dass wir Zwillinge bekommen.“

Ich lache.

„Du weißt genau, was ich meine.“

„Nun gut. Ich komme mit und beschütze dich, wie es sich für einen guten Ehemann gehört“, gibt er da auch schon nach.

Warum nicht gleich so?, denke ich.

Aber es ist klüger, das nicht auszusprechen. In meinem Liebsten versteckt sich ein kleiner Macho und den werde ich ganz bestimmt nicht hervorlocken, sofern es nicht sein muss.

„Um welche Uhrzeit müssen wir antanzen?“

„Wir werden um halb acht erwartet.“

„Kommt noch jemand dazu?“

„Luis und Bianca.“

„Der Alte hat deine Schwester vom Festland zurückgepfiffen?“

„Tststs. Sprich bitte nicht so über meinen Vater. Aber ja, das hat er. Es scheint also um etwas Wichtiges zu gehen.“

Nun seufzt er noch tiefer.

„Hat er explizit erwähnt, dass ich auch kommen soll? Oder störe ich da nicht?“

„Du gibst noch immer nicht auf? Denk doch mal an das leckere Essen, das Marga uns servieren wird. Aber ja, er hat ausdrücklich gesagt, dass du mich begleiten sollst. Er meinte, dich würde es auch betreffen."

„Mich? Das kann ich mir nicht vorstellen. Du hast dich sicher verhört."

„Morgen Abend werden wir es erfahren", sage ich.

„So ist das eben. Man heiratet immer die Familie des anderen mit."

„Das war jetzt nicht nett, Javier!", ermahne ich ihn.

„Du hast recht, Cariño. Um dich zu bekommen, hätte ich sogar den Teufel in Kauf genommen."

„Jetzt fährst du aber die ganz großen Geschütze auf!"

„Nur, damit du weißt, wie sehr ich dich liebe", erklärt er lächelnd und nimmt mich fest in seine Arme. „Du bist alles für mich. Meine Sonne, mein Mond und meine Sterne."

Ich sehe ihn verliebt an.

„Ach, Javier ... Das hast du so schön gesagt."

„Weil ich es so fühle, Cariño."

Ich schmiege mich an ihn und genieße es, von ihm gehalten zu werden.

„Ich bin sehr neugierig auf das, was mein Vater uns zu sagen hat."

„Vielleicht hat er keine Lust mehr auf seine Firma? Alt genug zum Aufgeben wäre er ja."

„Das kann ich mir nicht vorstellen. Die Firma ist sein Leben."

„Morgen Abend werden wir es erfahren", wiederholt er meine Worte. „Jetzt küss mich lieber."

Das tue ich dann auch.

6

VIVIEN: SCHLAG AUF SCHLAG

„An meinem ersten Urlaubstag war ganz schön viel los“, erzähle ich am nächsten Morgen meiner Freundin.

Da ich ziemlich früh ins Bett gegangen bin, habe ich keinen Wecker gebraucht, um zu meiner üblichen Zeit aufzuwachen und sie kurz vor der Arbeit anzurufen.

Dann schildere ich ihr die Ereignisse des gestrigen Tages.

„Wenn das kein fulminanter Start war“, sagt sie lachend, als ich fertig bin. „Ob dieser *Jean-Luc* es auf sich sitzen lässt, dass du den *Cockteel* nicht bezahlt hast?“

„Das ist mir völlig egal. Der soll froh sein, wenn ich seinem nächsten Opfer nicht erzähle, was der für einer ist. Aber treffen muss ich ihn trotzdem nicht. Deshalb gehe ich jetzt runter zum Frühstücken und dann hau ich ab in die Bar.“

Ich halte kurz inne.

„Hörst du das?“, frage ich sie.

„Was sollte ich denn hören?“

„Die fangen gerade mit ihren Bauarbeiten an. Schon am frühen Morgen! Ich hüpfe schnell ins Bad, bevor alle den Speisesaal stürmen. Hab einen schönen Tag und ach, was ich ganz vergessen habe, sag deinem Boss, dass ich – obwohl ich das

Recht darauf hätte, den Firmenwagen bis zum letzten *Arbeitstag* zu fahren – dir den Schlüssel gebe, sobald ich aus dem Urlaub zurück bin. Die können ja solange den Zweitschlüssel benutzen."

„Bist du dir sicher?"

„Ja, ganz sicher. Es nicht meine Art, mich unfair zu verhalten."

„Gute Einstellung, Vivien. Dann bis später. Ich mache mich mal auf den Weg zur Arbeit und werde garantiert ab und zu voller Neid an dich denken."

Mit einem Lachen legt sie auf und ich mache, dass ich ins Badezimmer komme.

Wenig später sitze ich im Speisesaal. Auch bei natürlichem Licht lädt dieser Raum nicht dazu ein, länger zu verweilen als nötig. Also trinke ich einen Kaffee, esse zwei Brötchen mit Rührei und Schinken und dann gehe ich über die Terrasse am Pool vorbei nach draußen. Kurz danach stehe ich am Meer und atme tief die frische Luft ein.

Weil es noch ein wenig kühl ist, habe ich heute einen langen Rock und eine Jeansjacke angezogen. Mit raschen Schritten gehe ich den Strand entlang, überquere die kleine Landzunge und stelle fest, dass die Bar del Sol noch gar nicht geöffnet hat. Aber das macht nichts. Ich ziehe die Jacke aus, lege mich auf das Handtuch, schließe meine Augen und genieße die wärmenden Sonnenstrahlen.

Die Sonne ist schon ein ganzes Stück weit den Himmel hochgewandert, als ich zu mir komme. Ich muss mich im Schlaf gedreht haben, denn nun liege ich auf dem Bauch und das ist gut so, da ich sonst womöglich im Gesicht einen Sonnenbrand bekommen hätte.

Ich bewege den Kopf nach oben und sehe, dass die Location nicht nur geöffnet, sondern sich auch gefüllt hat. Deshalb stehe ich auf, packe meine Sachen zusammen und gehe zur Bar, hinter der David Getränke ausschenkt.

„Da bist du ja wieder, Hübsche“, begrüßt er mich. „Was darf ich dir geben?“

„Einen Kaffee bitte. Der im Hotel war gruselig.“

„Haben dich die Bauarbeiter verjagt?“

„Die auch.“

„Wer noch? Ein hartnäckiger Verehrer?“

Ich kann nicht widerstehen, ihm die Geschichte meiner Eroberung zu schildern.

Er lacht und dann sieht er mir so tief in die Augen, dass mir ganz schwindelig wird und ich mich daran erinnern muss, dass er nicht für Frauen gemacht ist.

„Da abe isch misch aböör sehr ihn dir getäuscht, Mademoiselle. Du bist einöö böse Ding“, ahmt er den Möchtegern-Franzosen nach.

Ich klatsche begeistert in die Hände.

„Dann bleibst du eben bei uns, denn hier ist es sowieso viel schöner.“

„Oh ja, da hast du wirklich recht.“

Ich setze mich auf einen der Hocker und nehme einen Schluck vom Kaffee.

„Hm! Der schmeckt wie ein Kaffee und nicht wie eine Bohne, die man an einen Faden gebunden und durch heißes Wasser gezogen hat.“

„Du hast sehr anschauliche Vergleiche“, grinst er und wendet sich wieder seiner Arbeit zu.

„Entschuldige, wenn ich dir den Rücken zudrehe, aber mein Kollege hat heute frei und so muss ich mich alleine um die Getränke kümmern.“

„Kein Problem! Du bist schließlich zum Arbeiten hier“, sage ich und nehme einen weiteren Schluck.

Eine Frau mit langen lockigen Haaren kommt auf die Bar zugeeilt.

„David!“, ruft sie aufgeregt. „Zara geht es nicht gut und

Javier ist nicht da. Ich muss sie schnell zu ihrer Ärztin fahren. Blöderweise kommt Julia heute später. Kannst du dich alleine um die Gäste kümmern?“

„Um Himmels willen! Ist es etwas Schlimmes?“, fragt er aufgeregt.

„Keine Ahnung. Sie hat Ziehen im Unterleib.“

„Mist! Dann fahrt mal schnell. Ich kriege das hier schon irgendwie geregelt.“

Als seine Kollegin außer Reichweite ist, wirft er mir einen besorgten Blick zu.

„Ich frage mich nur, wie ich das machen soll! Gäste bedienen *und* Getränke einschenken. Bald kommt der große Ansturm.“

„Kann ich dir helfen, David?“, frage ich und stehe von meinem Hocker auf.

„Du?“, wundert er sich. „Kannst du das denn?“

„Klar! Ich habe früher oft in Kneipen gejobbt. Wenn du mir kurz sagst, was ich tun soll ...“

„Da sage ich nicht nein! Es dürfte jedoch einfacher sein, wenn du die Getränke einschenkst und ich mich um die Gäste kümmere.“

Er hebt die Klappe des Tresens hoch, damit ich hinter die Bar kommen kann. Ich schnappe meine Tasche, werfe sie in eine Ecke und kremple gedanklich die Ärmel hoch.

„Was soll ich tun?“

„Schau kurz die Kühlschränke durch, damit du weißt, was wo steht. Wie du Kaffee machst, weißt du?“

„Ich werde das schon hinbekommen. Geh ruhig.“

„Hoffentlich kommt mit Zara alles in Ordnung!“, stößt er hervor und ich spare mir die Frage, wer das ist, denn er hat jetzt Wichtigeres zu tun, als mir das zu erklären.

Einen Augenblick später stehe ich mit ordentlichem Herzklopfen alleine hinter der Theke, reiße Kühlschranktüren auf, schaue hinein, schließe sie wieder und dann geht die erste Bestellung ein und ich mache mich an die Arbeit.

Zwei Stunden später bin ich geschafft. Es ist doch schon eine Weile her, dass ich diese Art von Arbeit gemacht habe.

„Wo bleiben die beiden nur?“, fragt David. „So langsam mache ich mir Sorgen! Javier geht auch nicht an sein Handy. Wahrscheinlich malt er.“

Wieder verkneife ich mir Fragen, denn ich habe vollauf damit zu tun, die Getränke zu richten.

„Dich hat der Himmel geschickt!“, sagt er, wirft mir einen Luftkuss zu und zieht das volle Tablett vom Tresen.

Ich spüle Gläser, bis die nächste Bestellung reinkommt.

Da steht plötzlich die Frau mit den langen Haaren vor mir.

„Ich bin Claudia“, stellt sie sich vor und streckt mir die Hand hin. „Danke, dass du kurzfristig eingesprungen bist.“

„Das war doch selbstverständlich! Wie geht es Zara?“

„Alles gut. Sie muss jedoch erst einmal das Bett hüten. Sie ist schwanger, weißt du?“

„Mit dem Baby ist alles in Ordnung?“

„Ja. Aber sie muss sich ruhig verhalten, darf keinen Stress haben.“

„Gehört ihr die Bar?“

„Ja.“

Sie wendet sich David zu, der gerade ein leeres Tablett auf den Tresen knallt.

„Was ist mit Zara?“

„Sie liegt oben im Bett. Die Ärztin hat gesagt, sie darf vorerst nicht mehr arbeiten.“

„Was ist mit dem Baby?“

„So weit alles in Ordnung.“

„Willst du nicht bei ihr bleiben? Du kannst doch sicher noch ein wenig helfen, Vivien?“, fragt David.

„Ja, natürlich kann ich das“, sage ich.

„Gut, dann gehe ich hoch und passe auf sie auf, bis Javier kommt“, erklärt Claudia.

„Hast du ihn erreicht?“

„Nein, aber ich habe Mateo gebeten, kurz im Atelier vorbeizufahen und ihm Bescheid zu sagen.“

„Gut, gut. Dann geh mal schnell.“

„Danke, Vivien.“

„Mach ich gerne.“

Und das stimmt sogar. Auch wenn es anstrengend ist, macht es mir Spaß, hinter dem Tresen zu stehen, Bier zu zapfen, Wein, Saft und Limonade einzuschenken. Selbst das Mixen der Cocktails gelingt mir auf Anhieb. Alles klappt wie am Schnürchen. David und ich sind ein gutes Team.

Erst am frühen Nachmittag erscheint Claudia wieder, erklärt, dass es Zara gut gehe, und löst David ab. Einen Moment später ist auch Julia, die andere Kellnerin, da.

„Soll ich dir noch ein wenig hinter der Theke helfen?“, frage ich.

„Wenn du willst und vor allem noch kannst, sehr gerne. Gerade heute ist die Hölle los.“

„Kein Problem. Zusammen kriegen wir das hin! Ich muss nur mal schnell einen Schluck Wasser trinken.“

„Bediene dich nach Lust und Laune und trinke, was und so viel du magst“, sagt er und drückt mir ein Bussi auf die Wange.

So kommt es, dass auch der zweite Tag anders verläuft, als ich es erwartet habe.

Und das ist ganz wundervoll, denke ich und grinse in mich hinein.

7

ZARA: UNPÄSSLICHKEIT

Ich liege mit geschlossenen Augen auf dem Sofa, fühle in meinen Bauch hinein und halte Zwiesprache mit meinem Ungeborenen, während ich versuche, ganz ruhig und zuversichtlich zu sein, als ich Javier die Treppe heraufstürmen höre.

Er geht vor dem Sofa auf die Knie und nimmt mich in seine Arme.

„Was ist passiert, Cariño? Ist mit euch beiden alles in Ordnung? Hast du Schmerzen?"

Ich schüttle den Kopf.

„Es ist alles gut, Liebster. Das war nur ..."

„Ein Warnschuss!", fällt er mir ins Wort. „Ich sage es dir doch schon die ganze Zeit: Du musst langsam machen!"

„Und ich wiederhole mich, wenn ich dir sage, dass ich nicht krank bin. Die Ärztin hat mir erklärt, dass so ein Ziehen schon mal vorkommen kann. Sie hat mich von Kopf bis Fuß untersucht, einschließlich Ultraschall. Es ist alles in Ordnung. Ich soll nur die nächsten Tage mal langsam machen und mich immer wieder hinlegen und ausruhen."

„Wir werden sofort jemanden einstellen, der dich in der Bar ersetzt. Ich werde höchstpersönlich jemanden finden.

Konnte ja niemand damit rechnen, dass die Leute jetzt schon in Scharen zu uns strömen."

Ich verziehe mein Gesicht.

„Wir haben ja alles dafür getan, dass es so kommt. Sogar eine Sängerin haben wir engagiert", erinnere ich ihn.

„Dann werden wir Zoé eben wieder entlassen."

„Kommt nicht in Frage! Das Mädchen braucht das Geld. Wir stellen noch jemanden ein."

„Ich kümmere mich darum. Aber zuerst einmal sorge ich dafür, dass es dir gutgeht. Wieso liegst du eigentlich nicht im Bett?"

„Bitte mach das nicht mehr, dass du dein Handy im Atelier ausschaltest", gehe ich nicht auf seine Frage ein.

„Verzeih mir, Cariño! Das waren die dummen Allüren eines Künstlers, der vergessen hat, dass er Weib und bald auch Kind zu Hause hat."

Er sieht mich zerknirscht an.

„Sei einfach immer erreichbar, ja? Und um deine Frage zu beantworten: Ich liege hier, weil es mir auf dem Sofa bequemer ist. Aber am liebsten würde ich ein wenig mit dir am Strand oder wo auch immer spazieren gehen."

„Das kommt überhaupt nicht in Frage! Wenn dir die Decke auf den Kopf fällt, kann ich dich mit dem Auto herumkutschieren. Aber keinesfalls heute! Hast du etwas gegessen?"

„Ich habe keinen Appetit."

„Keinen Appetit gibt es nicht. Unsere Kleine braucht Vitamine und so ein Zeug. Worauf hast du Appetit? Ich koche dir etwas!"

Ich muss lachen. Javier in der Küche. Das gäbe ein schönes Chaos.

„Oh nein, bitte nicht. Deine Kochkünste in allen Ehren, aber wenn es unbedingt sein muss, bitte Alejo, dass er mir einen Salat macht."

„Mit Scampi? Hühnerbrust? Feta? Was hättest du gerne, Cariño?"

„Einfach nur einen gemischten Salat mit einer einfachen Vinaigrette.“

„Zwei Scheibchen Baguette dazu?“

„Meinetwegen“, antworte ich, weil ich weiß, dass er mir sowieso welche mit hochbringen wird.

„Brauchst du noch ein Kissen? Oder eine Decke, bevor ich gehe?“

„Das wird jetzt *noch* lustiger mit dir. Danke, ich habe alles, was ich brauche. Jetzt, da du bei mir bist.“

Er nimmt mein Gesicht zwischen seine Hände.

„Du glaubst gar nicht, welchen Schock mir Mateos Besuch im Atelier eingejagt hat. Schon alleine deshalb werde ich mein Smartphone immer eingeschaltet lassen. Ich weiß gar nicht, was ich mir dabei gedacht habe, es auszumachen.“

„Ich habe mich auch schrecklich erschrocken, als ich die Unterleibsschmerzen bekommen habe“, erkläre ich und registriere, dass meine Stimme plötzlich zittert. „Zum Glück war Claudia die ganze Zeit über bei mir und hat mich beruhigt. Dann hat mich auch noch Mara angerufen und mir erzählt, dass sie das in ihrer Schwangerschaft auch mal hatte.“

„Wir können uns glücklich schätzen, von so guten Freunden umgeben zu sein“, sagt er, als er meine Hände nimmt und sie küsst.

„Oh ja, das können wir. Aber erst jetzt, da du hier bist, fühle ich mich wieder richtig wohl.“

Er erhebt sich, setzt sich vorsichtig neben mich auf das Sofa und streichelt meinen Bauch.

„Das sollst du auch, Cariño! Ich werde nicht mehr von deiner Seite weichen.“

„Das kommt nicht in Frage!“, widerspreche ich ihm. „Du wirst unausstehlich sein, wenn du nicht ab und zu deine Freunde treffen und mit ihnen um die Häuser ziehen kannst.“

„Für dich bin ich liebend gerne unausstehlich“, sagt er mit einem Lächeln.

Ich schüttle den Kopf.

„Das kannst du mir nicht antun, Javier. Ich habe dich lieber gut gelaunt."

„Dann werde ich nur noch gut gelaunt sein."

„Das erleichtert mich", entgegne ich lächelnd.

„Soll ich dir noch etwas zu trinken holen, bevor ich hinunter zu Alejo gehe?"

„Das kann ich mir doch selbst holen", sage ich und setze mich auf.

Sofort ist er auf den Füßen.

„Oh nein. Was willst du?"

„Ein wenig Wasser wäre schön."

Einen Augenblick später stehen Flasche und Glas neben mir und Javier schenkt mir ein.

„Und jetzt gehe ich runter und bitte Alejo, einen Salat für dich anzumachen und ein paar Tapas für uns beide zuzubereiten. Der Appetit kommt beim Essen. Auch deiner."

Das habe ich nun davon: Eine Betreuung rund um die Uhr, denke ich und merke, dass ich mich mehr darüber freue, als ich gedacht hätte.

„Du, Javier ..."

„Ja?"

„Ich habe Nele und Àlvaro zum Abendessen zu uns eingeladen, weil Nele mir eine Zeichnung zeigen will. Es geht um das Wohnzimmer. Ich will doch ein gemauertes Regal neben dem Kamin haben, weißt du?"

„Das hat Zeit!"

„Nein, leider nicht. Ich muss ihre Zeichnung heute abnehmen, weil die Maurer nur noch morgen auf der Baustelle sind."

„Aber wie stellst du dir das vor? Du musst liegen."

„Iss doch du unten mit ihnen und schicke danach Nele zu mir hoch."

„Gut, so können wir es machen. Jetzt gehe ich zu Alejo und schau mal, was er uns Leckeres zubereiten kann."

Natürlich! Meinen verfressenen Liebsten zieht es in die Küche.

8

VIVIEN: ANGEBOTE

Der Tag geht langsam zu Ende und die Bar hat sich bis auf ein paar Plätze geleert. Es ist kurz nach acht. Ich helfe den beiden Mädels, die Tische leerzuräumen und die Kissen einzusammeln.

„Du bist ja unermüdlich", meint Claudia lächelnd. „Ein Glück, dass du heute hier warst. Gleich gibt es für uns alle Essen im Barraum und du bist natürlich herzlich eingeladen."

„Vielen Dank. Mir schleift der Magen schon auf dem Boden."

„Warum hast du denn nichts gesagt? Alejo hätte dir ein Baguette belegen können."

„Eigentlich habe ich es gar nicht bemerkt, als so viel los war. Erst jetzt, da du vom Essen gesprochen hast ..."

Ich zeige auf meinen Magen.

„Geht da drinnen das Gebrumme los."

Claudia schaut auf ihre Uhr.

„Alejo serviert uns um halb neun eine seiner Spezialitäten. Aber hol dir bei ihm doch schon mal ein Stückchen Brot."

Kopfschüttelnd lächle ich sie an.

„Ich warte, bis wir alle etwas bekommen."

Kurz darauf sind wir fertig und setzen uns schon einmal an

den großen Tisch im Inneren. Claudia bringt Baguette und drei Töpfchen mit Aioli. Eins stellt sie direkt vor mich hin und fordert mich auf, zuzulangen.

Das tue ich dann auch sofort und genieße es, das fluffige Brot in die spanische Knoblauch-Mayonnaise zu tauchen, bevor ich es mir in den Mund stecke.

David lässt sich neben mir nieder.

„Das hast du ganz toll gemacht heute", lobt er mich. „Du kannst dir überlegen, ob du Geld für deine Hilfe willst oder lieber hier kostenlos essen und trinken."

„Das ist doch nicht nötig", wehre ich ab.

„Oh doch, das ist es! Such dir aus, wie du es haben willst."

„Danke, das mit dem Essen ist ein verführerisches Angebot. Ich nehme es gerne an. Aber nur, wenn ich noch mal helfen darf", sage ich.

Hier nichts bezahlen zu müssen, ist das Beste, was mir passieren kann, denn das schont meine schmale Urlaubskasse ganz gewaltig.

„Ich werde gerne darauf zurückkommen", sagt David. „Aber nur, wenn es unbedingt sein muss, denn du hast schließlich Urlaub."

„Ach was! Es hat mir Spaß gemacht. Immer nur in der Sonne liegen, ist ja irgendwie auch langweilig", schwindle ich grinsend. „Wenn Zara morgen noch Ruhe braucht, springe ich gerne wieder ein."

„Willst du dich nicht erholen, bis du wieder zurückfliegen und arbeiten musst?"

Ich seufze.

„Was ist los?", fragt er.

„Zwei Tage vor meinem Urlaub wurde ich entlassen und freigestellt."

„Was hast du denn Schlimmes angestellt?"

„Nichts. Der Firma geht es schlecht. Zu wenige Aufträge. Und da ich als Letzte eingestellt wurde und keine Kinder zu versorgen habe, war ich eine der Ersten, die gehen musste."

„Dann bist du jetzt also arbeitslos?"

„Ja, bin ich. Eigentlich hätte ich gar nicht verreisen sollen. Aber ich hatte alles schon gebucht und bezahlt."

„Dann such dir doch hier etwas", schlägt er vor. „Oder hast du in Deutschland Verpflichtungen? Was machst du denn beruflich so?"

Ich schüttle den Kopf.

„Nein, Verpflichtungen habe ich keine und von Beruf bin ich Eventmanagerin."

„Was macht man als Eventmanagerin? Hast du bei einer Cateringfirma gearbeitet?"

„Nein, nein. Wir haben vor allem Aufträge von Unternehmen bekommen. Zum Beispiel musste ich Firmenveranstaltungen organisieren. Jubiläen oder Incentives für verdiente Mitarbeiter. Manchmal haben wir aber auch große Hochzeiten oder runde Geburtstage ausgerichtet."

„Das war sicher ein interessanter Job. Ob hier allerdings so etwas gefragt ist? Wenn schon, dann in Palma."

„Ich suche hier ja gar nicht."

„Wäre aber schön. Bei uns ist jedoch nur eine Stelle als Kellnerin zu haben."

„Ein reizvoller Gedanke,

direkt am Meer zu arbeiten, aber auf Dauer nichts für mich. Ich liebe meinen Beruf."

„Ah, da kommt das Essen. Heute gibt es ..."

Er schnuppert.

„Hühnchen!", stellt er begeistert fest.

Während er mir eine Keule auf den Teller legt, betreten zwei Leute die Bar, die ich bisher noch nicht gesehen habe.

„Guten Abend, wo sind denn Zara und Javier?", fragt der Mann.

„Hier bin ich", antwortet ein anderer, der aus dem Hintergrund auftaucht.

„Setzt euch", fordert er sie mit einer einladenden Handbewegung auf. „Zara liegt oben auf dem Sofa. Sie hatte heute Morgen Schmerzen und soll deshalb nicht aufstehen."

„Oh nein!", entfährt es der Frau. „Kann ich zu ihr gehen, Javier?"

Als dieser nickt, verlässt sie den Barraum.

„Das sind Nele und Àlvaro", erklärt David. „Freunde des Hauses. Er hat hier in der Nähe ein altes Anwesen in ein absolutes Luxushotel umgebaut und sie ist Designerin und Schreinerin. Sie machen gerade den Innenausbau im neuen Haus von Zara und Javier."

„Das sind die Eigentümer der Bar?"

„Ja, genau. Guten Appetit."

Ich esse von dem köstlichen Hühnchen und dem gebratenen Gemüse.

„Hm ...", mache ich. „Sehr lecker."

„Alejo ist ein Künstler in der Küche."

Plötzlich schaut Javier mich fragend an.

„Wer bist du eigentlich?", will er wissen.

„Darf ich vorstellen? Das ist Vivien. Sie ist heute für Zara eingesprungen und hat den ganzen Tag bei uns gearbeitet."

„Das war sehr nett von dir", sagt Javier.

Er wendet sich David zu.

„Hast du dich erkenntlich gezeigt?"

„Aber natürlich!", antwortet der entrüstet. „Morgen hilft sie auch wieder aus."

„Das ist sehr gut. Lebst du auf Mallorca, Vivien?"

„Nein, ich mache hier Urlaub."

„Und dann hast du trotzdem bei uns gearbeitet?", wundert er sich.

„David hat mich gestern so freundlich in eurer Bar empfangen, dass ich gar nicht anders konnte."

„Unser David ist ein toller Kerl", erklärt Javier grinsend. „Schade, dass du nicht hier lebst, sonst hätte er dich anstellen können."

„Sie sucht einen Job als Eventmanagerin", mischt David sich ein.

„Hier auf der Insel? Das könnte schwierig werden."

„Eigentlich suche ich etwas in Deutschland", stelle ich richtig. „Auch wenn es mir hier ausgesprochen gut gefällt."

„Ich drücke dir die Daumen, dass du das Passende findest", sagt Javier. „Danke, dass du uns morgen noch einmal unter die Arme greifst."

„Das mache ich doch gerne."

Er nickt, dann wendet er sich wieder seinem Freund zu.

„Willst du noch ein Stück von dem Hühnchen?", fragt David.

„Danke, aber ich bin satt. Ich werde jetzt zurück ins Hotel gehen, müde aufs Bett sinken und noch ein wenig lesen. Morgen wartet eine Menge Arbeit auf mich", sage ich grinsend. „Wann soll ich denn hier sein?"

„Moment, ich frage Claudia."

„Wenn du kannst, gerne um zwölf", antwortet diese.

„Gut, dann sehen wir uns morgen. Ich komme schon früher und lege mich an euren Strand. Danke für das tolle Essen."

Ich verabschiede mich mit Küsschen von David, grüße in die Runde und wünsche einen schönen Abend.

Dieser Urlaub wird immer interessanter, denke ich, als ich über die kleine Landzunge zurück in die Nachbarbucht kraxle.

9

VIVIEN: JOB?

Wieder flüchte ich nach dem Frühstück aus dem Hotel. Doch vorher beschwere ich mich an der Rezeption über den Lärm.

„Wir können leider nichts machen, Señorita", werde ich abgewimmelt.

„Ich möchte mit der Reiseleiterin sprechen."

„Die ist nicht im Hotel."

„Bitte nennen Sie mir Tag und Uhrzeit, wann ich sie hier erreichen kann!", sage ich streng.

Würde mich der Lärm nicht vertreiben, könnte ich mich hier an den Strand legen, danach duschen und mich umziehen, bevor ich zur Strandbar gehe. Aber bei dem Gehämmere und Gebohre im Hintergrund habe ich darauf keine Lust.

„Morgen Vormittag ist sie hier. Um zehn Uhr."

„Danke."

Ich gehe wieder am Meer entlang. Die Sonne blickt noch ein wenig schüchtern hinter einer dicken, weißen Wolke hervor.

Wenig später bin ich am Ziel und lege mich in den Sand. Als ich mich vorhin im Spiegel betrachtet habe, konnte ich feststellen, dass mein Gesicht bereits eine schöne Farbe bekommen hat. Die will ich vertiefen und deshalb schließe ich meine Augen, genieße die warmen Strahlen und das beruhigende Rauschen der Wellen.

Nach einer Weile höre ich, wie die Bar zum Leben erwacht. Als ich mich umdrehe, sehe ich, wie Claudia und Julia die Kissen auf die Sessel verteilen und die Auflagen auf die Liegen.

Auch David werkelt schon hinter der kleinen Bar herum.

Ich setze mich auf und winke. Claudia winkt zurück und nachdem sie die Auflagen auf der vordersten Reihe verteilt hat, kommt sie, um mich zu begrüßen.

„Du lässt es dir ja gutgehen“, sagt sie mit einem strahlenden Lächeln. „Soll ich dir einen Kaffee bringen?“

„Das wäre genial!“

„Mach ich doch gerne. Ich bin ja froh, wenn du später wieder mit anpackst. Am Nachmittag kommt nämlich unsere Sängerin. Da wird es besonders voll sein. Willst du den Kaffee mit Milch und Zucker?“

„Ohne alles bitte. Du bist ein Schatz.“

„Du doch auch“, erklärt sie lachend.

Ich schließe die Augen, bis ich Schritte höre.

„Die Señorita möchte einen Kaffee, habe ich gehört“, sagt David.

Ich springe auf, begrüße ihn mit Bussis und nehme die Tasse vom Tablett.

„Das ist ja mal ein außergewöhnlicher Service.“

„Für außergewöhnliche Gäste tun wir doch alles.“

Ich schüttle den Kopf.

„Zwick mich mal!“

Er lässt sich nicht lange bitten und kneift mich.

„Autsch!“

Ich reibe mir über den Arm.

„Und wozu sollte das gut sein?“, will er wissen.

„Ich dachte schon, ich wäre im Himmel gelandet“, sage ich grinsend.

„Spätestens um zwölf wirst du merken, dass dem nicht so ist. Willst du etwas zu essen haben, bevor es losgeht?“

„Ja, das wäre fein. Sonst schleift mein Magen wieder auf dem Boden.“

„Was wir unbedingt verhindern sollten. Bis gleich, Guapa!“

„Bis gleich.“

Ich seufze, als ich mich wieder auf der Decke niederlasse.

So viel Harmonie an diesem Ort. Das ist schon fast zu schön, um wahr zu sein!

In kleinen Schlucken trinke ich den Kaffee, dann ziehe ich mein Strandkleid aus und lege mich auf den Bauch, damit auch mein Rücken Farbe annimmt.

Um halb zwölf gehe ich zur Bar, um mir ein Baguette mit Schinken und Käse zu bestellen.

Nach den ersten Bissen steht plötzlich Javier neben mir.

„Hola, Vivien. Qué tal?“

„Muy bien. Y tú?“

Zum Glück spreche ich ganz gut Spanisch, da ich mal einen längeren Sprachurlaub in Barcelona gemacht habe. Allerdings habe ich gestern gehört, dass sein Deutsch ausgezeichnet ist.

„Ich habe eine Frage an dich“, wechselt er da auch schon die Sprache.

„Du willst wissen, ob ich Zara vertreten kann? Um zwölf geht es für mich los.“

„Nein, das meine ich nicht. Du hast gestern gesagt, du seist Eventmanagerin.“

„Ja, das bin ich“, antworte ich und warte neugierig darauf, was der Grund für diese Frage ist.

„Ich weiß, dass du gerade deinen Urlaub genießt. David hat gesagt, du würdest in einem Hotel in der nächsten Bucht übernachten.“

„Ja, auch das ist richtig.“

„Könntest du dir vorstellen, trotz deines Urlaubs auf der Insel zu arbeiten?“

„Hm ... Das hatte ich jetzt eigentlich nicht vor. Zwischendurch mal bei euch aushelfen, ist kein Problem. Aber die ganze Zeit über?“

„Pass auf, ich erkläre dir, worum es geht. Du hast doch gestern Abend meinen Freund Àlvaro kennengelernt. Ihr habt zwar nicht miteinander gesprochen, aber er war derjenige, mit dem ich mich die ganze Zeit unterhalten habe. Erinnerst du dich?“

Ich nicke bejahend.

„Álvaro hat in der Nähe ein Luxushotel.“

„Das hat David mir erzählt.“

„Ein sehr exklusives Luxushotel. In zehn Tagen will dort die Tochter eines der reichsten Männer Spaniens heiraten und deshalb hat ihre Familie den gesamten Komplex gemietet.

Álvaro hat für das Hotel einen Geschäftsführer eingesetzt, der über entsprechendes Personal verfügt. Nun hatte leider der hoteleigene Eventmanager, Señor Gonzalez, einen schlimmen Autounfall und ist nicht ansprechbar.“

„Das tut mir leid“, sage ich und habe eine leise Ahnung davon, worauf er hinauswill.

„Jetzt suchen sie händeringend jemanden, der die Organisation der Hochzeit übernimmt. Es muss natürlich jemand sein, der sich zutraut, so eine exklusive Veranstaltung zu managen. Ich nehme an, dass die meisten Dinge längst geregelt sind, aber eben noch nicht alles und sicher gibt es kurzfristige Änderungswünsche, wie das bei dieser anspruchsvollen Klientel meistens der Fall ist.

Aber das Wichtigste ist, dass jemand mit entsprechender Erfahrung vor Ort sein muss, der sich um die Ankunft der Gäste und den reibungslosen Ablauf der Hochzeit kümmert.“

Ich sehe ihn erwartungsvoll an.

„Nachdem Álvaro mir gestern sein Leid geklagt hat, fiel mir ein, dass du möglicherweise über die nötige Kompetenz verfügen könntest. David sagt, die Firma, bei der du angestellt warst, musste wegen schlechter Auftragslage das Personal reduzieren?"

„Die Letzte beißen die Hunde."

Javier stutzt kurz. Dann lacht er.

„Das heißt, du bist sehr langsam oder wurdest als Letzte eingestellt?"

Nun lache ich auch.

„Ich bin schnell und dennoch war ich leider die Letzte."

„David hat auch gesagt, du seist freigestellt worden?"

„Ja, das ist so üblich."

„Deshalb frage ich nun dich, ob du das Eventmanagement übernehmen könntest. Deinen Urlaub könntest du im Anschluss daran nehmen und sicher würde dir Álvaro dafür ein Zimmer im Hotel zur Verfügung stellen. Wie gut sprichst du Spanisch?"

„Für den alltäglichen Gebrauch reicht es. Aber ob es auch gut genug für die Kommunikation mit der exklusiven Klientel ist?"

„Keine Sorge, die Braut spricht perfekt Englisch. Du doch sicher auch?"

„Ja, das ist eine der Voraussetzungen für meinen Beruf."

„Willst du darüber nachdenken, ob du die Aufgabe übernehmen willst? Wie gesagt, findet die Hochzeit in wenigen Tagen statt. Es gibt sicher nicht mehr so viel zu tun bis dahin."

„Habe ich das wirklich richtig verstanden? Du bietest mir tatsächlich diesen Job an?", frage ich mit klopfendem Herzen.

Ich kann gar nicht glauben, dass ich ausgerechnet in meinem Urlaub auf Mallorca eine Arbeit finden soll. Auch wenn sie zeitlich begrenzt ist. Aber in meinen Bewerbungsunterlagen würde sich das natürlich sehr gut machen.

„Nicht ich biete dir das an, sondern Álvaro. Er ist übrigens trotz seines spanischen Namens Deutscher. Mit ihm wirst du dich also in eurer Muttersprache verständigen können, wobei du vor allem mit der Braut und ihrem Bruder zu tun hättest."

„Mit ihrem Bruder?"

„Ja, er will mit seinem Einsatz die Braut entlasten. Álvaro hat mich jedenfalls gebeten, bei dir anzufragen, ob du Interesse hättest. Die nötigen Qualifikationen natürlich vorausgesetzt."

„Die sind vorhanden, denn in meiner alten Agentur habe ich oft große Veranstaltungen geplant."

„Dann habe ich jetzt meine Pflicht als Freund getan. Bitte überlege es dir bis morgen, dann musst du dich mit Álvaro beziehungsweise dem Geschäftsführer des Hotels unterhalten."

„Und hier auf der Insel gibt es niemanden, der den Job übernehmen könnte?", wundere ich mich.

„Die guten Agenturen sind ausgebucht und können deshalb nicht kurzfristig einspringen. Álvaro steckt in der Klemme und meint, du könntest eventuell seine Rettung sein."

„Das kann ich verstehen, wenn es sich um so ein hochkarätiges Klientel handelt."

„Gib mir bitte morgen früh Bescheid. Und Vivien ..."

„Ja?"

„Falls du dich der Sache gewachsen fühlst, würdest du meinem Freund einen großen Gefallen tun. Und wie ich ihn kenne, lässt er sich nicht lumpen."

10

VIVIEN: SPRUNG

In den nächsten Stunden bin ich damit beschäftigt, zwischen den Tischen hin- und herzurennen, um Speisen und Getränke zu servieren. Wie erwartet, ist die Bar noch voller als gestern, da Zoé um fünfzehn Uhr singen wird.

Während ich schufte und die Mädels dafür bewundere, dass sie diese anstrengende Arbeit jeden Tag verrichten, lasse ich mir Javiers Angebot durch den Kopf gehen.

Fühle ich mich der Situation wirklich gewachsen?, frage ich mich.

Ich bin hier im Ausland, beherrsche die Sprache nur so lala, kenne das Hotelpersonal nicht und soll jemanden vertreten, der bisher die gesamte Organisation des Events innehatte, aber nicht ansprechbar ist.

In der Vergangenheit – auch schon an meinem früheren Arbeitsplatz – habe ich zwar weitgehend selbständig gearbeitet, aber es gab immer noch den Chef, der einen Blick auf meine Arbeit geworfen hat, damit alles reibungslos lief.

Nun wäre ich wohl komplett auf mich alleine gestellt und müsste Gespräche mit der Braut und ihrem Bruder führen, um Details zu erfahren, die sicher schon geklärt waren. Dadurch habe ich von Anfang an eine schwierige Position.

Will ich das wirklich? Noch dazu in meinem heiß ersehnten Urlaub?

Auch wenn ich diesen an den Job anhänge und ihn in einem exklusiven Luxushotel verbringen darf, bin ich darauf gar nicht so scharf. Mir gefällt es in der Strandbar viel besser und außerdem fehlt mir die Kleidung für solch einen luxuriösen Ort ...

Und da wird mir bewusst, dass ich natürlich keinerlei Businesskleidung dabeihabe. Ich bräuchte mindestens zwei Kostüme oder Hosenanzüge inklusive Blusen und einem Paar Schuhe!

Ich kann kaum im Strandkleid oder Shorts in diesem Hotel auftauchen.

Also beschließe ich, Javier zu sagen, dass ich das Angebot unmöglich annehmen kann.

Trotzdem geht es mir nicht aus dem Sinn. Es wäre eine Herausforderung, mich diesem Job zu stellen, und er würde sich so gut in meinen Bewerbungsunterlagen machen!

Es gibt ja auch noch den Geschäftsführer des Hotels, der mir beistehen wird, da er will, dass die Veranstaltung erfolgreich ist, schießt es mir durch den Kopf.

Davon abgesehen hat der bisherige Eventmanager vielleicht einen Assistenten. Aber in dem Fall würde dieser sicher die Veranstaltung leiten.

Als ich bei diesen Überlegungen angelangt bin, merke ich, dass ich die Chance auf einen derartigen Auftrag nicht ungenützt vorübergehen lassen kann, ohne es hinterher zu bereuen.

Ich muss mit Álvaro sprechen und erst danach kann ich mich entscheiden, beschließe ich und widme mich wieder konzentriert den Gästen.

„Entschuldige, Vivien. Ich will dich nicht unter Druck setzen. Aber die Sache eilt, denn die paar Tage sind schnell um und es gibt noch so viel zu tun. Ich will mir keinen schlechten Ruf einhandeln, weil das Event misslingt. Deshalb meine Frage: Hast du dich schon entschieden?"

Álvaro ist kurz nach dem Abendessen in der Bar aufgetaucht, um mit mir zu sprechen. Jetzt sitzen wir in einem kleinen Büroraum oben in Zaras und Javiers Wohnung.

Er hat mich in der letzten halben Stunde in die Zange genommen, indem er mich nach allen Regeln der Kunst über meinen beruflichen Werdegang und meine bisherigen Erfahrungen ausgehorcht hat.

Natürlich kann ich das aus seiner Sicht nachvollziehen. Bevor er mir einen Job anbietet, muss er wissen, ob ich ihn auch beherrsche. Aber letztendlich will er etwas von mir und nicht umgekehrt.

„Was wäre, wenn ich ablehnen würde?", frage ich, um das erst einmal abzuchecken, weil ich nun mal so gestrickt bin, dass ich niemanden hängenlassen kann, der mich braucht.

„Dann müssten wir schnellstmöglich jemanden auf dem Festland finden, der den Job übernimmt. Hätten wir mehr Zeit, wäre das kein Problem, denn es handelt sich um einen prestigeträchtigen Auftrag. Aber die guten Leute haben schon ihre eigenen Projekte und können so kurzfristig sicher nicht einspringen."

Genau das habe ich auch vermutet.

„Da ich hier Urlaub mache, habe ich nur Freizeitkleidung dabei", werfe ich das erste Gegenargument ein.

„Das ist sicher das kleinste Problem. Ich schicke gleich morgen früh eine der Damen los, damit sie nach Palma fährt und eine Auswahl an Businesskleidung besorgt."

„Mein Spanisch ist nicht perfekt."

„Bei uns wird Englisch gesprochen und zur Not stellen wir dir eine Dolmetscherin zur Seite."

„Ich kenne niemanden im Hotel."

„Das wird sich schnell ändern. Wir haben ein gut eingespieltes Team, das deine Anordnungen ausführen wird."

„Der Eventmanager ist nicht ansprechbar. Wie soll ich mich zurechtfinden?"

„Es gibt Auftragsbestätigungen."

„Wenn ich länger hier bleibe, habe ich keinen Rückflug."

„Den buchen wir für dich."

Jetzt gehen mir die Argumente aus. Dass ich Angst davor habe, mich auf so ein Wagnis einzulassen, erwähne ich lieber nicht.

„Hast du noch weitere Einwände?", fragt er.

Ich gebe mir einen innerlichen Ruck und sage den entscheidenden Satz.

„Gut, ich mache es!"

Offensichtlich erleichtert atmet Álvaro auf.

„Wann soll ich anfangen? Gleich morgen früh?", frage ich.

„Wenn du um zehn Uhr im Hotel sein könntest, wäre es perfekt. Dann lernst du den Geschäftsführer und alle anderen kennen und kannst dich gleich mit den wichtigsten Dingen vertraut machen. Die Braut und ihr Bruder werden am späten Nachmittag zur Besprechung anreisen."

„Ein Sprung ins kalte Wasser", kommentiere ich seine Ausführungen.

„So ist es. Javier hat mir erzählt, dass du hilfsbereit und freundlich bist, zupacken kannst und sehr schnell lernst. Diese Qualitäten werden dir helfen. Nach dem Event kannst du deinen Urlaub in unserem Hotel nachholen. Ach, und als Honorar hatte ich an sechstausend Euro gedacht. Bist du damit einverstanden?"

Sechstausend Euro? Für ein paar Tage Arbeit?

Ich sehe ihn ungläubig an.

„Wir können auch noch tausend Euro drauflegen", sagt er schnell. „Plus eine Woche Luxusurlaub und der Rückflug nach Deutschland."

„Ja, damit bin ich einverstanden", sage ich so cool, als würde ich täglich über derartige Summen verhandeln.

„Dann sehen wir uns morgen. Den Beleg für die Taxifahrt

gibst du in der Buchhaltung ab. Morgen werden wir dir einen Wagen zur Verfügung stellen. Welche Kleidergröße hast du?"

Wie seltsam, vom temporären Boss diese Frage gestellt zu bekommen.

„Größe 38 oder M."

Er tippt etwas in sein Smartphone ein.

„Bevorzugst du Kostüme oder Hosenanzüge?"

„Hosenanzüge."

„Farbe?"

„Am liebsten dunkelblau."

„Hast du noch Fragen?"

„Im Moment nicht. Danke für dein Vertrauen."

„Ich hatte keine andere Wahl, als nach meinem Bauchgefühl zu gehen", erklärt er grinsend. „Und ich schaue, dass ich immer für dich erreichbar bin."

„Ich werde dich nicht enttäuschen", mache ich ein Versprechen, von dem ich noch gar nicht weiß, ob ich es auch halten kann.

Er streckt mir seine Hand hin.

„Auf gute Zusammenarbeit", sagt er.

„Auf gute Zusammenarbeit", wiederhole ich mit einem flauen Gefühl im Magen.

Worauf habe ich mich da bloß eingelassen?

11

VIVIEN: AUFGEREGT!

Ich trage meine einzige lange Stoffhose in Dunkelblau und dazu eine weiße Bluse. Leider habe ich nur ein Paar High Heels und ansonsten Flip-Flops und Sportschuhe dabei. Meine Wahl fällt auf Letztere. Sie passen natürlich nicht zur Eventmanagerin eines Luxushotels, aber wenigstens sind sie weiß und fast sauber.

Als ich mich im Spiegel betrachte, durchfährt mich ein Schreck.

Álvaro hat gar nicht nach meiner Schuhgröße gefragt!

Zur Sicherheit nehme ich die Hochhackigen mit, in die ich schlüpfen kann, wenn ich mich mit der Braut und ihrem Bruder zur Besprechung treffe.

In wenigen Minuten wird das Taxi vor der Hoteltür stehen. Deshalb nehme ich meine Handtasche, ziehe die Jeansjacke an und gehe mit weichen Knien zum Aufzug.

Nur Mut!, versuche ich mich zu motivieren, während ich die Stockwerke rückwärts zähle, bis sich die Türen öffnen.

Wenn dieser Job nicht klappen sollte, werde ich eben nach dem ersten Tag zurück in mein Vier-Sterne-Hotel gehen. Ich werde den Baulärm ertragen, einen ganz normalen Urlaub unter Paaren und Familien mit Kleinkindern verbringen, auf alle Extras verzichten, damit ich meine Geldbörse schone, und mich nie wieder in der Strandbar blicken lassen.

Was für eine schreckliche Vorstellung!, denke ich, während sich mir der Hals zuschnürt.

Deshalb *muss* einfach alles gutgehen, denn ich kann Javier und Álvaro auf keinen Fall enttäuschen. Außerdem will ich diesen Job gut erledigen, um damit meinen Lebenslauf zu schmücken und das viele Geld, das ich dafür bekomme ... das kann ich wirklich gut brauchen.

Die Fahrt zum Hotel dauert nur fünfzehn Minuten. Ich habe ein schönes Anwesen erwartet, doch was ich kurz darauf sehe, verschlägt mir den Atem.

Nachdem der Fahrer geklingelt hat, öffnet sich das große schmiedeeiserne Tor mit den goldenen Spitzen. Wir fahren über einen weißen Kiesweg eine Allee mit Palmen und Pinien entlang. Um uns herum sehe ich nichts als Grün, mal abgesehen von einigen Blumen, die sich an den Stämmen nach oben ranken.

Mehrere hundert Meter weiter erblicke ich das Gebäude. Es ist sehr imposant mit seinen Anbauten und dem eckigen Turm in der Mitte. Die Fenster umrahmen die landestypischen braunen Holzklappläden und über drei Stufen führt eine riesige, bogenförmige Tür ins Innere.

Das Taxi hält an, ich bezahle und steige aus. Dann schreite ich die Treppe hinauf. Vor mir öffnet sich eine Glastür. Auch von innen ist das Gebäude mit seinen hohen Mauern und den Säulen überwältigend.

Auf den hellen Fliesen liegen Teppiche, die genauso teuer aussehen wie die modernen Sitzgarnituren aus braunem Leder, auf denen vereinzelt Gäste sitzen und sich unterhalten oder die Tageszeitung lesen und Kaffee trinken.

Überall stehen Vasen in verschiedenen Größen mit voluminösen Blumensträußen in edlem Weiß. An den Wänden hängen überdimensionale Spiegel mit prachtvollen Gold rahmen und bilden einen reizvollen Kontrast zu den modernen Gemälden.

Die Halle strahlt verschwenderischen Luxus und Reichtum aus. In meiner einfachen Kleidung und den Sportschuhen fühle ich mich in dieser eleganten Umgebung fehl am Platz.

Aber das werde ich mir auf keinen Fall anmerken lassen.

Denk dran, dass du hier eigentlich Urlaub machst und die Anfrage für diesen Business-Auftrag unerwartet auf dich zukam.

Ich atme einmal tief durch, straffe meine Schultern und gehe auf die Rezeption zu.

„Buenos días“, begrüße ich mit einem freundlichen Lächeln eine der beiden Damen hinter dem Tresen. „Mein Name ist Vivien Hallberg. Ich möchte bitte mit ...“

Da wird mir ganz heiß, denn ich kenne die entsprechenden Nachnahmen gar nicht.

„Ähm ... mit dem Geschäftsführer sprechen.“

„Buenos días, Señorita Hallberg. Haben Sie einen Termin mit Señor Pérez?“

„Er erwartet mich.“

„Dann werde ich Sie ihm ankündigen. Bitte nehmen Sie einen Augenblick Platz.“

Ich setze mich auf eines der Sofas und muss mich beherrschen, nicht vor Nervosität mit den Füßen herumzuzappeln. Dieses prunkvolle Hotel macht mich nun doch ein klitzekleines bisschen nervös.

„Guten Morgen, Vivien“, höre ich da eine männliche Stimme hinter mir und als ich den Kopf drehe, sehe ich, dass es Álvaro ist. „Wie geht es dir?“

„Willst du eine professionelle oder eine ehrliche Antwort?“, frage ich mit einem Lächeln.

„Ich bin grundsätzlich für klare Worte.“

„Ich bin ein wenig aufgeregt“, gestehe ich.

„Das ist unter den gegebenen Umständen verständlich. Gib einfach dein Bestes!“, sagt er trotz seines freundlichen Gesichtsausdrucks in einem eindringlichen Tonfall.

Zweifelt er nun doch an seinem Bauchgefühl?, frage ich mich.

„Das werde ich natürlich und noch ein bisschen mehr. Darauf kannst du dich verlassen!“, versichere ich mit fester Stimme.

„Wenn es Probleme gibt, kannst du dich jederzeit bei mir melden.“

Das werde ich nur im alleräußersten Notfall tun, denke ich, spreche es aber nicht aus.

Ein älterer Herr im dunkelgrauen Anzug und einem Einstecktuch in der Brusttasche kommt geradewegs auf uns zu.

„Buenos días, Señorita Hallberg. Wie geht es Ihnen? Ich freue mich, Sie kennenzulernen.“

Er deutet eine Verbeugung an und reicht mir seine Hand.

„Sehr erfreut“, antworte ich.

Die beiden Männer begrüßen sich ebenfalls.

„Ich möchte die Señorita gleich mitnehmen, damit wir keine Zeit verlieren“, sagt er zu Álvaro.

„Aber natürlich.“

„Darf ich Sie in mein Büro bitten, damit wir die Formalitäten erledigen?“

„Sehr gerne.“

„Adiós und vielen Dank“, verabschiede ich mich von Álvaro und wende mich Señor Pérez zu.

„Moment, Vivien! Ich brauche noch deine Schuhgröße.“

„Ach ja!“, sage ich erleichtert, weil ich dadurch später nicht in die High Heels schlüpfen muss. „Achtunddreißig.“

„Ich gebe das der Kollegin durch. Vermutlich wird sie gegen zwölf Uhr zurück sein.“

„Danke, Álvaro.“

Er nickt und wirft mir einen aufmunternden Blick zu.

„Darf ich bitten?“, fordert mich Señor Pérez auf und zeigt in Richtung Rezeption.

Ich folge ihm.

Wenig später sitzen wir in seinem Büro und ich unterschreibe den Vertrag mit dem fürstlichen Honorar, das mein Herz vor Freude höherschlagen lässt.

Señor Pérez klärt mich darüber auf, dass es sich bei der Braut um die Tochter eines bekannten spanischen Textilfabrikanten handelt und beim Bräutigam um den Besitzer einer Bäckereikette.

Ich muss mich beherrschen, nicht allzu aufgeregt auf diese Nachricht zu reagieren. Aber ich kann es nicht vermeiden, mich zu fragen, worauf ich mich da nur eingelassen habe.

Heute Abend rufe ich Angelika an und bespreche alles mit ihr, nehme ich mir vor. *Das wird mir ein wenig Sicherheit geben.*

„Ich würde Sie gerne durch das Hotel führen, aber ich denke, Sie machen einen kompetenteren Eindruck auf Ihre Kollegen, wenn Sie entsprechend gekleidet sind."

„Dem stimme ich zu."

Ich schaue auf die große Uhr, die hinter ihm an der Wand hängt.

„Álvaro meinte, die Kollegin sei gegen zwölf Uhr zurück."

„Darauf kann man sich verlassen", antwortet er und legt einen Plan des Hotels auf seinen Tisch. „Hier können Sie schon einmal den Grundriss unseres Hauses studieren. Ich habe ein Telefonat zu führen."

„Soll ich mich ins Vorzimmer setzen?", frage ich.

„Das ist nicht nötig."

Er nimmt sein Telefon vom Schreibtisch und verlässt den Raum. Hoch konzentriert betrachte ich den Plan und präge mir die wichtigsten Stationen ein.

Kurz nachdem sich der große Zeiger von der Zwölf wegbewegt hat, öffnet sich die Tür und die Sekretärin von Señor Pérez bittet mich, ihr zu folgen. Sie bringt mich zur Rezeption, wo ich von einer Kollegin erwartet werde.

„Darf ich Ihnen die Kleidungsstücke und Schuhe zeigen, die ich zur Auswahl in Palma besorgt habe?"

„Oh ja, sehr gerne. Ich bin schon neugierig."

Sie bringt mich in den Umkleideraum für das weibliche Personal und zeigt auf einen Kleiderständer, auf dem mehrere Hosenanzüge und weiße Blusen hängen. Darunter stehen drei Paar halbhohe klassische Schuhe.

„Ich hoffe, dass Ihnen etwas davon passt. Im Namen der Geschäftsleitung soll ich Ihnen mitteilen, dass Sie sich zwei Hosenanzüge, fünf Blusen und zwei Paar Schuhe aussuchen sollen."

Staunend sehe ich sie an. Dann gehen die Kosten für die Kleidung auch zu Lasten des Hotels? Die Sachen sehen hochwertig aus und waren sicher teuer.

Ich muss ja das Hotel gegenüber einer reichen Klientel vertreten, sage ich mir. *Dazu passen keine Billigklamotten.*

„Hier ist der Schlüssel für Ihren Spind. Dort können Sie das aufhängen, was Sie behalten möchten. Den Rest hole ich später wieder ab. Wenn Sie noch etwas brauchen, wenden Sie sich bitte an mich. Sie erreichen mich über die Rezeption."

Ich bedanke mich bei ihr und nachdem sie den Raum verlassen hat, ziehe ich mich um. Zum Glück passt alles wie angegossen und so suche ich mir das aus, was mir am besten steht. Dann hänge ich den anderen Hosenanzug und die restlichen Blusen in den Spind, stelle ein weiteres Paar Schuhe ebenfalls hinein und schließe ab.

In angemessener Businesskleidung verlasse ich den Umkleideraum. Jetzt fühle ich mich an diesem Ort schon selbstsicherer.

Zurück an der Rezeption wird Señor Pérez gerufen, der mich durch das Hotel führt und mir alle wichtigen Räumlichkeiten zeigt: Den Empfangsraum, der an den Ballsaal anschließt und für Festivitäten wie die Hochzeit genutzt wird. Den Restroom, in dem für die Damen ein Bereich mit deckenhohen Spiegeln und bequemen Sesseln zum Überprüfen ihrer Garderobe und ihres Make-ups zur Verfügung steht. Die königliche Suite, die das Brautpaar bewohnen wird. Eines der geräumigen Hotelzimmer mit elegantem Badezim mer, damit ich auch von dieser Einrichtung eine Vorstellung habe.

Natürlich ist alles sehr luxuriös ausgestattet und strahlt dennoch eine gewisse Gemütlichkeit aus. Man merkt, dass ein Profi am Werk war, der auf jedes Detail geachtet hat und nirgends sparen musste.

Am Ende besuchen wir die Küche, die beiden Restaurants, die Bar, den Wellnessbereich und die sonstigen öffentlichen Räume.

Überall stellt mich Señor Pérez als die Eventmanagerin vor, die für die Hochzeit von Marisol Salazar und Enrique Mendez zuständig ist.

„Das Brautpaar reist mit Butler und Stylistin an", erklärt er. „Ihre Zimmer liegen direkt neben der Suite."

Ich muss mich beherrschen, keinen anerkennenden Pfiff auszustoßen.

So ist das also bei den ganz Reichen, denke ich.

„Und nun zeige ich Ihnen Ihren Arbeitsplatz."

„Ist das der von Señor Gonzalez?", frage ich.

„So ist es. Folgen Sie mir bitte."

Und so kommt es, dass mein Schicksal seinen Lauf nimmt …

12

ZARA: DOMINANZ

„Wir gehen heute Abend nicht zu deinem Vater!“ Javier wirft mir einen strengen Blick zu, als er das sagt.

„Du entwickelst dich ja richtiggehend zum Despoten. Ich weiß ehrlich gesagt nicht, ob mir das gefällt“, wehre ich mich dagegen, dass er jetzt über mich bestimmen will.

„Als dein Ehemann ist es meine Pflicht, dafür zu sorgen, dass es dir gut geht. Nun, da du unser Kind unter deinem Herzen trägst, verdoppelt sich diese Pflicht.“

Ich pruste los, als ich das höre. Was ist nur in ihn gefahren? So salbungsvoll hat er doch noch nie gesprochen.

Schnell halte ich mir die Hand vor den Mund, um mein Lachen zu unterdrücken. Er meint es ja nur gut mit mir.

„Bitte entschuldige, Liebster. Es ehrt dich, dass du dich derart um uns sorgst. Aber vertraue doch bitte darauf, dass ich spüre, was für mich möglich ist und was nicht.“

„Ich habe deinem Vater schon gestern Bescheid gesagt, dass wir nicht kommen können. Er hatte größtes Verständnis dafür und bittet dich, auf dich Acht zu geben. Schließlich schenkst du ihm sein erstes Enkelkind.“

Kopfschüttelnd sehe ich ihn an.

„Mein lieber Javier, was ist nur los mit dir? In was verwandelst du dich gerade?“

„In einen Vater.“

„Ich möchte aber meinen Geliebten wiederhaben. Den Mann, der die Dinge nicht so ernst nimmt und an alles mit einer gewissen Nonchalance herangeht. Bitte, bitte, gib mir den alten Javier wieder zurück“, flehe ich ihn regelrecht an.

„Aber Cariño. Verstehst du mich denn gar nicht? Genau wie du muss ich mich in eine neue Situation hineinfinden“, protestiert er.

„Und du willst alles richtig machen. Das verstehe ich, Liebster. Ich finde es ganz wundervoll, dass du dich in einen sorgenden Ehemann verwandelt hast und ich weiß, dass du der perfekte Vater für unser Kind sein wirst. Aber bitte schlag mal wieder über die Stränge! Geh mit deinen Freunden aus, trinke zu viel Alkohol und komm erst gegen Morgen nach Hause. Kannst du mir diesen Gefallen tun?“

„So einen Herumtreiber willst du zum Mann?“, fragt er und zum Glück schleicht sich ein Grinsen auf sein Gesicht.

„Ja! Für einen Abend hin und wieder will ich das. Sonst bist du mir zu fremd.“

Ich lege meine Arme um seinen Nacken und küsse ihn.

„Ich werde mir Mühe geben, den alten Javier bald mal aufblitzen zu lassen“, verspricht er.

„Rede doch mal mit Diego darüber. Der hat das schon hinter sich gebracht.“

„Und hat sich von einem einsamen Wolf, der sich nicht binden wollte, in Maras Schoßhündchen verwandelt.“

So ein bisschen wie du bei mir, denke ich.

Aber das spreche ich natürlich nicht aus, denn das würde ihn in seiner Mannesehre kränken.

„Du dramatisierst!“, sage ich stattdessen.

„Möglicherweise ein wenig. Trotzdem gehen wir heute Abend nicht zu deinem Vater.“

Ich schnaube.

„Ist dir eigentlich klar, dass du mich mit solch einem diktatorischen Verhalten mehr aufregst, als wenn ich runter in die Bar gehen müsste, um zu arbeiten?"

„Schon gut, Cariño", beruhigt er mich. „Das Familientreffen wurde um zwei Tage verschoben."

Ich schlage ihm spielerisch auf den Arm.

„Du Scheusal! Das hättest du doch gleich sagen können!", beschwere ich mich.

„Entschuldige", sagt er und schaut mich so zerknirscht an, dass ich ihm nicht böse sein kann.

„Apropos Bar ...", beginne ich.

„Ich habe jemanden gefunden, die für die nächsten beiden Wochen einspringt", unterbricht er mich.

„Wen meinst du? Vivien? Die hat doch Álvaro sich schon geschnappt. Für die ..."

Ich male Gänsefüßchen in die Luft.

„Hochzeit des Jahres."

„Nein, ich habe Sofia gefragt. Sie hat uns ja schon mal ausgeholfen und hat gerade Zeit."

„Ich sehe schon, du hast alles im Griff."

„Natürlich habe ich das und jetzt legst du dich ins Bett."

„Du spinnst! Warum sollte ich das tun?"

„Weil ich dich ein wenig massieren werde, damit du dich entspannst."

„Ich bin entspannt. Aber gegen ein kleines Verwöhnprogramm habe ich natürlich nichts einzuwenden."

„Dann komm!", sagt er mit glänzenden Augen und ich weiß schon, dass er nach der Massage noch etwas ganz anderes mit mir im Sinn hat ...

13

VIVIEN: IM KALTEN WASSER

„Señorita Hallberg, das hier ist vorübergehend Ihr Reich“, sagt der Geschäftsführer des Hotels, als wir vor der Tür zum Büro des Eventmanagers stehen, und wirft mir einen undefinierbaren Blick zu.

Dann öffnet er und mir wird klar, wieso er mich so seltsam angesehen hat.

Es ist ein kleines Büro mit einem Schreibtisch, auf dem ein großer Bildschirm steht, auf dessen Rand Post-its kleben. Der Rest des Tisches ist mit Deko-Krimskrams übersät. In einem Regal stehen farbige Ordner und an den Wänden hängen eine Menge Bilder. Auch in bunten Farben.

Typisch Kreativer, schießt es mir durch den Kopf.

Ich arbeite zwar ebenfalls kreativ, aber ich gehöre zu den Menschen, die eher Ruhe und Ordnung um sich herum brauchen, um Ideen entstehen zu lassen.

„Señor Gonzalez braucht eine anregende Umgebung“, erklärt mein Vorgesetzter auf Zeit. „Bitte nehmen Sie Platz und machen sich an die Arbeit. Als Frau vom Fach werden Sie wissen, was zu tun ist. Für unser noch recht junges Hotel ist es sehr wichtig, dass die Hochzeit ein voller Erfolg wird und die Gäste zufrieden sind, damit sie uns weiterempfehlen.“

„Sie können sich darauf verlassen, dass ich mein Bestes geben werde“, erkläre ich. „Würden Sie mir bitte noch das Passwort von Señor Gonzalez Computer geben?“

„Das Passwort kenne ich leider nicht. Am besten rufen Sie unseren IT-Mann an. Die Nummer ist in Ihrem Telefon gespeichert.“

„Unter welchem Namen bitte?“

„Unter IT. Ich wünsche Ihnen erfolgreiches Arbeiten und wenn Sie ein Problem haben, setzen Sie sich bitte sofort mit mir in Verbindung. Wir haben nur noch neun Tage Zeit bis zum großen Ereignis.“

„Danke. Das bekommen wir hin“, sage ich und schenke ihm ein Lächeln, das hoffentlich zuversichtlicher wirkt, als mir zumute ist.

Nun gibt es kein Zurück mehr für mich. Ich werde mich der Situation stellen und dafür sorgen müssen, dass alles so läuft, wie es soll und vielleicht noch ein wenig besser. Deshalb lasse ich mich am Schreibtisch nieder und wähle die entsprechende Nummer.

Während ich auf den Kollegen warte, befreie ich den Schreibtisch von dem ganzen unnützen Zeug. Als er eintritt, mache ich ihm meinen Stuhl frei, damit er mir Zugang zu dem Computer verschaffen kann. Neugierig beobachte ich, was er macht.

Es dauert keine fünf Minuten und ich habe ein neues Passwort sowie ein Tablet und ein hoteleigenes Smartphone, damit ich immer erreichbar bin.

Ich bedanke mich bei dem IT-Kollegen.

„Gerne geschehen, Señorita“, sagt er mit einem zufriedenen Lächeln. „Bitte notieren Sie sich das Passwort.“

Als auch das erledigt ist, schaue ich auf den Bildschirm und scrolle mich durch die Dateien, um mir einen Überblick zu verschaffen. Die Auftraggeber werden gegen fünf Uhr hier sein und bis dahin muss ich alles Wesentliche wissen!

Kurz vor fünf Uhr bin ich schlauer. Trotz Señor Gonzalez‘ chaotischem System, in dem sicher nur er sich wirklich zurechtfindet.

Außerdem habe ich Verständnisprobleme. Auch wenn man im Hotel Englisch spricht, sind die Unterlagen natürlich auf Spanisch. Deshalb musste ich immer wieder den Übersetzer bemühen, um einigermaßen durchzublicken.

Was die Planung anbelangt, sind nur noch wenige Posten offen und die werde ich mit den Kunden besprechen. Ich bete, dass die Daten alle aktualisiert sind. Wie das mit Schicksalsschlägen nun mal so ist, kam auch dieser unerwartet und deshalb könnte es noch handschriftliche Aufzeichnungen geben, die Señor Gonzalez nicht übertragen hat.

Ich werde mich im Gespräch mit den Kunden vorsichtig herantasten, beschließe ich, weil ich gar keine andere Wahl habe.

Um mich ein wenig sicherer zu fühlen, habe ich die Daten nicht nur auf das Tablet übertragen, sondern auch noch alles ausgedruckt und in einem schmalen Ringordner nach „erledigt“ beziehungsweise „offen“ abgelegt. Ich habe in stressigen Situationen lieber Papier in der Hand, zumal ich mir dann gleich die fälligen Unterschriften geben lassen kann.

Mein Smartphone klingelt.

„Die Herrschaften sind soeben im Hotel eingetroffen“, verkündet eine Dame von der Rezeption.

Sogleich packt mich die Panik.

Reagiere nicht wie ein unerfahrenes Schulmädchen!, maßregle ich mich selbst, denn es ist nicht das erste Mal, dass ich es mit anspruchsvollen Kunden zu tun habe.

„Ich komme sofort.“

„Nein, das ist nicht nötig. Sie sind gerade auf dem Weg zu ihrer Suite und werden um 17.30 Uhr im Besprechungszimmer sein.“

„Soll ich sie nicht in der Halle erwarten?“, will ich wissen.

„Nein, die Herrschaften kennen den Weg.“

Verwundert beende ich das Gespräch. Ich hätte jetzt erwartet, dass sie von vorn bis hinten verhätschelt werden sollen.

Mit dem Ordner, dem Tablet, einem Block und zwei Kugelschreibern gehe ich zum Besprechungszimmer. Meine weichen Knie ignoriere ich so gut wie möglich.

Dass die Braut und ihr Bruder eine neue Ansprechpartnerin haben, wissen sie bereits. Das ist ja auch der Grund, warum sie sich in ihren Privatjet gesetzt haben und schnell vom Festland herübergeflogen sind, wie mir Señor Pérez erklärt hat.

Wie einfach das Leben doch sein kann, wenn man eine Menge Kohle hat, denke ich.

Im Besprechungsraum steht ein großer Holztisch und in meiner Nervosität zähle ich die bequem aussehenden Stühle drumherum ab, als wäre das von Bedeutung.

Fünfzehn, stelle ich fest.

An einem Ende des Tisches hat die Servicedame kleine Flaschen mit Getränken und Gläsern platziert sowie eine Etagère, die großzügig mit Mini-Sandwiches und winzigen Gebäckstücken beladen ist.

Plötzlich merke ich, wie hungrig ich bin. Seit meinem kargen Frühstück habe ich nichts gegessen.

Ich entscheide mich für den Platz mit dem Rücken zum Fenster, um den Kunden die wunderbare Aussicht auf den riesigen Garten und das Meer zu überlassen. Meine Arbeitsmaterialien lege ich dort ab, nehme mir eine Flasche Mineralwasser und öffne sie.

Dabei schiele ich auf die Sandwiches. Das Weißbrot mit der rot-grünen Füllung sieht so appetitlich aus, dass mir das Wasser im Mund zusammenläuft.

Ein Blick auf die große Uhr an der Wand gegenüber zeigt, dass es noch zwanzig Minuten dauern wird, bis die Kunden im Besprechungsraum erscheinen. Bis es so weit ist, kann ich locker ein oder zwei von diesen Leckereien verdrücken, ohne dass es auffällt, wenn etwas fehlt.

Also strecke ich die Hand aus, nehme mir eins der Sandwiches, beiße die Hälfte davon ab und unterdrücke ein Stöhnen. Es ist herrlich fluffig und die Füllung löst eine kleine Geschmacksexplosion in meinem Mund aus.

Hastig verschlinge ich ein zweites Häppchen. Das war unüberlegt, denn wie immer rächt sich das bei mir mit einem Schluckauf. Ich halte die Luft an, doch es nützt nichts. Deshalb setze ich die Flasche mit dem Mineralwasser an und trinke.

In dem Moment öffnet sich die Tür. Vor mir steht ein großer Mann im Businessanzug, der aussieht wie ein Aristokrat. Sehr gepflegt, sehr attraktiv mit hellbraunen Haaren, dunkelblauen Augen und einem kantigen Gesicht.

Haben die Kunden ein Model mitgebracht?, schießt es mir durch den Kopf.

Ganz so abwegig ist der Gedanke nicht, da ich es ja mit Textilfabrikanten zu tun habe.

Sofort setze ich die Flasche ab und stelle sie auf den Tisch.

„Entschuldi... gung“, hickse ich und spüre im selben Moment, wie ich rot anlaufe.

Verdammt!

„Mein Name ist Vivien Hallberg. Ich bin die neue Eventmanagerin“, sage ich schnell, um diese ausgesprochen unangenehme Situation zu überspielen.

Dann halte ich für einen Moment die Luft an, um weitere Hickser zu vermeiden.

„Alejandro Salazar“, sagt er knapp und mustert mich. „Ich hoffe doch sehr, dass Ihr Benehmen nicht immer so zügellos ist“, fügt er von oben herab hinzu.

Ich will ihm erklären, dass ich einen Schluckauf hatte, aber das würde die Situation nur noch peinlicher für mich machen. Zumindest ist mir nun klar, dass ich es bei ihm nicht mit einem Model zu tun haben kann, sondern mir der Bruder der Braut, Alejandro Salazar, gegenübersteht.

Er greift nach einer Serviette und reicht sie mir.

Verständnislos sehe ich ihn an.

„Nun wischen Sie sich schon den Mund ab. Sie haben da etwas“, sagt er und zeigt auf seinen Mundwinkel.

Oh! Mein! Gott!

Das ist mir so peinlich, dass ich am liebsten im Erdboden versinken würde. Ausgerechnet bei diesem Menschen muss mir so etwas Unprofessionelles passieren.

Ich spüre, wie sich der Blutandrang in meinen Kopf verstärkt.

„Entschuldigen Sie bitte, Señor Salazar. Aber ich hatte Sie noch nicht erwartet.“

„Auch wenn man alleine ist, sollte man sich im Griff haben.“

„Danke für diesen wertvollen Tipp“, kann ich mir nun doch nicht verkneifen zu antworten, da ich ihm nicht wie ein verhuschtes Mäuschen, sondern auf Augenhöhe begegnen will. „Nehmen Sie bitte Platz.“

Ich zeige auf einen der Stühle gegenüber.

Zeitgleich setzen wir uns.

„Wir warten mit der Besprechung, bis Ihre Frau Schwester eintrifft?“

So geschwollen rede ich normalerweise nicht daher. Aber bei diesem Menschen scheint es mir angebracht zu sein.

Er zieht spöttisch eine Augenbraue nach oben.

„Natürlich. Sie ist die Hauptperson.“

„Natürlich!“

„Sie sind also die Vertretung von Señor Gonzalez“, stellt er fest.

„So ist es.“

„Ich hoffe, Sie verfügen über die nötigen Kenntnisse und das richtige Auftreten vor unseren Gästen.“

„Darf ich Sie bitten, den kleinen Fauxpas von eben zu vergessen?“

„Für den ersten Eindruck gibt es keine zweite Chance.“

Oh Gott, ich hasse diesen Kerl schon jetzt!

„Ich stimme Ihnen zu“, sage ich und verkneife mir ein spöttisches Grinsen.

Denn dieser Spruch trifft auf ihn genauso zu und der Eindruck, den *er* gerade macht, ist auch nicht der beste!

Da betritt eine sehr hübsche Frau den Raum. Sofort springe ich auf und strecke ihr die Hand hin, um sie zu begrüßen.

„Ich bin Marisol Salazar“, stellt sie sich vor.

„Sehr erfreut, Vivien Hallberg.“

„Sie sind Deutsche?“, fragt sie überrascht.

„Das sieht und hört man doch, Marisol“, mischt ihr Bruder sich ein.

„Wie schön, dass Sie so kurzfristig für Señor Gonzalez einspringen konnten“, spricht sie unbeeindruckt weiter. „Es tut mir sehr leid, dass er einen Unfall hatte. Wie geht es ihm?“

Verdammt, ich habe doch glatt vergessen, mich danach zu erkundigen.

„Den Umständen entsprechend“, antworte ich deshalb ausweichend. „Bitte nehmen Sie doch Platz, Señorita Salazar“, fordere ich sie auf. „Und bitte bedienen Sie sich.“

Ich zeige auf die Getränke und die Snacks.

„Das ist sehr freundlich von Ihnen. Vor lauter Aufregung konnte ich während des Fluges gar nichts essen. Aber jetzt, da ich hier bin und Sie sehe, fällt die Anspannung von mir ab. Ich dachte schon, wir müssten uns selbst auf die Suche nach jemandem machen, der meine Hochzeit organisiert.“

„Ich werde mir die größte Mühe geben, dass der schönste Tag Ihres Lebens für Sie unvergesslich sein wird.“

„Ich bin mir sicher, dass das nur bedingt in Ihrer Macht steht“, wirft Señor Salazar ein. „Deshalb sollten Sie Ihren Einfluss darauf nicht schon zu Beginn unserer Zusammenarbeit überschätzen.“

Dieser Mensch ist ätzend, denke ich und muss mich zwingen, ihm ein professionelles Lächeln zu schenken.

„Bitte, Alejandro!“, sagt seine Schwester und schüttelt leicht den Kopf. „Die Señorita gibt sich sicher die größte Mühe, ihr Versprechen wahr zu machen."

„Darauf können Sie sich verlassen", antworte ich in bestimmendem Tonfall.

Und von dir lasse ich mich nicht unterkriegen!, denke ich, als ich Señor Salazar ein heuchlerisches Lächeln zuwerfe.

14

VIVIEN: PROBLEME

Wir gehen die einzelnen Punkte durch, denn meine Befürchtung hat sich sofort bewahrheitet: Die Unterlagen sind nicht aktualisiert.

„Wie sieht es mit der musikalischen Begleitung aus?", fragt Señor Salazar und damit erwischt er mich eiskalt.

Ich habe keine Verträge gefunden. Weder mit einer Band noch mit einem DJ. Nur den mit einem weiblichen Streichquartett, das für die Unterhaltung während der Zeremonie, des Champagnerempfangs und des Dinners engagiert wurde und das von einer Sängerin begleitet wird.

„Konnte Ihr Kollege endlich die Band unter Vertrag nehmen, die er uns vorgeschlagen hat?"

„Es tut mir sehr leid, aber ich konnte keinen Vertrag finden", erkläre ich.

„Haben Sie richtig geschaut?", fragt er streng.

„Natürlich habe ich das", quetsche ich heraus, mir Mühe gebend, mich nicht im Ton zu vergreifen. „Aber es gibt keine Unterlagen dazu."

„Señor Gonzalez ist tatsächlich nicht ansprechbar?"

„Alejandro, bitte. Der Mann liegt im Koma", ermahnt ihn seine Schwester.

Ich schenke ihr ein dankbares Lächeln.

„Wir finden eine andere Band, die wir kurzfristig engagieren können", erkläre ich und gebe mir Mühe, zuversichtlich zu klingen.

„*Wir*?", fragt Señor Alejandro. „*Sie* werden das erledigen."

Ich schaue ihm fest in seine schönen blauen Augen. Dieser Mann ist ein optischer Leckerbissen. Das verdirbt er jedoch ganz und gar durch sein widerwärtiges Verhalten.

„Natürlich werde *ich* das erledigen. Sicher gibt es eine Abmachung mit einer Band, die sich die nächsten Tage melden wird, um nach dem Vertrag zu fragen."

„Darauf können wir uns weder verlassen, noch können wir hoffnungsvoll darauf warten. Sie werden sich nach einer anderen Band umsehen müssen und sollten uns dadurch höhere Kosten als veranschlagt entstehen, wird das Hotel diese tragen müssen."

„Wir finden eine Lösung, die Ihnen zusagen wird."

„Davon bin ich überzeugt", schaltet Señorita Salazar sich ein.

Wieso sie wohl ihrem Bruder das Heft in die Hand gegeben hat? Und wo ist der Bräutigam? Hat der gar nichts zu melden?

„Ich werde Sie nicht enttäuschen", verspreche ich, obwohl ich keinen blassen Schimmer habe, wo ich so kurzfristig eine vernünftige Band hernehmen kann.

„Was ist mit dem DJ in den Pausen?", tut sich schon die nächste Baustelle auf.

„Bitte machen Sie sich keine Sorgen. Ich werde auch das regeln. Ich brauche nur Anweisungen von Ihnen, welche Musikrichtung es sein soll beziehungsweise aus welchem Jahrzehnt."

Señor Salazar starrt mich grimmig an.

„Das haben wir doch schon mit Ihrem Kollegen besprochen. Schauen Sie seine Mails durch. Dort finden Sie die Liste."

Wie dumm, dass ich daran nicht gedacht habe. Aber mir hat heute Nachmittag die Zeit nicht auch noch dafür gereicht.

„Das werde ich tun."

„Sagen Sie mir doch mal, welche Auftragsbestätigungen und Verträge Sie gefunden haben. Damit können wir die Sache abkürzen."

Ich schlage meinen Ringordner auf und gehe mit ihm Punkt für Punkt durch.

„Gut! Dann können wir ja wenigstens ein paar Themen abhaken. Ich werde mich jetzt verabschieden. Diese Hochzeitssache nimmt ohnehin schon zu viel Zeit in Anspruch."

Er steht auf, nickt mir zu, küsst seine Schwester auf die Stirn und dann ist er draußen.

„Bitte entschuldigen Sie, wie mein Bruder sich Ihnen gegenüber verhält. Er hat einen sehr straffen Zeitplan."

„Ähm, bitte entschuldigen Sie, wenn ich das frage, Señorita Salazar. Aber wieso kümmert er sich dann um alles?"

„Mein Verlobter hat keine Zeit, mich zu begleiten. Deshalb hat sich Alejandro angeboten. Da er mein großer Bruder ist, sieht er das als seine Pflicht an. Leider lässt er sich das nicht ausreden."

„Wir werden alles zu Ihrer Zufriedenheit hinbekommen", versichere ich nicht zum ersten Mal. „Ähm, *ich* natürlich."

Sie nickt lächelnd.

„Falls ich Ihnen irgendwie helfen kann?"

„Danke, das wird nicht nötig sein. Ich habe alles im Griff", schwindle ich.

Es wäre ja noch schöner, wenn die Auftraggeberin mit anpacken würde! So etwas ist auf der Betriebsfeier einer kleinen Firma möglich, aber nicht bei der Tochter eines der reichsten Männer Spaniens.

Erneut lächelnd erhebt sie sich.

„Dann sehen wir uns morgen wieder. Ich hoffe, Sie finden bald eine Band und einen DJ für uns."

„Das werde ich. Darf ich Sie nach draußen begleiten?“, frage ich höflichkeitshalber.

„Das ist nicht nötig. Einen schönen Abend wünsche ich Ihnen.“

Den habe ich sicher, denke ich spöttisch, denn auf mich wartet eine Menge Arbeit.

Ich verabschiede mich und wünsche ihr dasselbe.

Nachdem sie den Raum verlassen hat, atme ich tief durch und fahre mir mit der Hand über die Stirn, als könnte ich damit meine sorgenvollen Gedanken vertreiben.

Wo soll ich nur so kurzfristig eine Band und einen DJ herbekommen?

Ich sitze wieder am Computer. Inzwischen ist es acht Uhr und ich bin müde. Dieser erste Tag war superanstrengend. Nicht unbedingt wegen der Arbeit, sondern aufgrund der Begleitumstände.

Begleitumstände namens Alejandro Salazar, denke ich.

Wenigstens habe ich mir ein paar Sandwiches und ein Wasser mit an den Schreibtisch genommen, damit ich nicht auch noch hungrig und durstig sein muss.

Zwischendurch hat das Telefon geklingelt.

„Wenn Sie möchten, können Sie in der Küche etwas zu essen bekommen“, hat mich eine Kollegin informiert.

Ich habe dankend abgelehnt, denn ich bin zum einen satt und zum anderen habe ich dafür keine Zeit.

Aber morgen!, denke ich. *Wenn hier alles so gut schmeckt wie die kleinen Brote?*

In der Zwischenzeit habe ich im Internet mehrere Bands gefunden. Welche aus Mallorca und welche aus Barcelona und Umgebung. An alle habe ich eine Mail mit demselben Inhalt geschickt und bin gespannt, welche zuerst antworten wird.

Morgen, wenn ich wieder frischer bin, werde ich sie sicherheitshalber der Reihe nach abtelefonieren.

Die Arbeit in der Bar del Sol war echt einfacher, erinnere ich mich daran, dass ich nur Speisen und Getränke servieren musste.

Da kommt mir eine geniale Idee! Zoé, die dort an meinem zweiten Nachmittag gesungen hat, ist doch Mitglied einer Band. Und hinter dem Tresen stand am ersten Tag Nicolas, der DJ.

Ich fahre in die Bar!, beschließe ich erleichtert.

Wenn ich Glück habe, ist Nicolas dort und Claudia oder Javier können mir sicher den Namen von Zoés Band nennen, damit ich mir auf deren Homepage Videos ihrer Auftritte ansehen kann.

Da fällt mir ein, dass ich noch gar kein Fahrzeug habe. Ich rufe an der Rezeption an und frage nach.

„Natürlich, Señorita. Sie können bei uns den Schlüssel abholen", sagt eine der netten Damen am Empfang.

Ich fühle mich geradezu euphorisch, als ich meine Sachen zusammenpacke und im Umkleideraum in meine Kleidung schlüpfe.

Das wäre doch gelacht, wenn ich meinen Job nicht perfekt erledigen und Sie damit überraschen würde, Señor Salazar!

Wenige Minuten später sitze ich in einem kleinen Geländewagen und brause los.

15

VIVIEN: ... UND LÖSUNGEN

Als ich in der Bar ankomme, stoße ich sogleich auf Javier.

„Wie war dein erster Tag?“, fragt er. „Hat Álvaro dir den Kopf abgerissen?“

„Wie du siehst, ist er noch dran“, antworte ich lachend. „Aber ansonsten war es ziemlich anstrengend.“

„Kein Wunder, wenn man in Urlaub fliegt und plötzlich den dicksten Fisch füttern muss, den das Hotel jemals an Land gezogen hat.“

„Es war fast so etwas wie ein Kulturschock, als ich in meinen lässigen Urlaubsklamotten im Hotel ankam.“

„Du hast doch sicher ein Kostümchen von Álvaros Geschäftsfuhrer bekommen.“

„Mir war eher nach Hosenanzügen. Er hat mir zwei besorgen lassen und zudem noch Blusen und Schuhe.“

„Das ist doch prima. Haben sie dir etwas Anständiges zu essen gegeben?“

„Leckere Sandwiches“, erkläre ich.

„Sandwiches?“, fragt er gedehnt. „Dann komm mal mit. Hier gibt es gleich Paella.“

Er führt mich an den großen Tisch im Barraum, wo die anderen sich gerade niederlassen.

„Hola, Vivien!“, begrüßt mich David. „Setz dich zu mir.“

Erfreut nehme ich neben ihm Platz.

„Wie war dein erster Arbeitstag?“, will auch er wissen.

„Eine ziemliche Herausforderung!“

„Wie ist denn dieser Salazar? Man sagt, er sei sehr charmant und auf den Fotos sieht er extrem gut aus. Ein richtiges Schnittchen!“

„Ha! Charmant? Dass ich nicht lache“, stoße ich hervor.

„Erzähl!“, fordert er mich mit leuchtenden Augen auf.

„Du, ich will nicht über einen Kunden meines Auftraggebers lästern. Nur so viel: Dieser Mensch ist – gelinde gesagt – ätzend!“

„Ach was. Es fällt mir schwer, das zu glauben.“

„Kannst du aber.“

„Komm, verrate mir mehr. Ich schwöre ...“

Er hält drei Finger seiner rechten Hand in die Höhe.

„Ich schwöre, dass ich es niemandem verraten werde.“

„Aber bitte wirklich kein Sterbenswörtchen, ja?“

Er nickt und so schildere ich ihm mit leiser Stimme, wie ich gierig ein Sandwich verschlungen, deshalb einen Schluckauf bekommen und Wasser direkt aus der Flasche getrunken habe.

„In dem Moment hat Señor Salazar den Besprechungsraum betreten und als ich mich entschuldigt habe ...“

„Musstest du rülpsen“, ergänzt David und sieht mich mit Fragezeichen im Gesicht an.

„Oh nein! Ganz so schlimm war es nicht. Ich habe ihn angehickst.“

„Und wie hat er darauf reagiert?“

„Er hat mich von oben herab angesehen und gefragt, ob mein Benehmen immer so zügellos sei.“

David gluckst vor Vergnügen. Das scheint eine Geschichte ganz nach seinem Geschmack zu sein.

„Und was geschah dann?“

„Eigentlich könnte man ja meinen, peinlicher ginge es nicht mehr!“

„Aber das wäre natürlich ein Irrtum. Bitte verrate es mir“, bettelt er.

„Señor Salazar hat mir eine Serviette gereicht, weil ich noch einen Rest des Sandwiches am Mundwinkel hatte.“

Jetzt kann David sich offensichtlich nicht mehr beherrschen, denn er prustet los.

„Wie köstlich!“, lacht er.

„Wie peinlich!“, erwidere ich.

„Sieht er wirklich so gut aus wie auf den Fotos?“

„Ich habe noch kein Bild von ihm gesehen. Aber im ersten Moment dachte ich, er sei ein Model, denn er ist so ein attraktiver Mann wie du.“

Und wahrscheinlich ist er genauso schwul, wird mir bei diesem Gedanken bewusst.

„Weißt du ... ähm ... ist er ...“, beginne ich und halte dann lieber meinen Mund.

„Ob er auf Männer steht?“, hat David meine unausgesprochene Frage doch verstanden und lacht.

„Ach, das geht mich ja gar nichts an und jetzt wechseln wir lieber das Thema“, bitte ich schnell.

„Manche behaupten, es sei so“, spricht David dennoch weiter. „Aber man weiß es nicht wirklich. Er ist ja echt ein optischer Leckerbissen. Wenn ich nicht meinen Yves hätte, würde ich dich mal besuchen in deinem vornehmen Hotel.“

Bevor ich etwas darauf antworten kann, kommt Claudia und stellt Brot und Aioli auf dem Tisch ab.

„Wie schön, dass du hier bist, Vivien“, begrüßt sie mich begeistert. „Wie war es im Luxushotel?“

„Ziemlich aufregend.“

„Hat alles geklappt?“

„Ja. Oder eigentlich nein! Der Eventmanager hatte wohl etwas mit einer Band und einem DJ vereinbart, aber es gibt keine Verträge. Jetzt drängt der Kunde darauf, dass ich schnell jemand anderes herbeizaubere, was ja auch kein Wunder ist, neun Tage vor der Hochzeit. Da fiel mir ein, dass ihr einen DJ habt und Zoé zusätzlich zu ihren Auftritten hier in einer Band singt. Kannst du mir die Kontaktdaten geben?"

„Nicolas kannst du gleich fragen. Er wird sich jeden Moment zu uns setzen. Und die Band von Zoé kannst du dir morgen anhören. Die spielen nämlich bei uns!"

„Das ist ja genial! Um wie viel Uhr beginnen sie?"

„Um fünf. Wahrscheinlich werden sie uns bis acht Uhr einheizen", mischt sich David ein.

„Das ist eine gute Zeit. Da komme ich auf jeden Fall vorbei. Und Nicolas quatsche ich jetzt gleich an."

Er hat sich inzwischen am anderen Ende des Tisches niedergelassen. Einen Augenblick später sitze ich neben ihm.

„Hi, Nicolas. Ich muss dich dringend etwas fragen."

„Schieß los!"

„Ich manage derzeit die Hochzeit eines reichen Spaniers beziehungsweise die seiner Schwester. Wir brauchen noch dringend einen DJ, der in den Pausen der Band auflegt. Hast du Lust?"

„Lust schon. Aber wann ist das denn?", will er wissen.

„In neun Tagen."

„Moment, ich schau mal auf meinem Smartphone, ob ich da schon etwas habe."

Ich schicke das lautlose Gebet zum Himmel, dass er freihaben möge. Damit wäre ich das erste Problem los.

„Hm ... Da habe ich schon was vor."

„Oh nein! Um wie viel Uhr?"

„Ich lege hier in der Bar auf."

„Bis um acht Uhr abends?"

„Klar."

„Ich bräuchte dich ja erst später nach dem Abendessen. Sicher nicht vor zehn Uhr."

„Dann würde es passen. Und du sagst, ich soll nur in den Pausen auflegen?"

„Und nach dem letzten Set der Band, bis alle Hochzeitsgäste gegangen sind. Das kann natürlich bis zum Morgengrauen dauern."

„Kein Problem. Was springt für mich dabei heraus?"

„Fünfhundert Euro."

Er pfeift begeistert durch die Zähne.

„Entschuldige, aber ich habe gerade etwas von fünfhundert Euro verstanden", sagt er. „Kann das sein?"

„Das kann nicht nur sein, sondern ist so."

„Ich bin dabei!"

„Super. Ich brauche deine E-Mail-Adresse. Morgen früh schicke ich dir gleich den Vertrag und du schickst ihn bitte sofort an mich zurück. Ich muss ihn dem Auftraggeber unter die Nase halten, damit er mir auch glaubt, dass ich das Problem gelöst habe."

Nicolas nickt.

„Kein Problem. Das mache ich. Cool! Und du sagst, dass es fünfhundert Mäuse gibt?", fragt er noch einmal grinsend nach.

„Fünf. Hundert. Mäuse ... Nur für dich. Ehrenwort!"

Ich strecke ihm die Hand hin. Sofort schlägt er ein und drückt herzhaft zu.

„Dann sind wir uns ja einig. Morgen früh bekommst du den Vertrag. Ich hoffe, du hast einen Drucker?", will ich wissen.

„Darum mach dir mal keine Sorgen."

„Sehr gut. Jetzt muss ich noch etwas mit David besprechen", kündige ich an, stehe auf und setze mich wieder an die andere Seite des Tisches.

„Nicolas habe ich klargemacht und morgen kommt die Band dran. Aber ich müsste schon mal wissen, welchen Stil die so draufhaben", erkläre ich David mit einem zufriedenen Lächeln.

„Viel Spanisches. Aber auch international. 80er bis heute. Ich bin mir sicher, dass sie bei einer entsprechenden Gage alles einüben, was du willst."

„Klingt gut. Apropos klingt ... Ich brauche natürlich eine Band, die professionell abliefert."

„Keine Sorge, die Jungs sind echt gut."

„Wie viele sind es denn?"

„Das Übliche eben: Zoé singt, Antonio singt auch und spielt Gitarre. Dann gibt es noch einen Bassisten, einen Drummer, einen Keyboarder und sogar einen, der Saxophon spielt."

„Also sechs Leute. Ich komme gleich morgen um fünf und hör mir an, was sie so draufhaben. Falls sie tatsächlich so gut sind, wie du sagst, werde ich sie sofort unter Vertrag nehmen. Vorausgesetzt, sie haben Zeit."

„Ach, das haben sie bestimmt! Wenn auf Mallorca nicht gerade Feiertage sind, gibt es in der Vorsaison nur wenige Möglichkeiten, aufzutreten. Da kommt das Essen. Ich bin hungrig wie ein Wolf!", stöhnt er.

Die Paella duftet köstlich. Obwohl ich eigentlich gar keinen Hunger habe, schaffe ich es nicht, abzulehnen, als David mir den Teller füllen will.

Ich werde hier noch richtig dick, befürchte ich.

Doch dann denke ich daran, dass ich die nächsten Tage garantiert sehr viel Stress haben werde. Das verbraucht eine Menge Kalorien.

Und morgen haue ich gleich mal Señor Salazar den ersten Vertrag um die Ohren, freue ich mich. Falls Zoés Band gut ist, am Abend den nächsten!

Ich bete dafür, dass es so sein wird!, denke ich.

Dann mache ich mich über die dampfende Paella her.

16

VIVIEN: IN DER STRANDBAR

Da ich keine Ahnung habe, wann die *Herrschaften*, insbesondere Señor Salazar, mich mit ihrer Anwesenheit beehren wollen, bin ich am nächsten Morgen bereits um halb neun an meinem Arbeitsplatz.

Ich habe Angelika noch gestern Abend gebeten, mir so schnell wie möglich einen Standardvertrag zu mailen, wie er in meiner früheren Agentur üblich ist.

„Du bist ein Schatz!", schreibe ich ihr, als ich ihn in meinem Posteingang finde.

Ich ändere das Logo, setze die Daten ein, die Nicolas mir geschickt hat, und um 9 Uhr habe ich den Vertrag bereits unterschrieben auf dem Schreibtisch liegen, um ihn in meinem Ordner mit dem anderen Papierkram abzulegen.

Eine Kopie werde ich Señor Salazar aushändigen, damit er sich über diesen Punkt nicht mehr echauffieren muss.

Tatsächlich klingelt genau in diesem Moment mein Smartphone und die Dame an der Rezeption bittet mich, in den Besprechungsraum zu kommen.

„Guten Morgen", begrüße ich Señor Salazar mit einem zufriedenen Lächeln auf den Lippen und bin erneut von seinem guten Aussehen beeindruckt.

Er scheint hier berufliche Termine zu haben, denn er trägt wieder einen Anzug, wenn er dieses Mal auch auf die Krawatte verzichtet hat.

„Guten Morgen", sagt er und kommt sofort zur Sache. „Konnten Sie etwas bezüglich der musikalischen Unterhaltung bewirken?"

Er spricht ja manchmal schon sehr geschwollen, denke ich. *Aber wahrscheinlich ist das in seinen Kreisen so üblich.*

„Ja, das konnte ich", bekommt er von mir als Antwort.

Ich schiebe ihm den Vertrag mit Nicolas über den Tisch zu.

„Der Betrag erscheint mir recht hoch", sagt er. „Soviel ich weiß, habe ich mit Ihrem Vorgänger nur dreihundert Euro vereinbart."

Verdammt!, denke ich. *Jetzt will einer der reichsten Männer Spaniens den Preis drücken, obwohl er doch froh sein kann, dass ich so schnell jemanden gefunden habe.*

„Ich habe keine diesbezügliche Mail gefunden und deshalb das übliche Honorar angesetzt. Nicolas ist ein sehr begehrter DJ. Ich musste meine ganze Überredungskunst einsetzen, damit er einen anderen Termin absagte, um unseren annehmen zu können", schwindle ich.

„Überredungskunst?", fragt er mit hochgezogener Augenbraue. „Die satte Gage wird es gewesen sein, die ihn überzeugt hat."

Ich ignoriere diesen Einwand, sehe ihn nur an, ohne eine Miene zu verziehen.

„Wie sieht es mit der Band aus?", kommt seine nächste Frage.

„Am späten Nachmittag spielt in einer angesagten Strandbar hier in der Nähe eine Band, die ausgezeichnet sein soll. Ich werde hinfahren und sie mir anhören. Sollte sie ihrem legendären Ruf gerecht werden, nehme ich sie unter Vertrag", erkläre ich hoheitsvoll und bete, dass ich gerade nicht allzu sehr auf den Putz haue.

„Eine Band, die in einer Strandbar spielt? Ich bitte Sie, Señorita Hallberg! Das kann nicht Ihr Ernst sein."

Ich schnaube. Innerlich.

„Wie ich bereits sagte, handelt es sich um eine Bar, die sehr angesagt und daher stark frequentiert ist. Sie ist also durchaus eine Referenz. Oder hatten Sie an einen internationalen Star gedacht, den wir für zigtausend Euro einfliegen lassen? Da muss ich Sie enttäuschen. So kurzfristig werde wir niemanden bekommen."

„Wann spielt die Band?", will er wissen, ohne auf meine spitze Bemerkung einzugehen.

Ich ahne schon, was jetzt kommt.

„Zwischen fünf und acht Uhr. Welche Gage stellen Sie sich vor, Señor Salazar?"

„Das entscheide ich, nachdem ich die Musiker gehört habe. Ich werde Sie begleiten, bevor ich mich auf den Weg zum Flughafen mache. Bitte erwarten Sie mich um fünf Uhr an der Rezeption."

Dachte ich es mir doch! Nun habe ich ihn an der Backe und muss in Businesskleidung in der Bar auftauchen.

Aber David wird sich über diesen Gast freuen!

Ich verbringe den restlichen Tag damit, noch einmal alle Dateien durchzuschauen und nehme mir vor, die Braut zu fragen, ob sich an der Gästeliste etwas geändert hat. Es gibt keine Veranstaltung, bei der nicht jemand kurzfristig zu- oder absagt.

Drei Minuten vor fünf stehe ich an der Rezeption und warte auf den Kunden. Als er auftaucht, staune ich nicht schlecht. Er trägt eine Jeans, ein weißes Hemd, dessen Ärmel er nach oben gekrempelt hat, und Leinenschuhe.

Und ich stapfe im Anzug und mit Pumps durch den Sand?

Auf gar keinen Fall!

„Fahren wir zusammen oder getrennt?“, frage ich. „Sie wollten ja direkt im Anschluss an den Flughafen.“

„Getrennt! Aber wir müssen noch kurz auf meine Schwester warten.“

Das ist *mein* Stichwort!

„Bitte entschuldigen Sie mich einen Augenblick“, sage ich und bin auch schon auf dem Weg zum Umkleideraum.

In Windeseile schlüpfe ich aus den Businessklamotten und in das Blumenkleid, das ich heute Morgen für den Weg zur Arbeit angezogen habe, als hätte ich geahnt, dass ich es brauche. Die Flip-Flops vervollständigen meinen hübschen Freizeitlook.

Nun ist es an Señor Salazar, mich erstaunt anzusehen.

„Aha!“, sagt er nur.

Da kommt auch schon seine Schwester mit einem strahlenden Lächeln auf uns zu.

„Entschuldigt bitte, aber ich musste noch kurz mit Enrique sprechen.“

Sie wendet sich an mich.

„Das ist mein Verlobter.“

Aus den Augenwinkeln sehe ich, dass Señor Salazar die Augen verdreht.

Aha!, denke ich nur.

„Señor Mendez wolltest du sagen, Marisol“, verbessert er seine Schwester.

„Bitte sei doch nicht immer so förmlich, Alejandro. Und überlasse es mir, wie ich mit wem spreche.“

Ihre Stimme klingt einen Hauch gereizt. Mit ihrem Lächeln will sie es scheinbar wieder ausgleichen. Doch das nützt ihr nichts, denn er wirft ihr einen strengen Blick zu. Es gefällt ihm wohl nicht, wenn sie so mit ihm spricht, solange jemand Fremdes dabei ist.

„Wollen Sie hinter mir herfahren?“, frage ich.

„Ich habe ein funktionierendes Navigationssystem. Folgen Sie mir!“, sagt er im Befehlston.

Das Navi wird ihm nicht viel helfen, wenn er den Standort der Bar nicht hat. Aber ich habe keine Lust, mich mit diesem Rudelführer anzulegen.

Wir fahren mit dem Aufzug in die Tiefgarage und während ich in den kleinen Geländewagen einsteige, gehen die beiden zu einer Luxuskarosse. Wie sollte es auch anders sein.

Hoffentlich findet er die Bar nicht und muss zu Kreuze kriechen, schießt es mir durch den Kopf.

Aber dieser Wunsch wird mir nicht erfüllt, denn wahrscheinlich ist er jemand, der nichts dem Zufall überlässt und sich vorher genau informiert.

Wir parken unsere Wagen nebeneinander.

„Das ist also die legendäre Bar? Nun ja", sagt er und blickt sich um.

Grrr ... Der Señor ist natürlich Besseres gewohnt.

„Die Urlauber lieben sie!"

Er antwortet nicht und mir ist das recht. Denn ich mag es nicht, wenn er etwas gegen *meine* Bar sagt.

„Schön ist es hier", stellt seine Schwester fest. „Ich bin sehr neugierig auf die Band. Haben Sie die Musiker schon einmal erlebt?"

„Nein, leider nicht. Ich habe nur gehört, dass sie gut sein sollen. Ich bin ja erst seit wenigen Tagen auf der Insel."

„Ach, sie leben gar nicht hier?"

Ich bin versucht, ihr die Umstände, unter denen ich zu dem Job kam, zu erklären. Doch ich befürchte, dass das zu unprofessionell wäre. Deshalb lasse ich es bleiben.

„Nein, ich bin nur eine gewisse Zeit auf Mallorca."

„Kommst du bitte, Marisol?", fragt Señor Salazar und wirft auch mir einen auffordernden Blick zu.

Ich lasse zu, dass er vorausgeht, und folge ihm.

Wenn er es braucht, dann soll er eben den Leithammel spielen, denke ich.

Er steuert auf die kleine Bar zu.

„Hola, Vivien!“, begrüßt David mich. „Hast du heute schon so früh Feierabend?“

Dann erst entdeckt er meinen Kunden und ihm fallen fast die Augen aus dem Kopf.

„Darf ich vorstellen? Das ist David, der Geschäftsführer der Bar. Señor Salazar, der sich die Band ansehen will.“

„Anhören trifft es wohl besser“, korrigiert er mich.

„Die Dame ist Señorita Salazar.“

David nickt verstehend, denn er weiß, dass sie nur die Braut sein kann.

„Herzlich willkommen in der Bar del Sol. *Dem* Hot Spot in Mallorcas Osten“, sagt David herzlich.

„Lediglich im Osten?“, fragt Señor Salazar.

„Das reicht uns“, kontert David. „Was darf ich euch zu trinken anbieten?“

Als er meine Kunden duzt, zucke ich kurz zusammen. Aber ja, warum sollte er das nicht tun? Hier in der Bar ist das üblich. Dabei ist es völlig egal, ob es sich um einfache Menschen oder Topmanager handelt. In der Bar sind alle gleich. Das ist doch das Schöne hier.

„Haben *Sie* einen leichten Weißwein?“, fragt Señor Salazar und betont die Anrede, um David klarzumachen, dass er nicht geduzt werden will.

David sieht seinen Gast schwärmerisch an, als hätte er die dezente Zurechtweisung gar nicht bemerkt.

„Natürlich! Ich habe hier einen prämierten Wein von der Insel. Er zeichnet sich durch seine fruchtige Eleganz aus. Wer einen feinen Gaumen besitzt, bemerkt einen Hauch von Erdbeere.“

David beherrscht also auch die Kunst der versteckten Belehrung, denke ich amüsiert.

Señor Salazar wird nichts anderes übrigbleiben, als die Erdbeere zu schmecken, wenn er nicht als Banause gelten will.

„Möchten Sie ihn gerne kosten?“

„Ja, warum nicht?“, antwortet Señor Salazar und beobachtet, wie David ihm drei Schlucke von dem Wein einschenkt.

„Ich nehme einen frisch gepressten Orangensaft“, bestellt seine Schwester bei Jorge, dem anderen Barkeeper.

„Und du, Vivien?“, fragt er mich.

„Dasselbe bitte.“

Ich wende mich meiner Kundin zu.

„Wollen wir uns Plätze suchen?“, frage ich. „Ihr Bruder ist ja erst einmal mit der Verkostung beschäftigt.“

„Gehen wir doch die paar Schritte zum Meer“, schlägt sie vor, während wir unsere Getränke entgegennehmen.

„Möchten Sie mir erzählen, wie Sie Ihren Verlobten kennengelernt haben?“, stelle ich die obligatorische Frage, als wir über den Steg zum Wasser spazieren.

„Wir waren auf eine Verlobungsparty eingeladen. Er als Gast des Bräutigams, ich die beste Freundin der Braut. An dem Abend erfuhren wir, dass wir beide Trauzeugen sein sollten.

Als ich während der Trauung in der Kirche saß, dachte ich mir, wie schön es wäre, jetzt auch dort vor dem Altar stehen zu dürfen. Ich fragte mich, welcher der männlichen Gäste mir gefallen könnte und da fiel mein Blick auf Enrique, der im selben Moment zu mir herschaute. Da passierte etwas in meinem Inneren.“

Sie lächelt selig, als sie das erzählt.

„Das ist eine sehr schöne Geschichte mit einem wundervollen Happy End“, kommentiere ich ihre Schilderung.

„Ja, das ist sie wirklich“, bestätigt sie. „Wollen wir?“

Wir sind am Wasser angelangt. Nun zeigt sie auf den Sand und als ich nicke, stellt sie ihr Glas ab und zieht die Schuhe aus.

„Ein paar Minuten nur“, meint sie.

„Ja, natürlich“, antworte ich und drehe mich kurz um.

Ihr Bruder scheint sich an der Bar wohlzufühlen.

Welch ein Wunder!, denke ich. *Oder er harrt nur aus, weil es guten Wein gibt.*

Ich schlüpfe aus meinen Flip-Flops und genieße es, den warmen Sand unter den Füßen zu spüren, als ich den Steg verlasse.

„Ist es nicht wunderschön hier?", fragt Señorita Salazar.

„Oh ja, das ist es. Ich beneide jeden, der immer hier leben darf."

„Wäre das nicht möglich für Sie?"

„Darüber habe ich noch nicht nachgedacht", antworte ich und stelle fest, dass ich das tatsächlich nicht in Erwägung gezogen habe, weil es außerhalb meiner Vorstellungskraft liegt.

„Haben Sie jemanden, der in Deutschland auf Sie wartet? Einen Mann, Verlobten, Partner?"

Erschrocken legt sie ihre freie Hand auf den Mund.

„Bitte verzeihen Sie, wenn ich zu neugierig bin. Es geht mich ja nichts an."

„Neugierde liegt doch in der Natur des Menschen", antworte ich mit einem Lächeln. „Ich bin schon länger Single."

„Das wundert mich. Sie sind eine sehr hübsche Frau, sympathisch, intelligent. Da müssten die Männer doch Schlange stehen."

„Ich sollte mich mal auf eine Hochzeit einladen lassen", kontere ich lächelnd.

„In ein paar Tagen werden Sie auf meiner Hochzeit sein. Wer weiß, was dann geschieht."

„Ich werde den ganzen Tag darüber wachen, dass Sie Ihre Traumhochzeit erleben."

„Da bin ich mir ziemlich sicher."

Sie bleibt stehen und blickt aufs Meer hinaus. Ich tue es ihr nach. Die Bar liegt wirklich in einer wunderschönen Bucht.

Als hätte man die Unendlichkeit gezähmt, um sie in die gewünschte Richtung zu lenken, schießt es mir durch den Kopf.

Señorita Salazar breitet ihre Arme aus, atmet tief durch und ich frage mich, was ich hier eigentlich tue. So nah lasse ich Kunden normalerweise nicht an mich herankommen. Aber ich bin ihr ehrlich gesagt dankbar dafür, dass wenigstens sie mir wohlgesinnt zu sein scheint.

„Mir gefällt nicht, wie mein Bruder sich Ihnen gegenüber verhält“, sagt sie plötzlich. „So unhöflich ist er nur selten.“

Das kann ich mir nun gar nicht vorstellen.

„Vielleicht sehe ich einer Frau ähnlich, die er nicht leiden mochte. Seiner Nanny, die ihm immer verboten hat, sich schmutzig zu machen zum Beispiel“, versuche ich es mit einer humorvollen Antwort.

Señorita Salazar wirft mir einen kritischen Blick zu.

Habe ich gerade eine Grenze überschritten?, frage ich mich und bereue meine unangebrachte Offenheit.

Doch einen Augenblick später nickt sie mir verstehend zu.

„Nein, das ist es nicht.“

„Darf ich fragen, was es stattdessen ist?“

„Das kann ich Ihnen leider nicht sagen, da ich es nicht weiß.“

Schade, denke ich. *Hätte ich einen Anhaltspunkt, könnte ich ihn um den Finger wickeln.*

Um den Finger wickeln?, wundere ich mich über diese seltsame Idee. *Wozu sollte das gut sein?*

„Gehen wir zurück“, schlägt Señorita Salazar vor. „Mein Bruder wird sonst ungeduldig.“

Na, das wollen wir ja auf gar keinen Fall!

17

ZARA: FAMILIENZWIST

Ich habe mich gegen meinen überfürsorglichen Ehemann durchgesetzt und nun sind wir auf dem Weg zur Finca meiner Familie.

An der Tür werden wir von Marga, der Haushälterin, empfangen.

„Wie schön, dich zu sehen, Zara“, begrüßt sie mich mit zwei herzhaften Schmatzern auf die Wangen.

„Und ich?“, neckt Javier sie, denn er weiß, dass sie ihn genauso mag wie mich.

Als Bestätigung bekommt er ebenfalls Küsse.

„Sind schon alle da?“, will ich wissen.

„Die ganze Familie“, antwortet Marga mit einem Augenzwinkern.

Mein Ehemann legt seinen Arm um meine Schultern. Kichernd lasse ich zu, dass er den Beschützer an meiner Seite spielt, als er mich ins Wohnzimmer führt.

Mein Vater sitzt mit Tante Inés auf dem Sofa. Meine Halbgeschwister Bianca und Luis auf den beiden Sesseln.

Sofort springt mein Vater auf, um zwei Stühle zu holen.

„Du setzt dich auf meinen Platz auf dem Sofa, Zara“,

bestimmt er, nachdem wir uns alle begrüßt haben. „Und ihr nehmt die Stühle", wendet er sich an meine Geschwister.

Tante Inés verzieht ihr Gesicht.

„Das ist doch nicht nötig", will ich ihn beschwichtigen. „Ich kann genauso gut ..."

„Du trägst mein erstes Enkelkind unter deinem Herzen und musst deshalb umsorgt werden", erklärt er.

Ich werfe Javier einen vielsagenden Blick zu, damit er jetzt nicht auf die Idee kommt, im Haus meines Vaters den Platzhirsch spielen zu wollen.

Dann lasse ich mich neben Tante Inés nieder.

„Würdest du bitte ein bisschen an den Rand rutschen, liebe Tante?", fragt Javier in seinem liebenswürdigsten Tonfall. „So schlank wie du bist, haben wir doch alle drei Platz auf dem Sofa."

Schon sitzt er neben mir und legt erneut seinen Arm um mich.

„Nicht so übertreiben", raune ich ihm zu.

Doch das beeindruckt ihn sicher nicht.

„Was wollt ihr trinken?", fragt mein Vater.

Er zeigt auf die Karaffe mit dem Rotwein und den Kühler, in dem eine Flasche Weißwein steckt.

„Orangensaft, Zara? Oder lieber ein Wasser?"

„Ein Wasser bitte."

„Javier? Rotwein?"

„Danke, ich bediene mich selbst", antwortet er und schenkt sich von dem Weißwein ein.

Das war ja klar. Mein Liebster geht gerne auf Konfrontation, wenn er das Gefühl hat, mein Vater könnte über ihn bestimmen wollen.

Ich atme tief durch.

Das wird sicher ein sehr lustiger Abend!

Wir trinken und dann beginnt mein Vater zu sprechen.

„Ich denke, das Beste wird sein, gleich auf den Grund meiner Einladung zu sprechen zu kommen."

„Wollten wir nicht zuerst essen?“, fragt Tante Inés mit leichtem Vorwurf in der Stimme.

„Nein, wir bringen es jetzt hinter uns“, widerspricht er.

Dann sieht er bedeutungsvoll in die Runde. Bei jedem von uns bleibt sein Blick für einen Moment hängen.

„Du weißt aber schon, dass Zara sich nicht aufregen darf?“, schaltet Javier sich ein. „Ich war dagegen, dass sie heute schon das Haus verlässt.“

„Natürlich weiß ich das! Ich werde doch die Schwangerschaft meiner Tochter nicht gefährden.“

Wieder einmal wundere ich mich, wie sehr sich sein Verhalten mir gegenüber geändert hat, nachdem er mich die meiste Zeit meines Lebens kaum beachtet hat.

Tante Inés wird es sicher nicht gefallen, wenn er plötzlich diese Vatergefühle für mich entdeckt, vermute ich.

Aber wahrscheinlich sind es eher die des Großvaters, zu dem ich ihn bald mache.

Er wendet sich meinen Geschwistern zu.

„Eure Mutter ist der Meinung, ich würde zu viel arbeiten und käme nun in das Alter, in dem man sich auch noch anderen Dingen zuwenden sollte.“

Aha! In diese Richtung läuft es also, wird mir klar.

„Sie will reisen, etwas von der Welt sehen, oder mit anderen Worten: Sie will mehr Zeit mit mir verbringen.“

Bianca, die ihrem Vater den Sessel überlassen hat, rutscht unruhig auf ihrem Stuhl herum. Luis meidet den Blick seines Vaters. Ihm muss klar sein, worauf das Gespräch hinauslaufen wird.

„Nachdem ich lange darüber nachgedacht habe, bin ich der Meinung, dass ich nach dem anstrengenden Aufbau unserer erfolgreichen Firma und meinem langen Arbeitsleben das Recht auf einen ruhigen Lebensabend habe.“

„Aber Vater! Du bist dafür doch noch viel zu jung!“, hakt Luis ein. „Ich kann mir nicht vorstellen, dass du ohne Arbeit leben kannst.“

„Das werde ich auch nicht, mein Junge. Aber ich werde mich nach unseren Betriebsferien im August nur noch zeitweise der Firma widmen. Deshalb will ich die Verantwortung an dich übergeben!“

Luis wird bei diesen Worten ganz blass.

„Du ... wirst der neue Geschäftsführer sein“, sagt unser Vater bedeutungsvoll.

„Nein!“, stößt Luis hervor. „Dazu bin ich noch nicht bereit.“

Mein Vater wirft ihm einen strengen Blick zu.

„Natürlich bist du das. Man wächst mit seinen Aufgaben und es wird Zeit, dass du endlich zum Mann wirst, dir eine Frau nimmst und Kinder zeugst, wie Javier das getan hat!“

Javier sieht mich besorgt an, als wollte er prüfen, ob ich mich aufrege. Lächelnd schüttle ich den Kopf, denn ich fühle mich wie die Zuschauerin eines Theaterstücks, das mich weiter nichts angeht.

Da Tante Inés mich immer der Familie gegenüber auf Abstand gehalten hat, konnte ich zu meinen Halbgeschwistern nie eine Beziehung aufbauen. Das hat sich in der Zeit, die ich auf Mallorca lebe, auch nicht geändert. Bianca lebt in Barcelona und meinen Halbbruder habe ich nur auf Familienfeiern gesehen.

„Seit wann verstehst du dich so gut mit Javier?“, fragt Luis seinen Vater. „Früher hast du ja ganz anders über ihn gesprochen.“

„Er hat sich in einen Mann verwandelt, der Verantwortung übernimmt. Das erwarte ich nun auch von dir!“

„Javier ist ein paar Jahre älter als ich!“, stellt mein Bruder vorwurfsvoll klar.

„Das ist keine Frage des Alters, sondern der Pflichten, die auf einen zukommen. Du wirst dich diesen Pflichten nun stellen müssen.“

Luis schüttelt vehement den Kopf.

„Nein, das werde ich nicht. Ich will erst noch mein Leben genießen, bevor ich mir eine nörgelnde Ehefrau und schreiende Bälger zulege und von morgens bis nachts schufte“, sagt er und springt auf.

„Setz dich, mein Sohn!“, donnert mein Vater.

„Nein, das werde ich nicht. ich habe genug von deinen ständigen Bevormundungen. Deshalb will ich schon länger wieder von hier verschwinden. Such dir jemand anderes für den Job!“

Kaum hat er das ausgesprochen, stürmt er aus dem Zimmer.

„Ich werde dich enterben!“, schreit ihm mein Vater hinterher.

Javiers Griff um meine Schulter wird stärker.

„Wir gehen!“, bestimmt er. „Den Zwist sollen die beiden unter sich ausmachen. Das hat nichts mit uns zu tun.“

„Oh doch, das hat es“, stoppt ihn mein Vater. „Mein Rückzug beeinflusst euch ebenfalls.“

„Ich wüsste nicht, in welcher Hinsicht das sein sollte, und ich werde nicht zulassen, dass Zara sich aufregt“, warnt Javier seinen Schwiegervater.

„Das will ich auch nicht“, entgegnet mein Vater in normaler Lautstärke. „Dann sprechen wir zu einem anderen Zeitpunkt weiter und essen jetzt zu Abend, obwohl ich auch Bianca ein paar Takte zu sagen habe.“

Mein Ehemann sieht mich fragend an. Ich werfe ihm einen beruhigenden Blick zu.

„Ich habe riesigen Hunger“, schwindle ich.

Tatsächlich würde ich viel lieber nach Hause gehen. Aber mein Vater tut mir leid und es wäre eine weitere Kränkung für ihn, wenn auch wir nun verschwinden würden.

„Aus der Küche duftet es verführerisch“, sage ich deshalb. „Marga hat sich heute bestimmt besonders viel Mühe mit dem Essen gegeben.“

Diesem Argument wird sich mein verfressener Javier nicht entziehen können.

„Aber sobald du dich nicht gut fühlst, gehen wir“, gibt er jedoch noch nicht ganz auf.

„Ja, das machen wir", bestätige ich.

„Dann lasst uns am Esstisch Platz nehmen", sagt mein Vater, der aufgestanden ist und sich einen Hierbas eingeschenkt hat. „Willst du auch einen, Javier?", fragt er.

„Das kann nicht schaden", antwortet mein Ehemann und zieht mich mit sich hoch.

„Und du, Tochter?", fragt mein Vater mich.

Tochter ... Schon wieder?

So hat er mich früher, als ich mich noch danach gesehnt habe, nie genannt.

„Ich trinke nur Wasser."

„Ist auch besser so", sagt er mit einem Blick auf meinen Bauch.

„Inés? Bianca?"

„Wir bleiben beim Wein", antwortet seine Ehefrau für beide.

Marga betritt den Raum mit einer Suppenterrine in den Händen und stellt sie auf dem Esstisch ab.

Sofort nimmt Javier die Witterung auf. Einen Moment später sitzen wir am Tisch und ich bete leise, dass dieser Abend recht schnell vergehen möge.

18

VIVIEN: ENGAGEMENT

Wir stehen gleich neben der Band, weil alle Plätze reserviert sind. Sogar die Hocker an der kleinen Bar.

Als ich die ersten Klänge der Musik höre, atme ich ein wenig auf. Nach dem zweiten Titel bin ich erleichtert und nach dem dritten weiß ich, dass es richtig war, Señor Salazar diese Band zu empfehlen.

Ich werfe ihm immer wieder einen Blick zu, um zu erkennen, ob ihn die Musik mitreißt. Doch er steht da, als hätte er einen Stock verschluckt. Nur sein rechter Fuß wippt kaum erkennbar im Takt.

Immerhin!, denke ich spöttisch.

Seine Schwester hingegen lässt sich vom Rhythmus mitreißen und am Ende ist es ja ihre Meinung, die zählt.

„Die Band ist super!“, schreit sie mir ins Ohr, weil wir fast direkt vor den Boxen stehen. „Die sollten wir wirklich engagieren, Señorita Hallberg.“

Sie wendet sich ihrem Bruder zu.

„Wie findest du die Band, Alejandro?“

„In der Kürze der Zeit werden wir sicher keine andere finden“, antwortet er lautstark.

Hätte mich jetzt auch gewundert, wenn er einfach nur begeistert gewesen wäre.

Er winkt uns mit sich ein Stück von der Band weg.

„Dann kümmern Sie sich bitte darum, Señorita Hallberg."

„Welche Gage soll ich den Leuten anbieten?"

„Fragen Sie doch erst einmal, ob die Band am betreffenden Datum überhaupt Zeit hat. Aber wahrscheinlich sind das alles Hobbymusiker, die ohnehin selten Engagements haben", vermutet er.

Grrr ...

Muss dieser eingebildete Fatzke sich so abfällig äußern?

Bleib professionell, Vivien, ermahne ich mich, damit mir nichts Falsches über die Lippen kommt.

„Bitte, Alejandro. Sprich nicht so!"

„Ich habe schon abgeklärt, dass die Musiker Zeit haben", erkläre ich.

Nachdem David mir Zoés Telefonnummer gegeben hat, habe ich sie angerufen und gefragt.

„Welche Gage soll ich anbieten?"

„Sechs Leute je dreihundert Euro wären eintausendachthundert."

„Das dürfte zu wenig sein", widerspreche ich. „Ich schlage vor, die Gage auf fünfhundert Euro je Bandmitglied zu erhöhen. Also insgesamt dreitausend Euro."

„Sollten Sie nicht im Interesse der Kunden handeln und Kosten einsparen, wo es möglich ist, Señorita Hallberg? Oder berauscht es Sie, wenn Sie das schwer verdiente Geld anderer Leute verschleudern können?"

Am liebsten würde ich diesem Kerl, der nach meinen Recherchen im Internet ein Milliardär ist, sein *schwer verdientes Geld* um die Ohren hauen!

Während ich tief durchatme, um ihm eine sachliche Antwort geben zu konnen, mischt sich Señorita Salazar ein.

„Die Band bekommt dreitausend Euro. Mein Vater hat mir

ein großzügiges Budget für die Hochzeit eingeräumt und ich finde, die Musiker haben diese Gage verdient."

Während sie das sagt, sieht sie ihren Bruder an. Der zuckt unter ihren Worten zusammen.

„Ich frage mich, wozu ich dich begleiten sollte, Marisol, da du die Dinge ganz gut selbst regeln kannst."

„Weil ich sehr viel Wert auf deine Meinung lege, großer Bruder, und es mir eine Freude ist, dich an meiner Seite zu haben."

Als sie das ausspricht, passiert etwas Erstaunliches. Señor Salazars Blick wird auf einmal ganz weich. Ja, richtiggehend liebevoll sieht er seine Schwester an und streichelt ihr über die Wange.

„Natürlich, meine Kleine. Du weißt, dass ich immer für dich da bin."

Genauso warmherzig sollte mich *ein Mann ansehen*, denke ich sehnsuchtsvoll und unterdrücke ein Seufzen.

Da ist der innige Moment zwischen den Geschwistern schon wieder vorbei und Señor Salazar wirft mir einen strengen Blick zu, als er mir seine Antwort gibt.

„Regeln Sie alles so, wie meine Schwester es sich wünscht", befiehlt er.

Bitte ... denke ich.

Bei seinen geschliffenen Manieren sollte ihm dieses Wörtchen bekannt sein.

Aber ich sage natürlich nichts, denn das wäre nicht professionell. Ich nicke lediglich.

„Entschuldigt mich bitte einen Moment", sagt Señorita Salazar und eilt davon.

„Haben Sie den Vertrag schon ausgedruckt und mitgenommen?", fragt ihr Bruder mich etwas, das selbstverständlich ist.

„Natürlich, Señor Salazar."

Und weil ich es mir nicht verkneifen kann, füge ich spöttisch hinzu: „Stets zu Ihren Diensten."

„Das ist Ihr Job", ist seine Antwort.

Grrr ... Ich hasse diesen arroganten Kerl!

„Gut, dann kümmere ich mich darum. Sie müssen jetzt sicher zum Flughafen."

„Wollen Sie uns loswerden?", fragt Señor Salazar.

„Ihre Schwester nicht", rutscht es mir schneller von den Lippen, als ich mich bremsen kann. „Entschuldigung. Das war unpassend."

„Wieso denn? Sie haben lediglich Ihre ehrliche Meinung kundgetan."

„Die Sie mit Sicherheit nicht hören wollten."

„Sie hätten es nicht aussprechen müssen. Ihre Meinung hat sich bereits in Ihrem Gesicht widergespiegelt."

„Das kann nicht sein", sage ich kopfschüttelnd.

Ich weiß, dass ich meine Mimik ziemlich gut im Griff habe.

Ein Grinsen schleicht sich auf seine Lippen. Das macht ihn gleich ein bisschen sympathischer. Aber wirklich nur ein ganz kleines bisschen.

„Wir werden uns jetzt tatsächlich verabschieden. Die restlichen Punkte besprechen wir morgen Abend."

„Morgen Abend schon?"

„In zwei Wochen ist es zu spät", klugscheißt er.

„Aber Sie fliegen doch gerade erst weg. Wie können Sie ..."

„Morgen Abend schon wieder hier sein? Möglicherweise können Sie sich das nicht vorstellen, aber verlassen Sie sich darauf, dass ich Sie um fünf Uhr im Hotel treffen werde. Ich bin mir sicher, dass Sie diesen Termin einhalten können."

„Natürlich kann ich das."

„Und stopfen Sie sich davor nicht wieder mit Essen voll!", ermahnt er mich.

„Diese Bemerkung hatten Sie sich gerne sparen können, Señor!", sage ich von oben herab.

„Hätte ich. Wollte ich aber nicht. Denn das war ein Test! Ich muss wissen, wie Sie mit dummen Bemerkungen umgehen können. Wer kann schon dafür garantieren, dass alle Hochzeitsgäste sich zu benehmen wissen."

„Wie nett!“, kommentiere ich nur.

„Dafür bin ich bekannt.“

„Ich wünsche Ihnen einen guten Flug.“

„Den haben wir sicher.“

Er schaut sich um.

„Wohin ist denn Marisol verschwunden?“, wundert er sich.

„Sie meinen sicher Señorita Salazar?“, frage ich süffisant, mich daran erinnernd, dass er sie gestern ermahnt hat, ihren Verlobten mir gegenüber beim Nachnamen zu nennen.

„Ich glaube, wenn man Sie laufen lässt, können Sie ganz schön spitzzüngig sein.“

„Dazu muss *man* mich garantiert nicht *laufen lassen*“, erwidere ich.

„Schön, dass Sie ein wenig auftauen. Zu Beginn unserer Bekanntschaft waren Sie doch sehr verhalten.“

Dieser unverschämte Mensch! Was bildet der sich eigentlich ein?

„Professionell, wollten Sie sagen!“

Er lacht.

„Mit Schluckauf und Krümeln am Mund.“

„Sie können es wohl nicht lassen, darauf herumzureiten und mich in Verlegenheit zu bringen. Finden Sie, dass *dies* ein angemessenes Verhalten ist, Señor Salazar?“

„Faszinierend, wie Sie immer das Wort Señor in die Länge ziehen“, spottet er, ohne auf meine Frage einzugehen. „Ah, da ist meine Schwester ja. Bis morgen Abend.“

Ich nicke ihm nur zu und gehe seiner Schwester entgegen, um mich von ihr zu verabschieden.

„Ich bin begeistert von der Band. Meinen Sie, ich kann mir ein paar Titel wünschen?“, will sie wissen.

„Davon bin ich überzeugt. Bei der schönen Gage, die Sie den Musikern zahlen wollen. Am besten stellen Sie eine Playlist auf.“

„Wundervoll! Ich schicke Sie Ihnen schnellstens zu. Danke, dass Sie so rasch für Lösungen gesorgt haben. Ich freue mich, Sie morgen wieder zu treffen.“

„Ich freue mich auch. Freundliche Kundinnen wie Sie sind ein Segen."

„Im Gegensatz zu meinem Bruder, meinen Sie?", fragt sie mit einem spitzbübischen Lächeln. „Nehmen Sie es ihm nicht übel. Er meint es nicht so."

„Das kann er aber gut verbergen", antworte ich und lächle ebenfalls. „Ich wünsche Ihnen einen guten Flug."

„Danke, Vivien. Und nennen Sie mich bitte Marisol, ja?"

„Sehr gerne, Marisol. Bis morgen."

Sie dreht sich um und eilt auf den Parkplatz zu, wo ihr Bruder, dieser schreckliche Mensch, sicher schon ungeduldig auf sie wartet.

Er wird es garantiert nicht in Ordnung finden, dass seine Schwester mich gebeten hat, sie beim Vornamen zu nennen. Ich freue mich schon auf seinen Gesichtsausdruck, wenn er es zum ersten Mal hört.

Die Band hat eine Pause eingelegt. Das ist der richtige Zeitpunkt, um sie den Vertrag unterschreiben zu lassen.

Die sind bestimmt begeistert, wenn sie die Höhe der Gage erfahren, denke ich mit einem zufriedenen Grinsen.

19

VIVIEN: UNTER DACH UND FACH

„Wow!“, stößt Zoé hervor, als sie sieht, welcher Betrag hinter dem Wörtchen *Gage* steht. „Das ist toll. Vielen Dank, Vivien!“

Sie fällt mir vor Begeisterung um den Hals.

„Es handelt sich um einen sehr anspruchsvollen Kunden und es ist wichtig, dass ihr perfekt abliefert. Deshalb fällt das Honorar üppig aus“, erkläre ich. „Wer von euch unterschreibt den Vertrag?“

„Das mache ich“, sagt der Sänger und Gitarrist, der plötzlich neben ihr aufgetaucht ist. „Darf ich mich vorstellen? Mein Name ist Antonio Ramos. Ich bin der Chef der Band. Kann ich den Vertrag mal bitte sehen?“

Ich reiche ihm das Blatt Papier und warte, bis er den Inhalt gelesen hat, während Zoé ungeduldig von einem Fuß auf den anderen trippelt, als hätte sie Angst, er könnte Einwände erheben.

„Ich bin damit einverstanden“, sagt Antonio unbeeindruckt und unterschreibt.

Auf seinem Gesicht jedoch spiegelt sich die Freude über den Deal wider.

„Vielen Dank für den Auftrag, Vivien“, sagt er, als ich ihm das Duplikat mit meiner Unterschrift reiche.

„Sehr gerne. Ich schicke euch die Titel-Wunschliste der Braut. Vielleicht könnt ihr den einen oder anderen Song noch einproben, falls ihr ihn nicht sowieso schon im Repertoire habt.“

„Ja, das machen wir doch gerne. Darf ich dich auf einen Drink an der Bar einladen?“, fragt Antonio.

So langsam taut er auf.

„Ja, das wäre sehr nett“, antworte ich.

„Ich freue mich schon wahnsinnig. Ein Auftritt in einem Luxushotel. Lauter reiche Leute. Da müssen wir unsere besten Klamotten anziehen, Antonio!“, ruft Zoé begeistert.

„Es kommt auf die Musik an, nicht auf die Kleidung“, antwortet er.

„Entschuldige, da muss ich dich korrigieren“ wende ich ein. „Du hast gerade unterschrieben, dass die Band sich dem Anlass entsprechend kleiden wird. Dieser Punkt ist leider nicht verhandelbar.“

„Denk bitte daran, wie hoch die Gage ist, Antonio!“, ermahnt Zoé ihn.

„Schon gut, schon gut“, sagt er und hebt abwehrend seine Hände. „Wir werden natürlich in passender Kleidung erscheinen.“

„Ich weiß gar nicht, ob ich ein Kleid habe, das schön genug ist“, jammert Zoé. „In meiner früheren Band mussten wir meistens Abendgarderobe tragen, aber die Kleider gehörten nicht mir.“

„Dann kaufst du dir eben ein neues Kleid“, sagt Antonio und wirft ihr einen liebevollen Blick zu.

„Ja. Eins mit Glitzer und so“, antwortet sie glücklich.

„Was wollt ihr trinken?“, fragt David.

„Wie wäre es mit einem Glas Cava zur Feier des Tages?“, schlägt Antonio vor.

„Ich bin dabei“, antworte ich und Zoé nickt.

„Was gibt es denn zu feiern?“, will David wissen.

„Das werde ich dir später alles erzählen“, sage ich augenzwinkernd.

„Wie gut du mich schon kennst, Guapa“, grinst er und reicht mir ein Glas.

„Stoßen wir auf euren Auftritt bei der Nobelhochzeit an. Womöglich engagiert euch gleich der Nächste“, fordere ich die beiden auf.

„Das wäre genial!“, meint Zoé. „Aber das sind sicher vor allem Leute vom Festland.“

Da fällt mir ein, dass ich vergessen habe, Marisol nach der aktuellen Gästeliste zu fragen.

Das mache ich morgen, wenn sie wieder mit ihrem schrecklichen Bruder auf die Insel kommt, nehme ich mir vor.

Ich sitze mit den Leuten von der Bar am großen Tisch. David hat sich neben mir niedergelassen.

„Erzähl! Ich will alles wissen!“, fordert er und schenkt mir ein Glas Rotwein ein.

„Willst du meine Zunge mit Alkohol lösen?“, scherze ich.

„Ja!“

„Du weißt, dass ich nicht zu viel ausplaudern darf. Er ist ein Kunde.“

„Aber ein paar Petitessen müssen doch möglich sein.“

„Okay. Er und seine Schwester haben mich in die Bar begleitet, um die Band zu hören.“

„Das war naheliegend. Hat sie ihm gefallen? Hat er einen von den Musikern länger angesehen als es schicklich ist?“

„Ach, du überlegst, ob er auf Frauen oder Männer steht?“

„Natürlich!“

„Du hast eine Beziehung!“

„Und ich liebe meinen Yves heiß und innig. Wenn es ihn aber nicht gäbe ... Dieser Alejandro wäre genau mein Fall!“

„Es gibt ihn aber und Alejandro wird Señor Salazar genannt."

„Sei nicht so steif!"

„*Er* ist steif!"

„Ach, ist er das?"

„Das musst du doch bemerkt haben, als er bei dir an der Bar stand."

„Darauf habe ich nicht geachtet. Ich war von seinen tiefblauen Augen und dem hinreißenden Body fasziniert. Einmal in seinen sexy Arsch beißen! Nur ein einziges Mal ...", schwärmt er.

„Das wird schwerlich passieren."

„Wer weiß? Du musst ihn nur das nächste Mal wieder hierherschleppen, dann finde ich heraus, ob er auf Weiblein oder doch auf Männlein steht."

„Das wirst du auf gar keinen Fall tun!", sage ich streng.

„Wieso denn nicht?"

„Weil er ein Kunde ist. Verstehst du? Ein K-u-n-d-e des Hotels und ich nicht vor Beendigung meines gut bezahlten Jobs hinausgeworfen werden will."

„Hältst du mich für so plump?", fragt er und sieht mich beleidigt an.

„Nein, natürlich nicht. Aber ich wüsste jetzt sowieso keinen Grund, warum wir noch mal in die Bar kommen sollten. Die Band und der DJ sind engagiert."

„Stimmt! Das ist sehr schade. Ich habe ihn gegoogelt und kaum ein Foto gefunden, auf dem er mit einer Frau zu sehen ist. Mal abgesehen von seiner Schwester oder älteren Frauen, die sicher Verwandte von ihm sind."

„Das muss nichts bedeuten. Es gibt viele Leute, die sich nicht gerne zur Schau stellen und ich könnte mir vorstellen, dass er einer von der Sorte ist."

„Ja, leider. Also werde ich mich heute Abend in den Schlaf weinen müssen."

„Oder mit deinem Yves telefonieren", rate ich ihm grinsend.

„Das mache ich sowieso jeden Tag."

David sieht mich forschend an.

„Gefällt er denn *dir*?"

Ich schüttle so heftig den Kopf, dass meine Haare fliegen.

„Niemals! So ein arroganter Schnösel!"

„Uiii. Das klingt aber vielsagend. Was sich liebt, das neckt sich."

„Ein dummer Spruch, der auf mich garantiert nicht zutrifft."

„Wann siehst du ihn wieder?"

„Morgen Abend kommt er in seiner Privatmaschine herübergeflogen."

„So einen Freund müsste man haben. Dann wäre es egal, wie weit man voneinander getrennt lebt."

„Du hast wohl große Sehnsucht nach Yves?"

„Und wie! Wir können uns im Sommer ja nur alle paar Wochen sehen. Im Winter ist es einfacher. Während die Bar geschlossen hat, wohne ich bei ihm."

Claudia unterbricht unsere Unterhaltung, weil sie das Essen bringt.

„Das duftet ja wieder himmlisch."

„Heute gibt es gegrillten Tintenfisch."

Sie stellt eine große Platte auf dem Tisch ab und setzt sich an meine andere Seite.

„Wie war dein Tag? Ich habe gesehen, dass du mit einem sehr attraktiven Paar hier warst."

„Das waren die Braut und ihr Bruder."

„Habt ihr die Band engagiert?"

„Ja. Noch mal vielen Dank für deine Hilfe."

„Aber ich habe doch gar nichts getan", erklärt sie lachend. „Magst du Tintenfisch?"

„Sehr gerne."

„Und noch ein wenig Wein?", fragt David mit dem Krug in der Hand.

„Lieber nicht, ich muss ja noch ins Hotel fahren."

„Lass das Auto doch stehen und geh zu Fuß. Ich kann dich begleiten, wenn du willst."

Ich überlege einen Moment, dann schüttle ich erneut den Kopf.

„Bis diese Hochzeit vorbei ist, will ich lieber bei klarem Verstand bleiben. Morgen ist sicher wieder ein anstrengender Tag."

„Du bist beneidenswert konsequent", lobt mich Claudia.

„Das wird sich sofort nach der Hochzeit ändern. Das kannst du mir glauben. Dann werde ich nichts weiter tun, als in der Sonne zu liegen, schwimmen zu gehen, mich mit leckerem Essen vollzustopfen *und* abends *zwei* Gläser Rotwein zu trinken."

Wenn es nur schon so weit wäre, denke ich und erinnere mich daran, dass ich jetzt eigentlich Urlaub hätte.

20

VIVIEN: GENERVT

Den nächsten Vormittag verbringe ich damit, endlich den gesamten Mailverkehr zwischen Señor Salazar und Señor Gonzalez durchzulesen.

Uff!, stöhne ich nach zwei Stunden.

Es ist ganz schön viel, was die beiden sich zu sagen hatten, denn Señor Gonzalez scheint ein wenig schwer von Begriff gewesen zu sein und Señor Salazars Tonfall wurde immer rauer.

Kein Wunder, dass er diesen mir gegenüber beibehalten hat, denke ich und schelte mich einen Moment später, weil ich ihn jetzt auch noch in Schutz nehme.

Am Inhalt der Mails erkenne ich, dass sie von Männern geschrieben wurden. Daran, dass es zum Beispiel ein Notfall-Kit für die Braut und Mini-Boxen mit Taschentüchern für die Gäste geben sollte, haben sie natürlich nicht gedacht.

Seltsam, dass Marisol sich da nicht mehr mit einschaltet, wundere ich mich.

Aber vielleicht denkt sie auch nicht daran. Schließlich gibt es ja eine Eventmanagerin, die alles einschließlich solcher Kleinigkeiten im Blick behalten sollte.

Ich hole mir Marisols Einverständnis, verschiedene Dinge

bestellen zu dürfen, und frage nach dem Budget. Dann zähle ich anhand der Liste die weiblichen Namen und ordere zur Sicherheit ein paar weitere Taschentuchboxen. Man kann ja nie wissen, wie tränenreich so eine Hochzeit ausfällt und manchmal läuft ja auch den Männern eine Träne über die Wange.

Kurz darauf schickt sie mir ihre Wunsch-Playlist. Ich leite sie an Antonio weiter und bitte um eine rasche Antwort, welche Songs davon machbar sind.

„Alle!“, schreibt er. „Die meisten haben wir ohnehin im Repertoire und die anderen werden wir proben, bis sie perfekt sitzen.“

Ich atme erleichtert auf. Doch da kommt mir gleich das nächste Problem in den Sinn. Deshalb rufe ich Señor Pérez an und schildere ihm die Sache mit der Band. Was ist, wenn sich diejenige meldet, mit der mein Vorgänger schon etwas ausgehandelt hat?

Der Geschäftsführer beruhigt mich, dass es ja keinen Vertrag gäbe und sollte jemand von dieser Band anrufen, würde er das schon regeln.

Kaum habe ich das erledigt, schickt Marisol mir die ergänzte Gästeliste und ich sitze eine Zeitlang über der Planung, weil A neben B, aber auf gar keinen Fall in der Nähe von C platziert werden darf.

So vergeht der Tag mit viel Arbeit und immer wieder denke ich an Alejandro Salazar und seine arrogante Art.

Ich werde mich auf gar keinen Fall von ihm aus der Ruhe bringen lassen, nehme ich mir vor. *Komme, was wolle!*

Während ich in meiner Pause in dem kleinen Aufenthaltsraum neben der Küche sitze und ausgesprochen leckere Spaghetti Vongole esse, muss ich schon wieder an ihn denken.

Ich frage mich, wieso ein Mensch, der attraktiv, intelligent und unermesslich reich ist, sich so verhält wie er. Genauso gut könnte er doch auch großzügig und freundlich sein. So wie seine Schwester.

Er wird nicht anders können, weil bei ihm irgendeine Schraube locker ist, vermute ich.

Ich konzentriere mich wieder auf meine Arbeit und dann ist es fünf Uhr und ich warte darauf, dass mein Telefon klingelt und mir die Ankunft der netten Braut und ihres schrecklichen Bruders gemeldet wird.

Als ich bis um halb sechs nichts gehört habe, rufe ich die Rezeption an und frage nach.

„Tut mir leid, die Herrschaften sind noch nicht eingetroffen."

Seltsam, da er doch so viel Wert auf Pünktlichkeit zu legen scheint, wundere ich mich.

Kurz darauf geht eine Mail ein. Ich glaube, nicht richtig zu sehen, als ich sie lese.

„Guten Tag, Señorita Hallberg,

ich muss Ihnen leider mitteilen, dass Señor Salazar den heutigen Termin mit Ihnen nicht einhalten kann. Er wird sich morgen mit Ihnen zur Abstimmung eines neuen Termins in Verbindung setzen.

Es grüßt sie

Vera Martín

Sekretariat Señor Salazar"

Der kommt einfach nicht?, schießt es mir durch den Kopf. *Das kann der doch nicht machen!*

Es gibt immer noch offene Punkte, die geklärt werden müssen, weil ich dazu keine Verträge gefunden habe. Morgen sind es lediglich sechs Tage bis zur Hochzeit. Die Gäste werden sogar schon in fünf Tagen anreisen.

Kopfschüttelnd schalte ich den Computer aus.

Wozu soll ich noch hier herumsitzen? Mit meiner Zeit kann ich auch etwas Besseres anfangen.

Deshalb gehe in den Personalraum und schlüpfe in mein Kleid, das ich heute Morgen in Hinblick auf das Treffen mit Alejandro Salazar gewählt habe, obwohl kein wirklicher Grund dafür bestand.

Auf dem Weg nach draußen überlege ich, ob ich der Strandbar einen Besuch abstatten soll. Doch irgendwie habe ich keine Lust dazu, unter Leuten zu sein. Meine Laune ist nicht gerade die beste und da ist es vernünftiger, in die entgegengesetzte Richtung zu fahren.

~

Nachdem ich einen Spaziergang am Strand gemacht und danach in der untergehenden Sonne gesessen und mir ein großes Eis mit Sahne gegönnt habe, fühle ich mich noch immer nicht besser.

Welche Laus ist dir bloß über die Leber gelaufen?, fragt meine innere Stimme.

Gar keine!, antworte ich trotzig.

Ich hatte mir den heutigen Abend einfach anders vorgestellt. Aber vielleicht liegt es auch daran, dass mir gerade alles zu viel ist. Ich bin vor ein paar Tagen in Urlaub geflogen und nun muss ich mich mit einem arroganten Typen herumärgern, der es nicht für nötig hält, seinen Termin mit mir einzuhalten, obwohl die Zeit drängt.

Ich spaziere zurück ins Hotel. Es ist Abendessenszeit. Aber ich habe keinen Hunger. In mein Zimmer will ich jedoch auch noch nicht gehen. Also beschließe ich, mich an die Bar zu setzen, ein Glas Cava zu trinken und die Leute zu beobachten.

Eine Weile sehe ich dem Kommen und Gehen im Foyer zu. Auf einmal taucht der *Franzose* neben mir auf. An den habe ich gar nicht mehr gedacht.

Schnell schaue ich in die andere Richtung.

„'Alo, wen seh isch denn da?“, spricht er mich an.

Ich ignoriere ihn.

„'Alo, Viviään. Wie geht es dir?“

„Würdest du mich bitte in Ruhe lassen?“

„Aber wer wird denn so unfreundlisch sein?“

Ich wende mich ihm zu.

„Was willst du von mir?“, schnauze ich ihn an.

„Isch glaube, isch ’abe noch eine Drink bei dir gut.“

„Hör mal zu, du schmieriger Möchtegern-Franzose! Du machst jetzt ganz schnell die Biege oder ich knalle dir eine!“, zische ich empört und schaue ihn so böse an, dass er einen Schritt zurückweicht.

„Schon gut, du frustrierte Kuh. Wer wird denn von dir was wollen?“, sagt er und verzieht sich.

Einen Moment später muss ich lachen. Wie nett von ihm, dass er mir die Gelegenheit geboten hat, meinen Ärger abzuladen.

Ich trinke den Cava aus und mache mich auf den Weg ins Hotelzimmer, um mich ins Bett zu legen und ein wenig zu lesen.

Von diesen blöden Kerlen lasse ich mir doch nicht die Stimmung verderben!, beschließe ich und drücke energisch auf den Knopf für den Aufzug.

21

VIVIEN: WARTEN ...

Am nächsten Tag erscheine ich erst um neun Uhr an meinem Arbeitsplatz. Ich habe mich gezwungen, mein dienstliches Smartphone in meiner freien Zeit auszulassen. Doch noch bevor ich mich hinsetze, schalte ich es ein in der Erwartung, dass Alejandro Salazar mir geschrieben hat, um sein Erscheinen anzukündigen.

Aber nein, es gibt keine neue Nachricht.

Danach logge ich mich in den Computer ein und schaue bei den Mail-Eingängen.

Auch hier gibt es nichts zu sehen. Jedenfalls nichts von ihm und ich ärgere mich darüber, dass ich mich darüber ärgere. Denn aktuell gibt es ja gar nichts, was wir zu tun hätten mit Ausnahme des Probeessens, für das die Braut und ihr Bruder bisher noch keine Zeit gehabt hatten.

Doch das ist sicher gar nicht nötig, da die beiden Küche und Patisserie des Hotels längst kennen. Es wäre nur pro forma gewesen, jeweils einen Happen ihres Zehn-Gänge-Menüs zu kosten, was für die Küche ein ziemlich großer Aufwand gewesen wäre.

Aber dieses Hotel hat sich dem absoluten Luxus verschrieben und dazu gehört es nun mal, den Gästen in jeglicher Hinsicht den Hintern zu pudern, selbst dann, wenn es völlig irrsinnig ist.

Natürlich könnte es ja passieren, dass den Herrschaften das eine oder andere Gericht geschmacklich doch nicht so zusagt und die Köche das Menü anpassen müssen.

So etwas sollte nicht erst am letzten Tag passieren, denn es muss entsprechend eingekauft und vorbereitet werden. Inzwischen kenne ich die Wahnsinnssumme, die für die drei Tage, an denen das Hotel nur von der Hochzeitsgesellschaft belegt wird, zu entrichten ist. Als ich die Zahl auf dem Vertrag gelesen habe, bekam ich fast ein Schleudertrauma, so sehr musste ich den Kopf schütteln.

Dazu will die Sparsamkeit von Señor Salazar so ganz und gar nicht passen. Aber vielleicht zieht ja der Vater im Hintergrund die Fäden, wenn seine einzige Tochter heiratet, und möglicherweise wirft sein Sohn einen nüchternen Blick auf die Zahlen und will ihn vergeblich bremsen.

Wie auch immer es ist: Mich hat das nicht zu interessieren. Ich bin lediglich diejenige, die dafür sorgt, dass alles reibungslos verläuft und am Ende alle zufrieden sind.

Was allerdings noch ansteht, ist die Besichtigung der Kirche und ein Probedurchgang der Hochzeitszeremonie. Natürlich wäre es gut gewesen, die Blumenkinder und Trauzeugen dabeizuhaben. Aufgrund der Entfernung ist das jedoch nicht möglich.

Aber wenn die Geschwister hier sind, wollen wir zusammen zur *Santuari de Santa Maria de Lluc* fahren, einem großen Kloster mit einer prachtvollen Kirche im Nordwesten der Insel.

Wie ich von Señor Pérez erfahren habe, stammt der Bräutigam aus dieser Gegend und das ist auch der Grund, weshalb die Hochzeit auf Mallorca und nicht auf dem Festland stattfindet.

Ich schaue, was es über das Kloster zu wissen gibt und

mache mir Notizen, damit ich nicht völlig ahnungslos bin, wenn wir dort ankommen.

Wie ich feststelle, werden in der Kirche eigentlich keine Trauungen abgehalten. Aber mit dem nötigen Kleingeld ist eben alles möglich.

Wann unser Besuch allerdings stattfinden soll, haben wir noch nicht vereinbart.

Dieser Salazar verhält sich, als hätten wir alle Zeit der Welt, denke ich grimmig.

Ich schaue auf mein Smartphone und kontrolliere, ob überhaupt der Ton eingeschaltet ist. Ja, ist er, und eine Mail ist auch nicht gekommen.

Grrr …

Also beginne ich, noch einmal alle Dienstleister und Lieferanten telefonisch abzuklappern, um sicherzugehen, dass alle und alles rechtzeitig hier sein werden beziehungsweise wird: die Floristin, die den ganzen Blumenschmuck liefert und dekoriert, die Druckerei, die die Menü- und Platzkarten gestaltet, die Fotografen, die die Feier auf Video und Fotos festhalten soll und so weiter.

Und so bringe ich Stunde für Stunde hinter mich und warte darauf, dass eine Nachricht kommt …

Um fünf Uhr beschließe ich, den Tag im Büro zu beenden. Draußen scheint die Sonne und ich will etwas davon haben, dass ich auf Mallorca bin.

Als ich den Computer herunterfahren will, sehe ich, dass sich noch eine Mail ins Postfach geschlichen hat.

Die kann ich auch morgen noch lesen und beantworten, denke ich und merke, dass ich mir etwas vormache.

Ich brenne darauf zu wissen, ob der gnädige Herr vom Festland sich endlich herabgelassen hat, mir seine Pläne mitzuteilen, damit sich nicht wieder dieser riesige Stress der ersten beiden Tage wiederholen muss.

Und tatsächlich sehe ich seinen Namen als Absender.

22

ALEJANDRO SALAZAR: UNLIEBSAME ERINNERUNGEN

Es ist früher Nachmittag, als die Sekretärin meines Vaters mich bittet, umgehend in seinem Büro zu erscheinen. Fluchend erhebe ich mich von meinem Schreibtischsessel, denn ich bin gerade in die Umsatzzahlen unserer Shops in Deutschland vertieft.

„Was gibt es, Vater?", frage ich, als ich mich auf dem Stuhl ihm gegenüber niederlasse.

„Deine Schwester scheint der Meinung zu sein, du würdest zu sehr auf *meinem Geld* sitzen. Ist dem so?", fragt er und wirft mir einen strengen Blick zu.

Ich nehme zur Kenntnis, dass er es einfach nicht lassen kann, mich zu behandeln, als sei ich noch der kleine Junge von früher, der um seine Zuneigung bettelt.

„Ach was?", frage ich grinsend.

Probiert er es wieder einmal auf diese Tour?

„Hat Marisol sich denn bei dir beschwert?"

Das würde mich sehr wundern. Sie und ich halten schon immer zusammen wie Pech und Schwefel. Deshalb würde sie direkt mit mir sprechen und niemals den Umweg über unseren Vater machen.

„Nein, das hat sie nicht. Aber ich habe eine Bemerkung von ihr aufgeschnappt."

„Ich meine, mich erinnern zu können, dass du mich zur Sparsamkeit erzogen hast, Vater", sage ich mit einer gewissen Arroganz in der Stimme, die ich mir im Umgang mit ihm angewöhnt habe.

Er nickt zustimmend, während er mich mit seinem Blick durchbohren will. Das gelingt ihm jedoch nicht, da ich mir im Umgang mit ihm eine Rüstung aus Gleichgültigkeit zugelegt habe und alles an mir abprallen lasse.

„Das habe ich allerdings. Unser Vermögen haben wir nicht durch Verschwendungssucht erwirtschaftet. Aber es ist nun mal die Hochzeit deiner Schwester. Eine einmalige Angelegenheit, wie ich hoffe, wenn auch der Bräutigam nicht unseren Vorstellungen entspricht."

„Du hättest nicht so schnell einwilligen sollen, als sie dich gefragt hat, ob du einverstanden bist, dass sie Mendez heiratet", spotte ich.

„Hätte ich es ihr verbieten sollen?", braust er auf, als hätte ich ihn bei einem Fehler erwischt. „Wo denkst du hin? Wir leben im 21. Jahrhundert. Sie ist von diesem Menschen so besessen, dass sie womöglich mit ihm durchgebrannt wäre."

„Du hättest sie um Bedenkzeit bitten können."

Kaum habe ich das ausgesprochen, komme ich mir wie ein Verräter vor. Auch wenn ich mir für Marisol einen Mann aus unseren Kreisen gewünscht hätte und nicht diesen Selfmade-Millionär aus einfachen Verhältnissen, würde ich mich ihren Wünschen niemals in den Weg stellen.

„Deine Schwester ist emotional nicht so abgeklärt wie du, Alejandro", sagt er.

Ich bin mir nicht sicher, ob er mich dafür loben oder kritisieren will.

„Woher *das* wohl kommt?", frage ich mit viel Sarkasmus in der Stimme.

Da er nicht die Zeit aufbringen wollte, sich um mich zu

kümmern, hat er mich recht früh in ein elitäres Internat abgeschoben. Dort hatte er den Auftrag gegeben, aus mir eine Führungspersönlichkeit zu formen, der er später einmal seinen riesigen Konzern übertragen konnte. Er wollte aus mir einen Mann machen, der sich nicht von seinen Gefühlen leiten lässt, sondern nur auf seinen Verstand hört. Mehr Maschine als Mensch, ein Ebenbild seiner selbst.

Daran, dass sich der kleine Alejandro monatelang vor Sehnsucht nach ein wenig Wärme in den Schlaf geweint hat, erinnere ich mich nur ganz selten und äußerst ungern.

Irgendwann war jedenfalls das von ihm angestrebte Ziel erreicht. Heute mache ich mir nichts mehr aus Gefühlsduseleien.

Fehlt deshalb etwas in meinem Leben?

Ich schüttle den Kopf.

Ich habe nur einen einzigen *wunden Punkt*. Und der ist Marisol. Für sie würde ich alles tun und wenn sie diesen Mendez, dessen Manieren sie erst noch schleifen musste, unbedingt heiraten will ... so soll sie das eben tun. Hauptsache, meine kleine Schwester ist glücklich.

„Mir wäre lieber, sie hätte etwas von deinem Verstand geerbt. Man heiratet nach oben, nicht nach unten“, wiederholt er seinen Lieblingsspruch. „Wenigstens du wirst das beherzigen. Am liebsten wäre es mir, wenn du dir eine Frau nehmen würdest, die Alleinerbin eines Imperiums wie das unsere ist. Elena ist dafür die perfekte Kandidatin.“

Ich kenne seine Träume. Aber bevor ich mich zur Heirat entscheide, muss erst noch ein Wunder geschehen.

Schlagartig taucht das Gesicht von Vivien Hallberg vor meinem inneren Auge auf.

Was soll das jetzt?, frage ich mich und verscheuche das Bild in die hinterste Ecke.

„Was hältst du davon, Elena auf der Hochzeit deiner Schwester einen Antrag zu machen? Man kann nicht früh genug damit anfangen, einen Erben und am besten noch dessen Stellvertreter zu zeugen! Als ich so alt war wie du, gab es dich schon. Du bist jetzt Mitte dreißig. Es wird Zeit, dass du dich festlegst."

Er zwinkert mir verschwörerisch zu.

„Oder gibt es etwa schon eine passende Dame, von der ich nichts weiß?"

Ich lache hart auf, als er das sagt. Dann erhebe ich mich von meinem Stuhl.

„War es das, Vater? Ich werde Marisol bei ihren Ausgaben nicht mehr bremsen. Die Hochzeit kostet uns ohnehin ein Vermögen. Mach mir das bitte im Nachhinein nicht zum Vorwurf!"

Will er mit seiner ungewohnten Großzügigkeit sein schlechtes Gewissen beruhigen? Auch sie hat sehr darunter gelitten, dass er nie Zeit für sie hatte. Als dann noch unsere kränkelnde Mutter so früh starb, war sie ganz allein, bis unser Vater sich erbarmte. Er ließ mich vom Internat nach Hause holen, wo wir von privaten Lehrern unterrichtet und einer emotional unzugänglichen Kinderfrau erzogen wurden.

Ab da gab ich Marisol den Halt, den sie so dringend brauchte.

„Nein, es ist alles gut, wie es ist. Gib ihr, was sie haben will. Und mir gibst du in naher Zukunft Enkelkinder. Einen strammen Jungen wirst du doch zustande bringen!", donnert er mir entgegen.

Ich ziehe nur spöttisch eine Augenbraue hoch.

Dann verlasse ich das Zimmer und gehe zurück in mein Büro, um mich wieder meiner Arbeit zu widmen. Doch meine Konzentration ist zuerst einmal dahin. Mir geht das Gespräch mit meinem Vater durch den Kopf und ich frage mich: Bin ich wirklich mit mir als Mensch zufrieden? Also mit dem, in was ich mich im Laufe der Jahre entwickelt habe?

Der harte Drill der Lehrer im Internat und die Erziehung meines strengen Vaters ... War ich nicht so etwas wie Knetmasse in deren Händen? Dem ausgeliefert, was sie mit mir angestellt haben?

Als Kind hatte ich keine andere Wahl, als mich irgendwann zu fügen. Aber danach?

Wieso verhalte ich mich noch immer so, wie sie es mir eingetrichtert haben? Und warum, um Himmelswillen, tue ich weiterhin das, was von mir erwartet wird?

23

VIVIEN: ÜBERFALLARTIG

Ich öffne die Mail, die vor meinen Augen auf dem Bildschirm blinkt.

„Buenos días, Señorita Hallberg,

wir sehen uns morgen Vormittag um neun Uhr, um die restlichen Punkte zu klären.

Grüße

Alejandro Salazar“

Ts! Noch kürzer ging es wohl nicht, grummle ich. *Und wie er voraussetzt, dass ich um neun Uhr parat stehen werde. Ich könnte doch bereits einen Termin haben.*

Ich schalte den Computer aus und packe meine Sachen zusammen. Auf dem Weg in die Tiefgarage entscheide ich mich, in die Bar del Sol zu fahren.

Ich sehne mich nach Sonne und ein paar netten Menschen, die mich mögen.

Kurz darauf parke ich das Auto ein und hole die Tasche mit meinen Badesachen aus dem Kofferraum. Es ist noch richtig schön warm. Da kann ich mich gleich an den Strand legen.

„Hola, Guapa“, begrüßt mich David und hält mir seine Wangen für Begrüßungsküsse hin. „Wie geht es dir?“

„So lala“, antworte ich. „Und dir?“

„Alles bestens. Aber was ist bei dir los? Hat dich der betörende Mann vom Festland geärgert?“, fragt er mit einem Funkeln in den Augen.

„Ich glaube, der kann gar nicht anders, als unhöflich und Schlimmeres zu sein.“

„Was sich liebt, das neckt sich“, wiederholt er seinen Spruch von letztens.

„Wie kommst du bloß auf so etwas? Er ist nichts weiter als ein Kunde des Hotels.“

„Das kann sich ja ändern.“

Ich schüttle heftig meinen Kopf.

„Wenn ich mich ständig ärgern und zutiefst enttäuscht von einem Menschen sein wollte, wäre ich bei ihm sicher an der richtigen Stelle.“

„Ich glaube, du bist bereit für einen Drink! Richtig?“, will er wissen.

„Ja, warum nicht. Machst du mir bitte einen Mojito?“

„Wird sofort geliefert.“

„Hallo, Claudia“, begrüße ich einen Moment später die nette Kellnerin. „Alles klar bei dir?“

Wir umarmen uns kurz.

„Bleibst du zum Essen hier?“

„Oh ja, sehr gerne. Es ist immer lustig, mit euch in der Küche zu sitzen.“

„Dann sage ich Alejo Bescheid, dass er eine Schöpfkelle mehr kochen soll.“

Ich lache.

„So viel esse ich doch gar nicht“, witzle ich.

„Abwarten! Du, ich muss jetzt leider weitermachen. Wir sehen uns später.“

„Brauchst du Hilfe?“

„Von dir? Nachdem du schon den ganzen Tag im Hotel gearbeitet hast? Kommt gar nicht in Frage.“

David stellt den Cocktail vor mir ab und ich nehme einen großen Schluck.

„Ah!“, stoße ich hervor. „Das hat gutgetan. Sag mal, kann ich mich hier irgendwo umziehen?“

„Jorge, bitte bring Vivien mal kurz in den Vorratsraum“, ruft er seinem Kollegen zu.

Der winkt mir, ihm zu folgen.

Ich bedanke mich und als ich kurz darauf meinen Bikini unterm Kleid trage, nehme ich den Drink und gehe ans Meer. Dort stelle ich das Glas ab, ziehe mich aus und setze mich in den Sand. Ich trinke einen Schluck, starre an den Horizont und genieße die warmen Sonnenstrahlen auf meiner Haut.

Fühlt sich an wie Urlaub, denke ich, atme tief durch und spüre, wie jegliche Anspannung meinen Körper verlässt.

In den letzten Tagen hat meine Reise sich zu etwas ganz anderem entwickelt als erwartet oder gar geplant.

Wie es wohl wäre, immer hier zu leben?, frage ich mich.

So wie David, Claudia oder Zara. Auch die andere Kellnerin, Julia, und Nicolas sind Deutsche, die sich entschieden haben, hierzubleiben. Sie scheinen an diesem traumhaften Ort glücklich zu sein.

Immerhin habe ich meinen Urlaub durch das Hochzeitsprojekt in die Länge gezogen.

Plötzlich kommt mir Alejandro Salazar in den Sinn.

Morgen ist er wieder da, denke ich und kann mich nicht entscheiden, ob mich der Gedanke freut oder wohl doch eher aufregt.

Ich hole das Handtuch aus meiner Tasche und breite es aus. Als ich meinen Blick hebe und zur Bar schaue, sehe ich einen Mann, der ihm sehr ähnlich sieht.

Ich halluziniere, denke ich grinsend.

Was sollte er hier in der Bar suchen? Ein arroganter Typ wie der würde doch im Luxushotel auf der Terrasse sitzen und sich von vorne bis hinten bedienen lassen.

Ich lege mich hin, schließe die Augen und seufze zufrieden.

„Hier verbringen Sie also Ihre Zeit."

Eine männliche Stimme weckt mich. Ich schieße hoch. Alejandro Salazar steht vor mir und mustert mich.

„Finden Sie es angemessen, mich am Strand zu überfallen, wenn ich nichts weiter als einen Bikini trage?", werfe ich ihm an den Kopf, zerre mein Kleid aus der Tasche und halte es schützend vor mich.

„Wir befinden uns beide auf öffentlichem Territorium", antwortet er grinsend.

„Mit dem Unterschied, dass sie vollständig bekleidet sind", schimpfe ich und lasse meinen Blick über sein weißes Hemd, die Jeans und die nackten Füße gleiten.

„Wollen Sie mir das etwa zum Vorwurf machen?", spottet er. „Ich hatte nicht erwartet, hier am Strand auf Sie zu treffen, denn ich dachte, Sie würden in Ihrem Büro sitzen und für mich arbeiten."

Mein Blutdruck geht bei seinen Worten in die Höhe.

Lass dich nicht provozieren!, befiehlt meine innere Stimme.

„Ich befürchte, Ihre Uhr hat dasselbe Problem wie Sie", sage ich stattdessen ungerührt.

Fragend sieht er mich an.

„Welches Problem sollte ich denn haben?"

„Sie sind stehengeblieben."

Es dauert einen Moment, bis es bei ihm klingelt. Dann verzieht er sein Gesicht und ich stelle fest, dass er heute irgendwie entspannter wirkt als sonst. Und natürlich sieht er wieder umwerfend gut aus.

Ich reiße meinen Blick von ihm los und da er mich nun sowieso schon halbnackt gesehen hat, lasse ich mich erneut auf mein Handtuch sinken, lege das Kleid neben mich in den Sand und schließe einfach die Augen.

Während mein Herz ziemlich wild klopft, wohlgemerkt.

Ich höre, wie er lacht, dann scheint er sich zu entfernen.

Verdammt! Die Eventmanagerin im Bikini. Wie unprofessionell war das denn?, fluche ich innerlich.

Aber was kann ich dafür, dass es zu dieser unerwarteten Begegnung am Strand kam? Nichts!

Was hat dieser Kerl hier überhaupt zu suchen? Das ist mein Revier, nicht seins!

Ich drehe mich auf den Bauch und schaue in Richtung Bar. Dort steht er und quatscht mit David.

Aha! Dann bevorzugt er also doch Männer?

Ich spüre, wie ein Hauch von Enttäuschung in mir hochsteigt und hätte mich dafür ohrfeigen können. Dieser Mensch ist ganz und gar schrecklich und außerdem ist er ein K-u-n-d-e!

Erneut lege ich mich auf den Rücken. Es ist jedoch nicht daran zu denken, dass ich noch einmal einschlafe, denn die gerade erlebte Situation mit ihm saust mir noch mal und noch mal durch den Kopf.

Weil zudem ein frischer Wind vom Meer her weht, springe ich auf und ziehe mich an.

Dann endlich erlaube ich mir, den Blick zu heben und zur Bar zu schauen. Alejandro Salazar steht noch immer bei David.

Hierbleiben oder ins Hotel fahren?, frage ich mich, als ich langsam über den Steg zurückgehe.

Mich von ihm vertreiben lassen oder nicht, wäre jedoch die korrekte Frage und diese kann ich eindeutig mit Nein beantworten!

Also gehe ich weiter und als er sich umdreht, blicke ich ihm fest in die Augen.

24

ZARA: ANGEBOT

Ich mache mit meinem Liebsten einen Spaziergang in der untergehenden Sonne. Um dem Trubel in der Bar zu entgehen, sind wir zu unserer Finca gefahren.

Außerdem wollten wir sehen, auf welchem Stand die Arbeiten im Haus sind. Leider nicht so weit fortgeschritten, wie wir es gerne hätten. Es wird also noch ein wenig dauern, bis wir einziehen und ich meinem Nestbau nachgehen kann.

Aber ich war schon in Manacor und in Palma, um alle großen Möbelstücke auszusuchen und auf Abruf zu bestellen. Teilweise hat mich Nele begleitet. Javier war jedes Mal erleichtert, wenn er nicht mitgehen musste.

„Räume unser Konto leer, Cariño, und richte alles so ein, wie es dir gefällt, dann wird es mir auch gefallen", hat er sich aus der Affäre gezogen.

Aber mir war das recht, denn so kann ich frei schalten und walten. Er steuert dafür die Gemälde für unsere Wände bei.

Mit den Sachen für das Baby warte ich auch noch, bis ich gleich alles einräumen kann. Es bringt ja nichts, wenn sich in unserer Wohnung die Einkäufe stapeln.

Ich kann kaum erwarten, so richtig loszulegen! Natürlich

habe ich im Internet schon mal zig Seiten durchforstet, um zu schauen, was es so alles gibt. Auch auf der Homepage meines früheren Geschäftspartners Noah bin ich bereits fündig geworden. Er räumt mir auf meine Bestellungen einen großzügigen Rabatt ein.

Wir verstehen uns übrigens wieder ziemlich gut. Noah hält sich ja sehr oft in Colònia de Sant Pere auf, da er mit Carmen zusammen ist. Demnächst will er komplett umsiedeln.

Die Beziehung der beiden funktioniert anscheinend gut. Das freut mich, wenn es mir auch ein kleines Rätsel ist, denn Mara hat mir ein paar Dinge über Carmen erzählt. Daher weiß ich, was für eine Hexe sie sein kann. Aber ich habe das Gefühl, dass die Liebe ihre guten Seiten hervorgekehrt hat.

„Du bist so schweigsam, Cariño. Fühlst du dich wohl?“, fragt mein Liebster nach einer Weile.

„Sehr wohl sogar. Ich habe darüber nachgedacht, wie schön es sein wird, wenn wir erst einmal hier wohnen.“

„Dabei warst du zuerst gar nicht so begeistert.“

„Ich musste mich an den Gedanken gewöhnen. Doch jetzt kribbelt es mir in den Fingern, alles gemütlich einzurichten.“

Er drückt mich ein wenig fester an sich.

„Du glaubst gar nicht, wie sehr mich das freut!“

„Javier, ich muss dir etwas sagen.“

Ruckartig bleibt er stehen und sieht mich besorgt an.

„Etwas Schlimmes? So sprich doch.“

Ich schüttle den Kopf.

„Nein, nein. Es ist nur eine Sache, auf die wir beide keine Lust haben.“

„Eine Einladung ins Haus deines Vaters!“

„Woher weißt du das? Hat er dich auch angerufen?“

„Hat er nicht. Aber es war doch klar, dass dem ersten Gespräch, das so abrupt geendet hat, ein zweites folgen wird.“

„So ist es. Wir sollen vorbeikommen. Dieses Mal nicht zum Essen, sondern ...“

Ich schaue auf meine Uhr.

„In einer halben Stunde."

Javier verzieht sein Gesicht.

„Können wir nicht sagen, dass es dir nicht gut geht? Oder dass wir schon etwas anderes vorhaben?"

„Damit würden wir es doch nur vor uns herschieben. Bringen wir es lieber hinter uns."

„Meinetwegen. Gehen wir langsam zurück."

„Wie ist die Stimmung?", frage ich Marga, als sie uns die Tür öffnet.

„Nicht so gut", antwortet sie und verdreht die Augen.

Wir betreten das Wohnzimmer und begrüßen meinen Vater, Inés und Bianca. Luis ist dieses Mal nicht dabei und ich kann mir auch denken, warum.

„Setzt euch. Was wollt ihr trinken?", fragt mein Vater und deutet auf das Sofa.

„Ein Wasser", antworte ich.

„Einen Schnaps", sagt Javier.

Mein Vater schenkt uns Frauen Wasser und sich selbst und seinem Schwiegersohn einen Hierbas ein.

Dann setzt er sich uns gegenüber.

„Luis hat es vorgezogen, von hier zu verschwinden. Weit wird er nicht kommen, denn ich werde ihm den Geldhahn zudrehen", knurrt er.

Dann wirft er meiner Schwester einen vorwurfsvollen Blick zu.

„Bianca ist auch nicht gewillt, ihr nutzloses Studium aufzugeben, um zurückzukommen und das Büro zu führen."

„Vater, du weißt, dass ich dafür kein Talent habe!"

„Und zum Malen? Hat sie zum Malen ein Talent, Javier?"

„Das kann ich dir nicht beantworten, denn Kunst liegt im Auge des Betrachters", redet er sich heraus.

Ich weiß auch, warum: Er hält von den Fähigkeiten seiner Schwägerin nicht viel.

„Von meinen drei Kindern ist einer ein Herumtreiber, eine liegt auf der faulen Haut und nur eine ist strebsam und fleißig."

Er sieht mich an.

„Und das bist du, Zara."

Oh, mein Gott! Auf diese Lorbeeren könnte ich gut verzichten. Das wird nur Inès wieder gegen mich aufbringen.

„Ach, was! Bianca wird auch loslegen, sobald sie fertig ist, und Luis braucht halt noch ein bisschen Zeit", versuche ich, seine Worte abzuschwächen.

„Nein, Tochter! Du bist aus einem anderen Holz geschnitzt."

„Was soll das heißen?", greift Inés da auch schon ein. „Sind dir meine Gene nicht gut genug?"

„Du hast die beiden verzogen. Zara musste ohne väterliche Unterstützung aufwachsen. Das hat sie stark gemacht."

„Vater! Würdest du mich da bitte rauslassen? Mir ist das unangenehm", beschwere ich mich.

Sofort richtet sich Javier neben mir auf und legt den Arm um meine Schulter.

„Ihr beide werdet nichts weiter sagen, was meine Frau aufregen könnte!", schreitet er ein.

„Jetzt beruhigen wir uns alle erst einmal", beschwichtigt ihn mein Vater. „Es gibt nun drei Möglichkeiten. Nummer 1: Ich verkaufe die Firma und verlebe das Geld."

Aus den Augenwinkeln nehme ich wahr, wie Bianca zusammenzuckt.

„Nummer 2: Ich mache Mateo zum alleinigen Geschäftsführer und Birgit übernimmt das Büro. Dadurch geht der Firma natürlich eine Menge Geld verloren, denn ich müsste den beiden saftige Gehälter zahlen."

„Und was ist Nummer 3?", fragt Javier.

„Gut, dass du fragst, Schwiegersohn. *Du* könntest die Geschäftsführung übernehmen. Du arbeitest ja nicht."

Javier lacht, als er das hört. Auf die Spitze, dass er nicht arbeiten würde, geht er – alles andere hätte mich auch gewundert – nicht ein, als er spricht.

„Mateo wird sich über die Beförderung sicher freuen. Birgit hilft bei Mara und Diego nicht mehr so oft aus, also kommt der Job für sie gerade richtig, zumal sie früher eine ähnliche Arbeit hatte. Gratuliere! Du hast dein Problem gelöst."

Er erhebt sich und streckt mir seine Hand hin.

„Komm, Zara."

Wie ungewohnt es sich anhört, wenn er mich bei meinem Namen nennt. Daran erkenne ich, wie genervt er ist.

Lächelnd erhebe ich mich.

„Was ist los? Ihr wollt schon gehen?", fragt mein Vater.

„Zara muss sicher morgen früh raus, um ihren Fleiß unter Beweis zu stellen", stänkert Inés.

„Liebe Tante, sprich bitte nicht so über meine Frau", warnt Javier sie und wirft ihr einen strengen Blick zu. „Wir werden uns jetzt verabschieden. Ich wünsche euch noch einen schönen Abend."

Inés verzieht ihr Gesicht, doch sie schweigt und nickt ihm nur zu.

„Nun gut. Wenn ihr es so eilig habt, zu verschwinden, dann geht eben. Aber beschwert euch nicht, wenn es nichts zu erben gibt", droht mein Vater.

Ich merke, wie Javier sich ein Lachen verkneifen muss.

„Als bräuchten wir sein Geld", raunt er mir zu.

„Adiós, Bianca", sage ich, doch sie reagiert nicht, da sie offensichtlich in sorgenvolle Gedanken versunken ist.

„Gute Nacht", wünsche ich den anderen beiden und schon sind wir draußen.

„Ich habe keine Lust, in die Querelen deiner Familie hineingezogen zu werden, Cariño", erklärt Javier, als wir im Auto sitzen.

„Die dank deiner Tante Inès auch deine Familie ist", erinnere ich ihn.

Er verzieht sein Gesicht, als hätte er in eine Zitrone gebissen.

„Aber noch viel weniger will ich, dass du dich aufregen musst“, sagt er, beugt sich zu mir herüber, küsst mich und streichelt über meinen Bauch.

„Ich rege mich nicht auf. Weißt du, Javier ... Bianca und Luis sind mir leider fremd geblieben. Dass Inés mich nicht sonderlich mag, ist nichts Neues für mich. Daran habe ich mich längst gewöhnt.

Auch mein Vater ist mir fremd. Als ich noch ein Kind war, hat er nichts dafür getan, eine richtige Beziehung zu mir aufzubauen und jetzt, da ich längst erwachsen bin, kann ich auf eine derartige Lobhudelei, die nur die anderen gegen mich aufbringt, gut verzichten.

Ich habe eine Mutter, die mich liebt und immer gut für mich gesorgt hat. Und ich hatte meine Abuela, die mir das gegeben hat, was mein Vater mir nicht geben wollte oder auch konnte. Wie auch immer ... Ich fühle mich meiner spanischen Familie nicht sonderlich zugehörig. Sie ist halt da und Punkt.“

„Gut gesprochen, meine Liebste. Ich bin stolz auf dich. Du gehst mit den Gegebenheiten ganz entspannt um und lässt dich emotional nicht in Dinge hineinziehen, die nichts mit dir zu tun haben.“

„Aber vor allem habe ich dich und du bist das größte Geschenk, das das Schicksal mir jemals machen konnte. Wie mein Leben wohl aussehen würde, wenn wir uns nicht begegnet wären? Wenn du mich nicht geholt hättest, wäre ich vielleicht gar nicht mehr zurückgekommen.“

Javier schüttelt seinen Kopf.

„Oh doch, das warst du. Denn du bist stark und hättest dich alleine durchgebissen. Aber darüber müssen wir nicht nachdenken, Cariño. Du bist hier und das ist das Beste, was mir passieren konnte.“

Mit diesen Worten schließt er mich erneut in die Arme und küsst mich.

Glücklich und dankbar, dass es ihn gibt, kuschle ich mich an seine Brust und gebe mich seinen Küssen hin.

25

VIVIEN: BEGEGNUNG DER MERKWÜRDIGEN ART

„Was machen *Sie* denn hier, Señor Salazar? Ist so eine Strandbar nicht weit unter Ihrem Niveau?“, spotte ich, als ich vor ihm stehe.

Verdammt, sieht dieser Kerl gut aus!

Wie schade, dass ungefähr einhunderfünfundneunzig Gründe dagegensprechen, mit ihm zu flirten.

“Manchmal macht es mir Spaß, mich unters einfache Volk zu mischen“, antwortet er von oben herab.

Grrr ...

„Sie mögen keine Herzlichkeit?“, frage ich spitz.

„Sie sprechen jetzt aber nicht von sich!“

„Meine Herzlichkeit habe ich für Menschen reserviert, bei denen ich damit auf Resonanz stoße“, erkläre ich hoheitsvoll.

„Und Sie glauben, bei mir wäre das nicht der Fall?“

„Glauben? Ich würde eher von Wissen sprechen.“

„Woher nehmen Sie dieses *Wissen*, da Sie mich nicht kennen?“

„Sie haben recht. Womöglich zeigen Sie mir immer nur eine Facette Ihrer sicher breit gefächerten Persönlichkeit.“

Halt deinen Mund, Vivien!, ermahne ich mich, denn genau

genommen war diese Bemerkung eine ziemliche Frechheit von mir.

„Finden Sie eigentlich, dass Ihr Benehmen dem einer Dienstleisterin entspricht, Señorita Hallberg?“, fragt er da auch schon.

„Ich muss mich bei Ihnen entschuldigen, Señor Salazar, für meine unangemessene Art, mich immer auf mein Gegenüber einzuschwingen. Ich sollte wohl besser den Mund halten und lächeln.“

Verdammt!

Jetzt ist mir schon wieder eine Frechheit über die Lippen gerutscht. Aber hat dieser arrogante Mensch das nicht verdient?

„Den Mund halten und lächeln wäre eine Möglichkeit, Señorita Hallberg.“

„Wenn Sie das so wünschen, kann ich es gerne tun. Jedoch nicht in meiner Freizeit.“

Ich schaue demonstrativ auf meine Uhr. Es ist kurz vor acht.

„Bei dem saftigen Honorar, das ich Ihrem Boss bezahle, dürften Überstunden mit inbegriffen sein.“

„Raten Sie mal, wo der Fehler im System liegt.“

„Sie werden gewiss nicht leer ausgehen.“

Da hat er natürlich recht. Dieser Job bringt mir eine Menge Geld ein.

„Womit kann ich Ihnen denn behilflich sein, Señor?“, frage ich mit lieblicher Stimme.

Ich bin mir sicher, dass er den Sarkasmus erkennt. Wahrscheinlich ist er es gewohnt, dass die Leute springen, wenn er pfeift. Das würde ich ja auch tun, sofern er mich *höflich* bitten würde.

„Also, ich meine, zu dieser späten Stunde“, füge ich noch hinzu und lächle ihn an.

Er schüttelt den Kopf.

„Späte Stunde? Sie gehen mit den Hühnern ins Bett?“

„Woraus schließen Sie das, da Sie mich nicht kennen?“, wiederhole ich seine Frage.

„Intuition“, sagt er.

Leider schaffe ich es nicht, mir ein spöttisches Grinsen zu verkneifen.

„Sie zweifeln daran, dass ich über Intuition verfüge?“

Wieder ist diese Arroganz in seiner Stimme.

„Ich hätte es Ihnen zumindest nicht zugetraut. Bisher hielt ich Sie für einen ausgesprochenen Verstandesmenschen.“

„Wie sehr man sich doch täuschen kann“, sagt er.

Aber irgendwie klingt das nicht echt.

Dieser Kerl führt mich an der Nase herum!

„Man kann eben nicht immer hinter die Fassade schauen“, werfe ich deshalb nur dahin.

„So ist es“, sagt er und für einen Moment wirkt sein Gesicht tieftraurig.

Betroffen sehe ich ihn an.

Was ist jetzt passiert? Ist plötzlich seine Maske gefallen?

Doch da hat er sich schon wieder im Griff.

„Um Ihre Frage zu beantworten, was Sie für mich tun könnten ...“

„Ja?“

Ich sehe ihn fragend an. Er wird doch nicht erwarten, dass ich mit ihm zurück ins Hotel fahre und den Computer noch einmal anwerfe, um irgendwelche Dinge zu besprechen oder ihm Rechenschaft darüber abzulegen, was ich in den letzten beiden Tagen getrieben habe.

„Sie können mir Gesellschaft leisten.“

„Wie bitte? Ich soll Ihnen Gesellschaft leisten? Haben Sie noch nicht genug vom einfachen Volk?“, frage ich spitz.

Señor Salazar lacht.

„Sie haben zwar eine oftmals unangebrachte Art, zu reagieren, aber ich muss gestehen, dass ich das erfrischend finde. In der Regel bin ich von Ja-Sagern umgeben.“

Dachte ich es mir doch.

„Wobei soll ich Ihnen denn Gesellschaft leisten?"

„Wie wäre es mit einem Abendessen?"

„Einem Abendessen?", frage ich verblüfft.

„Wurden Sie noch nie von einem Kunden dazu eingeladen?"

„Ähm ... eher nicht."

„Dann wäre das Ihr erstes Mal. Das sollten wir feiern."

„Ich hatte vor, hier zu Abend zu essen", wende ich ein, da ich mir nicht sicher bin, ob es eine gute Idee ist, private Zeit mit ihm zu verbringen.

„Die Bar schließt doch jetzt. Schauen Sie, die Kellnerinnen räumen gerade die Kissen von den Stühlen."

„Wir essen drinnen", erkläre ich und zeige auf das Haus.

„Man könnte meinen, Sie gehörten zum beweglichen Inventar", wundert er sich.

„Ja, das könnte man."

„Womit kann ich Sie überzeugen, meine Einladung anzunehmen?"

Mein Herz schlägt übertrieben schnell, als er das sagt.

Hör auf damit!, herrsche ich es lautlos an.

Schließlich steht ein Mann vor mir, mit dem ein Flirt sinnlos ist, da einhundertfünfundneunzig Gründe dagegensprechen.

„Das wird schwierig", antworte ich deshalb. „Ich bin ja nicht einmal passend angezogen. Eben nur für den Ausflug in eine Bar."

„Glauben Sie wirklich, das würde mich stören? Ich trage doch auch nur Jeans und ein Hemd. Aber wenn Ihnen das lieber ist, bleiben wir eben hier."

„Ich weiß nicht, ob es möglich ist, dass Sie ..."

„Kein Problem. David hat mich eingeladen, zusammen mit ihm und den anderen zu Abend zu essen."

Aha!, denke ich. *David und er.*

„Wozu brauchen Sie meine Gesellschaft, wenn Sie die von David haben?", funkle ich ihn an.

Er lacht. Es klingt ungehemmt. So ganz anders als ich es von ihm gewohnt bin.

Aber ich muss zugeben, dass es mir gefällt.

Da steht David plötzlich vor uns und hat zwei Gläser mit Cava in den Händen.

„Trinkt mal etwas", fordert er uns auf. „Ihr habt sicher Durst."

Er zwinkert Alejandro Salazar zu.

Du Verräter!, denke ich ärgerlich.

Denn er baggert ganz ungeniert meinen Kunden an, während ich danebenstehe.

Du wolltest ihn ja nicht, sagt der Blick, den er mir zuwirft, bevor er wieder verschwindet.

Stimmt. Wie sollte ich so einen arroganten, schrecklichen Menschen wollen?

Der ist höchstens ein Mann für eine Nacht, denke ich.

Doch dazu müsste er *mich* zuerst einmal wollen und nicht David anstrahlen, als wäre er eine Erscheinung.

Einen Moment später schüttle ich innerlich den Kopf.

Er ist ein K-u-n-d-e!

Señor Salazar hebt sein Glas.

„Salud, Amor y Dinero", sagt er.

Habe ich es mir eingebildet oder hat er das Wort Amor besonders betont? Will er mich in sein Bett zerren und dort die Nacht mit mir verbringen?

Ich bin mir nicht sicher.

Aber die tatsächliche Frage ist ja: *Will* ich das?

Falls du dir jede Menge Ärger inklusive einer negativen Referenz des Hotels einhandeln willst, dann tu es, warnt die vernünftige Stimme in meinem Inneren.

„Salud, Amor y Dinero", wiederhole ich und betone das Wort Salud, Gesundheit

Denn darum geht es mir. Um meine nervliche Gesundheit.

Zudem ist ja die Frage nicht beantwortet, ob er auf Männer steht und im speziellen Fall auf den gut aussehenden David.

„Nun?“, fragt er. „Wie haben Sie sich entschieden?“

26

VIVIEN: WORTGEFECHTE

„Wir bleiben hier“, antworte ich.

„Interessant, dass Sie für mich mitentschieden haben“, spottet er.

„Haben Sie mich nicht regelrecht dazu gedrängt?“, erinnere ich ihn.

„Deshalb werde ich mich fügen und mich unters ...“

„Einfache Volk mischen?“, unterbreche ich ihn.

„Ja, so ist es.“

„Passen Sie bloß auf!“

„Worauf denn?“

„Sie könnten sich womöglich mit den einfachen Leuten amüsieren“, warne ich ihn grinsend.

„Das nehme ich in Kauf. Wobei mir eher daran liegt, mich mit Ihnen zu amüsieren.“

Ich werfe ihm einen strengen Blick zu.

„Das haben Sie sicher anders gemeint, als man es verstehen könnte!“

„Wie könnte man es denn verstehen?“

„Falsch“, antworte ich.

„Es liegt immer am Empfänger, wie der Sender verstanden wird“, wehrt er ab.

„So kann man sich auch herausreden."

„Kann man. Aber nur, wenn man im Unrecht ist."

„Und Sie sind im Recht?", provoziere ich ihn.

„Sie wollen sicher nicht dieses langweilige Thema mit mir diskutieren."

„Welches Thema schlagen Sie denn vor?", frage ich. „Die Hochzeit Ihrer Schwester? Wo ist sie überhaupt?"

„Sie ist zu Hause geblieben. Ich habe mich sehr kurzfristig entschlossen, herzufliegen."

„Hatten Sie Sehnsucht nach ..."

„Ihrer spitzen Zunge?", unterbricht er mich mit einem spöttischen Grinsen.

„Wie kommen Sie darauf, dass ich Ihnen eine derart persönliche Frage stellen wollte?"

„Es klang danach."

„Es liegt immer am Empfänger, wie der Sender verstanden wird", kontere ich.

„Touché!"

„Ich wollte natürlich fragen, ob sie Sehnsucht nach Mallorca hatten."

„Nun, nicht wirklich. Die Insel ist ganz nett, aber auf dem Festland gibt es auch sehr schöne und viel exklusivere Orte."

„Exklusiv ... Das scheint wichtig für Sie zu sein."

„Dort werden die Geschäfte gemacht."

„Denken Sie immer ans Geschäft, wenn Sie die Sehnsucht plagt?", frage ich.

„Wenn man ein erfolgreiches Unternehmen wie unseres führen will, ist es überlebenswichtig, ans Geschäft zu denken."

„Das klingt anstrengend."

Er wirft mir einen nachdenklichen Blick zu, der mir durch und durch geht.

„Womöglich haben Sie recht, Señorita. Gehen wir etwas essen."

Er trinkt sein Glas aus, nimmt mir mein leeres Glas aus der Hand, geht zur Bar, stellt dort beide ab und nickt David zu.

Ich folge ihm. Auch ein wenig nachdenklich. Womöglich ist er gar nicht so schrecklich, wie ich ihn eingeschätzt habe, sondern steht nur ständig unter immensem Druck?

„Kommen Sie", fordert er mich auf und reicht mir seinen Arm.

Überrascht hake ich mich bei ihm ein.

„Hier gibt es also etwas zu essen?", fragt er und steuert auf den Eingang des Hauses zu.

„Ja, an dem großen Tisch."

„Da sitzt noch niemand", stellt er fest.

„Weil das einfache Volk noch aufräumen und sauber machen muss."

„Gibt es dafür nicht spezielle Dienstboten?"

„Dienstboten?", frage ich lachend. „Benutzt man dieses Wort heutzutage noch?"

„Putzfrauen hört sich auch nicht besser an."

„Stimmt! Aber nein, es gibt keine *Dienstboten*. Es gehört mit zum Job einer Kellnerin, morgens alles vorzubereiten und abends für Ordnung zu sorgen."

„Sie scheinen sich auszukennen."

Soll ich es ihm sagen oder lieber schweigen? Ich entscheide mich für die Provokation.

„Ich habe während meines Studiums gekellnert, um finanziell über die Runden zu kommen, und hier habe ich an zwei Tagen ausgeholfen, weil die Besitzerin der Bar ausgefallen ist."

Verblüfft sieht er mich an.

„Für so etwas hatten Sie als Eventmanagerin Zeit?"

„Ja, hatte ich. Wollen wir uns nicht setzen?"

Er steuert auf die Kopfseite des Tisches zu und zieht an der Längsseite einen Stuhl weg.

„Bitte schön", sagt er, ohne zu fragen, ob ich hier überhaupt sitzen will.

Aber ich habe keine Lust, deshalb eine Diskussion zu beginnen, setze mich und beobachte, wie er sich an der Stirnseite niederlässt.

Bossgetue!, stelle ich fest. *Er kann wohl nicht anders.*

„Wann kommen die Leute? Ich verspüre Hunger“, sagt er.

„Da geht es Ihnen wie mir. Wir werden uns wohl noch eine Weile gedulden müssen oder ...“

„Oder?“

„Wir packen mit an.“

„Ich glaube kaum, dass ich da eine große Hilfe sein könnte.“

„Wieso nicht? Haben Sie zwei linke Hände?“

Oder ist es unter Ihrer Würde?

Das spreche ich lieber nicht aus.

„Es geht Sie zwar nichts an, aber ich habe mir geschworen, solche Arbeiten nie mehr wieder zu erledigen.“

Ich werfe ihm einen verwunderten Blick zu.

„Was ist denn daran so schlimm?“

„Diese Arbeit kann sehr ... ähm ... entwürdigend sein.“

Erneut wirkt es so, als ließe er für einen Moment seine Maske fallen, die diesen traurigen Blick enthüllt. Ich frage mich, was ihm in der Vergangenheit passiert sein muss. Überraschenderweise schießt Mitgefühl für diesen arroganten Milliardär in mir hoch.

„Sie entschuldigen mich bitte“, sagt er, erhebt sich und verlässt hastig den Raum.

Habe ich mit meiner Frage einen wunden Punkt bei ihm getroffen und war das gerade eine Flucht?

Ich warte eine Weile, dann beschließe ich, zu schauen, ob er irgendwo in der Nähe ist, als er mit zwei Gläsern Cava durch die Tür kommt.

„Nun haben wir wenigstens etwas zu trinken“, erklärt er und hebt sein Glas, um mir zuzuprosten.

Seine Maske sitzt wieder perfekt.

„Danke, das ist ja nett von Ihnen.“

„Keine spitze Bemerkung, dass ich Sie zuerst hätte fragen müssen, was sie trinken wollen?“

„Ich kann auch freundlich sein.“

„Das steht Ihnen gut."

„Geht mir mit Ihnen auch so."

„Ich bin kein freundlicher Mensch", erklärt er.

„Das hätten Sie nicht zu erwähnen brauchen."

„Weil man es ohnehin bemerkt?"

Am liebsten würde ich ihn fragen, ob seine Mutter ihm nicht beigebracht hat, dass man mit Freundlichkeit besser durchs Leben kommt. Doch dann fällt mir noch rechtzeitig ein, dass ich auf der Sitzordnung gesehen habe, dass es auf Seiten der Braut keine Mutter gibt.

Claudia betritt den Raum und als sie uns sieht, lächelt sie, kommt auf Señor Salazar zu und begrüßt ihn mit einem strahlenden Lächeln und einem Händedruck.

„Ich bin Claudia. Willkommen als unser Gast."

Erstaunt sieht er sie an. Mit dieser Herzlichkeit hat er offensichtlich nicht gerechnet.

„Guten Abend", antwortet er ein wenig steif. „Mein Name ist Salazar."

„Darf ich auch deinen Vornamen erfahren?", fragt sie ungeniert.

Ich muss mir ein Lachen verkneifen.

„Alejandro", antwortet er perplex.

„Hier in der Bar sind alle Gäste gleich und deshalb wird jeder von uns geduzt", erklärt sie. „Ich hoffe, das ist kein Problem für dich?"

„Aha", antwortet er nur.

„Habt Ihr schon großen Hunger? Ich schau mal, was unser Koch vorbereitet hat."

„Seltsame Sitten", sagt er, nachdem Claudia in der Küche verschwunden ist.

„Hier bestimmen die Besitzer die Spielregeln. Soviel ich weiß, hat sich noch niemand beschwert."

„Und wem das nicht gefällt, kann gehen?", spricht er meine Gedanken aus.

„Ja, so ist es. Sie werden sich daran doch sicher nicht stören wollen?“

„Nein, natürlich nicht.“

„Das ist die Gefahr, wenn man sich unters einfache Volk mischt. Die wissen halt nicht, was sich gehört.“

„Sie sind ganz schön frech!“

„Ich dachte, meine erfrischende Art würde Ihnen gefallen?“

„Damit, dass jedes meiner Worte auf die Goldwaage gelegt wird, habe ich allerdings nicht gerechnet.“

„Soll ich mich mäßigen? Ich kann das. Das gehört zu meinem Job.“

„Wagen Sie es nicht! Wir sind privat hier“, stellt er klar.

Claudia kommt mit einem Tablett, auf dem Teller mit Brot und Schüsselchen mit Aioli stehen.

„Danke, Claudia. Wir sind schon am Verhungern“, sage ich.

„Sehr gerne. Gleich kommt noch mehr.“

„Was gibt es denn als Hauptgericht, wenn ich fragen darf?“, will Salazar wissen.

„Die Spezialität unseres Hauses: Paella.“

„Die mag ich gerne“, antwortet er und ich bin mir sicher, dass er das nur aus Höflichkeit gesagt hat.

Ich tunke Brot tief in die Soße. Auf dem Weg zum Mund bricht ein Stück davon ab und fällt auf den Tisch.

„Mist!“, stoße ich hervor und wische die Schweinerei weg.

„Da ist sie wieder. Die Frau, die Probleme damit hat, anständig zu essen“, stichelt er.

Er grinst dabei und deshalb kann ich ihm verzeihen. Aber eine kleine Rache muss trotzdem sein.

„Wer im Glashaus sitzt ...“

„Wen meinen Sie?“

Ich fasse an meinen rechten Mundwinkel. Sofort nimmt er seine Serviette und fährt über seine Lippen. Ich muss mir wieder einmal das Lachen verkneifen.

„Kann jedem mal passieren“, erkläre ich.

Ja, ich provoziere ihn und fahre meine Krallen aus, wenn auch nur mit Worten. Denn hat er das nicht verdient?

Die anderen kommen und setzen sich an den Tisch. Dass es einen Gast gibt, nehmen sie kaum zur Kenntnis und ich bin ihnen sowieso schon vertraut.

David setzt sich sofort an Salazars andere Seite und fängt ein Gespräch über Weine mit ihm an. Ich wende mich Claudia zu, die neben mir sitzt.

„Wie geht es Zara?“

„Wieder sehr gut. Sie muss halt ein wenig langsamer machen. Das fällt ihr schwer, denn sie ist eigentlich ein Arbeitstier. Aber Javier, ihr Ehemann, passt auf sie auf.“

„Dann kann ja nichts passieren“, sage ich und überlege, ob das etwas für mich wäre.

Ein Ehemann, der auf mich aufpasst?

Eher nicht, denke ich.

„Zara ist ja eine sehr selbständige Frau“, spricht Claudia weiter, als würde sie meine Gedanken erahnen. „Trotzdem genießt sie es, während ihrer Schwangerschaft von Javier umsorgt zu werden. Die beiden sind das perfekte Traumpaar.“

„Klingt beneidenswert“, sage ich.

„Bist du Single?“, will sie wissen.

„Ja.“

„Hättest du gerne jemanden?“

Ich beuge mich näher zu ihr, denn ich will auf keinen Fall, dass Salazar etwas von der Unterhaltung mitbekommt.

„Eigentlich schon.“

„Was ist mit ihm?“, fragt sie und zeigt mit dem Kinn auf meinen Kunden.

„Auf gar keinen Fall. Du weißt doch, er ist der Bruder der Braut.“

„Ist er nicht deinetwegen hier?“

„Wie kommst du darauf? Wir haben uns zufällig getroffen.“

„Er hat nach dir gefragt, als er gekommen ist.“

„Tatsächlich? Na, wahrscheinlich braucht er immer jemanden, den er ein wenig in Rage bringen kann."

„Schafft er das bei dir?"

„Weniger, als er es gerne hätte", antworte ich grinsend.

Claudia erhebt sich.

„Ich muss helfen, die Paella zu servieren", erklärt sie. „Heute gibt es eine mit Fisch und Meeresfrüchten."

„Hm ... lecker!"

Kurz darauf essen wir. Ich beobachte Alejandro Salazar. Seine Manieren sind natürlich einwandfrei. Alles andere hätte mich auch gewundert. Selbst bei den Scampi löst er perfekt die Schale vom Fleisch. Mit Messer und Gabel, versteht sich.

Ich würde ihm gerne sagen, dass es sehr sinnlich sein kann, mit den Fingern zu essen und sie danach gegenseitig abzulecken.

Aber das wäre absolut unpassend von einer *Dienstleisterin*. Deshalb schweige ich und genieße das leckere Essen.

„Schmeckt es Ihnen?", fragt er mich.

„Oh ja, danke. Und Ihnen, Señor?"

„Ausgezeichnet."

„Da sieht man es mal wieder."

„Was sieht man?"

„Dass ein Lokal keine Sterne braucht, um in der Nacht zu leuchten."

„Sie sind eine kluge Frau, Señorita."

„Danke. Wieso sprechen Sie mich eigentlich immer mit Señorita an?"

„Weil das in Spanien so üblich ist. Oder sind Sie etwa verheiratet?"

Etwa?

„Was vermuten Sie?", will ich wissen und bemerke erst, als die Worte über meinen Lippen sind, wie kokett sie geklungen haben.

Reiß dich zusammen, Vivien!, ermahne ich mich.

„So wie Sie das fragen, sind Sie eindeutig Single, Señorita“, spottet er.

„Und Sie?“

Oh weh! Wie komme ich dazu, ihn das zu fragen?, wundere ich mich über mich selbst.

„Sie sind ganz schön neugierig!“, beschwert er sich.

„Sie haben damit angefangen.“

„Da kann ich Ihnen nicht widersprechen.“

Ich warte auf seine Antwort. Aber er legt sein Besteck ab, wischt sich über den Mund und ... schweigt.

Er ist gebunden, denke ich enttäuscht und ärgere mich darüber, dass ich so fühle.

„Bei wem kann ich unser Essen bezahlen?“, fragt er.

„Wollen Sie schon gehen?“

Soll er doch! Ich habe jetzt sowieso keine Lust mehr, mich weiter mit ihm zu unterhalten.

„Claudia, was bin ich Ihnen schuldig? Ich bezahle für Señorita Hallberg mit.“

„Bitte betrachte dich als unseren Gast“, antwortet sie, seine Förmlichkeit ignorierend.

„Dann bedanke ich mich“, sagt er mit einer kleinen Verbeugung.

Er wendet sich mir zu und verbeugt sich noch einmal.

„Vielen Dank für die inspirierende Unterhaltung. Wir sehen uns morgen.“

Damit dreht er sich um und geht.

„Schade, oder?“, fragt Claudia. „Er ist ein sehr gut aussehender Mann.“

„Aussehen ist nicht alles“, antworte ich und seufze.

„Du wirst noch den Richtigen finden. Vielleicht sogar hier Da wärst du nicht die Erste.“

„Das kann ich mir nicht vorstellen.“

„Na, mal sehen“, sagt sie und umarmt mich.

„Danke“, sage ich leise.

„Warum ist er gegangen?“, will David wissen.

„Ich habe ihn wohl zu sehr geärgert."

„Das glaube ich nicht", sagt er kopfschüttelnd. „Ich habe gehört, wie er sich von dir verabschiedet hat."

„Wie denn?"

„Irgendwie so ... persönlich."

„Ach was", tue ich das ab, obwohl er recht hat.

Salazar und ich sind uns inzwischen so nahegekommen, dass es mir widerstrebt, ihn in Gedanken so förmlich, wie es sich bei einem Kunden gehört, *Señor* zu nennen.

Morgen sehe ich ihn wieder, denke ich.

Dann wird es geschäftlich wie zuvor und ich muss mir unbedingt einen imaginären Maulkorb umlegen!

27

ALEJANDRO SALAZAR: FESSELN

Welcher Teufel hat mich geritten, derart viel über mich preiszugeben?

Ich starte den Wagen, fahre aus der Parklücke und frage mich, wieso ich dieser Señorita wegen ihrer frechen Bemerkungen keinen Einhalt geboten habe.

Lag es daran, dass kaum jemand dem Sohn des schwerreichen Unternehmers Salazar Kontra gibt?

Habe ich mich so an den Umgang mit den Ja-Sagern in meinem Umfeld gewöhnt, dass es mich sozusagen schachmatt setzt, wenn mir jemand selbstbewusst begegnet?

Trotzdem gefällt mir Viviens Schlagfertigkeit!, denke ich und stutze, da ich sie in Gedanken beim Vornamen genannt habe. *Die Wortgefechte mit ihr machen mir riesigen Spaß!*

Ich biege auf die Straße ab, die mich von der Bucht mit der Strandbar wegbringt.

Warum bin ich eigentlich nicht dortgeblieben? Bin ich etwa vor ihr geflüchtet? Vor der Frau mit dem losen Mundwerk?

Üblicherweise stelle ich mir keine derartigen Fragen. Genau genommen stelle ich mir nie welche. Ich wurde erzogen, zu funktionieren. Und ich funktioniere gut.

Ganz im Sinne meines Vaters …

Ich stoße ein bitteres Lachen aus.

Er hat mir schon so früh enge Fesseln angelegt, dass es für mich zur Normalität wurde, mein Leben von ihm bestimmen zu lassen.

„Du bist der Kronprinz, denn du wirst einmal meinen Platz einnehmen. Darauf musst du vorbereitet sein. Wir schwimmen in einem Haifischbecken, in dem nur der stärkste und rücksichtsloseste Hai gewinnen kann. Das wirst *du* sein!"

Wie oft hatte ich mir das anhören müssen. Ich war in meiner zukünftigen Rolle gefangen, aus der es keinen Ausweg zu geben schien.

Erstaunt stelle ich fest, das ich gerade die Vergangenheitsform gewählt habe.

Sollte ich wirklich gezwungen sein, diese Fesseln weiterhin zu tragen? Mein Leben lang immer weiter und weiter zu funktionieren, um uns noch reicher zu machen, als wir es bereits sind?

Was hindert mich daran, mich endlich zu befreien?

Bei dem heutigen Gespräch mit meinem Vater ist etwas in mir passiert. Ich habe die Fesseln gelockert und was ich seit vielen, vielen Jahren unterdrückt habe, drängt jetzt mit aller Macht nach außen.

Ich parke vor dem Hotel, reiße die Tür des Wagens auf, springe hinaus und atme tief durch. Ich schaue hoch zum Himmel und betrachte eine Weile die unzähligen Sterne.

Etwas, das mein Vater als sinnfrei bezeichnen würde, und ich frage mich: *Wann habe ich mir zuletzt Zeit für mich genommen? Habe ich mich überhaupt jemals dem dulce ociosidad, dem süßen Nichtstun, hingegeben?*

Ich schüttle den Kopf.

Keinen Schritt konnte ich tun, ohne ans Geschäft denken zu müssen, ohne irgendwo einen Termin zu haben. Ich habe niemals einfach so in den Tag hineinleben können.

Plötzlich ekelt es mich vor meinem eigenen Leben.

Wie hatte ich das nur so lange mitmachen können?

Ich denke an die Frauen, mit denen ich zusammen war. Alle waren sie von meinem Reichtum – oder besser gesagt, dem Reichtum meines Vaters – beeindruckt. Keine war auf die Idee gekommen, meine Art zu leben in Frage zu stellen. Sie haben es genossen, an meiner Seite gesehen und von mir verwöhnt zu werden.

Wer *ich* bin, also der Mensch hinter der Maske, war ihnen mehr oder weniger egal und dass ich kaum Zeit für sie hatte, wurde akzeptiert, solange ich ihnen den Luxus bot, den sie sich wünschten.

Deshalb kam keine von ihnen für eine feste Bindung in Frage und mich hat das nicht weiter gestört.

Ich schließe die Autotür ab und gehe auf das Hotel zu. Es ist prachtvoll und luxuriös. Genau das, was ich von Kindheit an gewohnt bin. Aber macht mich das glücklich? In der Bar am Meer unter all den lässigen und herzlichen Menschen habe ich mich wohler gefühlt.

Ich muss und ich werde meine Fesseln loswerden!, beschließe ich und kicke einen Stein im hohen Bogen davon.

Sonst bin ich nichts weiter als das, was mein Vater aus mir geformt hat.

28

VIVIEN: ELEKTRISIEREND

Am nächsten Morgen bin ich um halb neun im Hotel, ziehe mich um, betrete das Büro und fahre den Computer hoch. Danach schalte ich mein Smartphone ein.

Ich aktualisiere und komplettiere die Unterlagen, falls Señor Salazar Fragen stellt.

Um neun Uhr bin ich bereit, mich mit ihm zu treffen. Vielleicht ist seine Schwester inzwischen auch angekommen, denn ich habe einen Termin mit dem Geistlichen vereinbart, der die Trauung vornehmen wird.

Um 9.30 Uhr rufe ich an der Rezeption an und frage, ob sich Señor Salazar noch nicht gemeldet hat. Die Kollegin verneint.

Tja. Vielleicht will er heute mal ausschlafen? Nach dem *anstrengenden* Abend mit mir?

Nachdem ich mir diese Frage natürlich nicht beantworten kann und keine Lust habe, ein x-tes Mal das gestrige Treffen durch meinen Kopf zu jagen, wende ich mich wieder meiner Arbeit zu.

Weil die Anzahl der Hochzeitsgäste die Möglichkeiten des Hotels bei Weitem übersteigt, wurden diejenigen in die umliegenden Hotels verteilt, die der Familie nicht so nahestehen. Ich rufe der Reihe nach alle an, um die Anzahl der aktuellen Reservierungen bestätigen zu lassen.

Antonio Salazar hat sich noch nicht gemeldet.

Er wird doch nicht kurzfristig abgereist sein?, denke ich.

Leute wie er haben ja immer unzählige Termine.

Ich schicke ihm eine Nachricht.

„Guten Morgen, Señor Salazar,

wollten Sie sich nicht um neun Uhr mit mir treffen?

Ich möchte Sie daran erinnern, dass heute um fünf Uhr der Termin für den Probedurchgang der Hochzeitszeremonie stattfinden wird.

Für die Fahrt zur *Santuari de Santa Maria de Lluc* benötigen wir eine Stunde. Wir sollten also spätestens um vier Uhr von hier losfahren. Wird Ihre Schwester bis zu diesem Zeitpunkt eingetroffen sein?

Der Pastor wird uns Stellvertreter für die Trauzeugen und Blumenkinder zur Verfügung stellen.

Es grüßt Sie Vivien Hallberg“

Ich muss mich beherrschen, nicht ungeduldig mit den Fingernägeln auf der Tischplatte herumzuklopfen, als ich auf eine Antwort von ihm warte. Dieses Mal kann ich nicht verhindern, dass der gestrige Abend doch wieder durch meinen Kopf saust.

Wie wird er mir heute begegnen, nachdem es gestern recht persönlich zwischen uns war?, frage ich mich. *Ob er es bereut, sich mir so geöffnet zu haben?*

Ich stecke mein Smartphone ein und mache mich auf den Weg zu den technischen Mitarbeitern des Hotels, die für die Lightshow der Band und das Feuerwerk um Mitternacht zuständig sind, um alles mit ihnen zu besprechen.

Als ich damit fertig bin, ist es schon nach elf. Ich gehe zurück in mein Büro und stelle fest, dass ich eine Mail von Salazar bekommen habe.

„Guten Morgen, Senorita Hallberg,

wir treffen uns um halb vier an der Rezeption. Meine

Schwester kann aus gesundheitlichen Gründen leider nicht kommen. Deshalb werden Sie in der Kirche ihren Platz einnehmen, während ich den Bräutigam spiele.

Bis später,

Alejandro Salazar“

Mein Herz klopft wie verrückt, als ich das lese. Ich die Braut und er der Bräutigam?

Das kann doch nur ein Witz sein!

Aber ich befürchte, dass er es völlig ernst meint.

Dann wird keiner der tatsächlichen Akteure bei der Probe anwesend sein. Neben uns beiden gibt es nur die gemieteten Leute.

Das kann ja heiter werden!, denke ich und bemühe mich in den nächsten Stunden sehr, mich auf meine Arbeit zu konzentrieren.

Punkt halb vier stehe ich an der Rezeption. Ich habe überlegt, ob ich meinen Businessanzug aus- und mein privates Kleid anziehen soll. Doch ich habe mich dagegen entschieden. Es ist schließlich ein Businesstermin, wenn auch einer der besonderen Art.

Wie viele Frauen träume auch ich von einer prachtvollen Hochzeit in Weiß. Als Eventmanagerin durfte ich schon einige organisieren.

Doch dieses Mal ist alles anders als sonst und das liegt nicht nur daran, dass das Ereignis auf Mallorca stattfindet, die Braut durch mich ersetzt wird und der Bräutigam durch einen Mann, der aussieht wie ein Model und der – zu meinem Leidwesen – mein Herz aus dem Takt bringt.

Einer der einhundertfünfundneunzig Gründe, die dagegensprechen, ausgerechnet mein Herz an ihn zu verlieren, ist die Tatsache, dass er bestimmt gebunden ist. Warum sonst ist er gestern Abend ausgerechnet dieser Frage ausgewichen?

Ich seufze leise, als ich ihn auf die Rezeption zukommen sehe.

Verdammt! Dieser Kerl sieht von Mal zu Mal besser aus!

Kein Wunder, dass David auf ihn fliegt.

Und du auch, denke ich verdrießlich.

Als wir uns per Handschlag begrüßen, ist seiner Mimik nichts davon anzumerken, wie wir den gestrigen Abend miteinander verbracht haben.

Dieses Mal ist er wieder förmlich angezogen. Also war es eine gute Entscheidung, die Businesskleidung anzulassen.

„Bringen wir es hinter uns", sagt er und geht voraus zum Aufzug.

Geniales Aussehen nutzt nichts, wenn der Mensch dahinter ein Miesepeter ist, stelle ich wieder einmal fest.

Ganz Gentleman öffnet er mir die Autotür. Dass er sie sehr fest zuschlägt, zeigt mir, wie ungern er die kommende Fahrt auf sich nimmt.

Wir verlassen die Tiefgarage und das Hotelgelände. Natürlich habe ich mich vorher über den Weg zum Kloster Lluc informiert. Zuerst fahren wir in Richtung Santa Margalida. Als wir dort ankommen, hat er noch kein Wort mit mir gewechselt.

Danach geht es weiter auf der Straße nach Inca. Noch immer schweigt er. Ab und zu werfe ich ihm einen Blick zu. Er reagiert nicht darauf.

Welche Laus ihm wohl über die Leber gelaufen ist?, frage ich mich.

Womöglich liegt es nur daran, dass er so weit fahren muss, um in der Klosterkirche den Bräutigam zu spielen. Marisols Verlobter muss ja sehr beschäftigt sein, wenn er selbst *das* seinen zukünftigen Schwager erledigen lässt.

Ich schaue aus dem Fenster, betrachte die Wiesen mit den gelben Blümchen und den Orangen-, Zitronen- und Olivenbäumen. Immer wieder kommen wir an Herden mit Schafen oder an Pferden und Eseln vorbei. Ich bewundere die groben

Steinmauern, die die Grundstücke gegen die Straße abgrenzen, und die malerischen Windmühlen.

Langsam nähern wir uns der beeindruckenden Serra de Tramuntana, dem Gebirge im Hintergrund.

„Ich hoffe, Ihrer Schwester geht es nicht allzu schlecht“, beginne ich ein Gespräch.

„Sie leidet hin und wieder unter Migräne.“

„Das tut mir sehr leid.“

„Das muss es nicht. Sie kann damit umgehen.“

Grrr ...

Was mir leidtut und was nicht, entscheide ich selbst, würde ich ihm gerne an den Kopf werfen.

Aber das ginge natürlich zu weit bei diesem Eisblock, der er heute wieder ist.

Wahrscheinlich muss er sich gegen mich abgrenzen. Oder gegen sein gestriges Verhalten?

Schade eigentlich!

Wir haben gerade Inca passiert und die imposanten Berge vor uns scheinen zum Greifen nahe. Plötzlich verändert sich die Landschaft. Das Liebliche verschwindet, alles wirkt rau, karg und wild.

„Wie auf einem anderen Planeten“, sage ich leise, als ich auf die nackten, glatten Felsen schaue.

„Manchmal wünsche ich mir, auf einem anderen Planeten zu sein“, murmelt Salazar.

Überrascht starre ich ihn an. Wie kann jemand, der so attraktiv, intelligent und reich ist, etwas Derartiges sagen?

„Da wundern Sie sich wohl?“, fragt er, nachdem er mir einen Blick zugeworfen hat. „Es ist nicht alles Gold, was glänzt.“

„Es fällt mir schwer, das zu glauben. Ein Mann wie Sie ...“

„Was ist mit einem Mann wie mir?“

„Sie haben doch alles, was man sich nur wünschen kann.“

Er zuckt nur mit den Schultern und fährt stillschweigend weiter. Außer der Dame aus dem Navi ist kaum etwas zu hören. Sogar die Vogelstimmen sind leiser geworden.

„Jetzt ist es nicht mehr weit“, erklärt er.

Es klingt erleichtert. Kein Wunder, er wollte „es“ ja schnell hinter sich bringen.

„Steht alles parat, wenn wir ankommen?“, fragt er.

„So ist es ausgemacht. Aber man weiß ja nie, ob es dann tatsächlich auch so ist.“

„Wir sind eben nicht in Deutschland, wo alles auf die Minute getaktet ist.“

„Jedes Land hat seine Vor- und Nachteile“, versuche ich, das, was wie ein Vorwurf klingt, abzuschwächen.

Wieder schaut er stur geradeaus.

„Darf ich fragen, wieso Sie so schlecht gelaunt sind?“

„Dürfen Sie nicht.“

Wie kann man nur so unfreundlich sein!

„Vielleicht könnte ich ja etwas dafür tun, dass Ihre Stimmung sich bessert“, gebe ich nicht auf, um ihm zu zeigen, wie wenig ich mich von ihm einschüchtern lasse.

„Das steht nicht in Ihrer Macht.“

„Wissen Sie das so genau?“, bohre ich weiter.

„Ja!“

Ich seufze.

„Was stört Sie daran, wenn ich schlecht gelaunt bin?“, will er wissen.

„Alles!“

„Ignorieren Sie meine Laune einfach.“

„Nein!“

„Warum wollen Sie das nicht?“, fragt er.

„Weil Sie der Kunde des Hotels sind und es meine Aufgabe ist, Ihnen den Hintern zu pudern.“

Kaum ausgesprochen, würde ich den zweiten Teil des Satzes gerne schnell zurück in meinen Mund stopfen.

Er wirft mir einen Blick zu. Dann lacht er lauthals.

„Den Hintern pudern ... Für die Eventmanagerin eines

luxuriösen Hotels drücken Sie sich ... nun, ich nenne es mal *extravagant* aus."

„Meine Wortwahl hat ihren Zweck erfüllt."

„Inwiefern?"

„Sie haben gelacht."

„Dann war das also Kalkül?"

„Man kann es auch vorwitzig nennen", korrigiere ich ihn grinsend, denn so hat meine Lehrerin mich immer genannt.

„Sicher haben Sie im Klassenzimmer immer ganz vorne sitzen müssen, damit die Lehrer Sie unter Kontrolle hatten!", greift er meine Gedanken auf, als hätte er sie gelesen.

„Nein, eigentlich nicht. Sie sprechen gewiss aus eigener Erfahrung."

Da ich ihn schon die ganze Zeit beobachte, bemerke ich, wie er zusammenzuckt.

Ein Stich ins Wespennest?, frage ich mich.

„Die Kirche soll sehr schön sein", lenke ich schnell ab.

„Welche Kirche?", blafft er mich an.

Oh ja, ich *habe* mit meiner Spöttelei ins Wespennest gestochen. Wenn er nicht einmal mehr weiß, wohin er gerade fährt, muss er ziemlich durcheinander sein.

„Die Kirche, zu der wir gerade fahren", sage ich so freundlich wie möglich, um ihn nicht noch mehr zu reizen.

Ich blicke aus dem Seitenfenster und bekomme eine Gänsehaut.

„Ziemlich enge Straße. Da wird einem ja ganz anders, wenn man in den Abgrund schaut."

„Dann schauen Sie eben nicht!"

Blödmann!

Weil mir der steile Abgrund tatsächlich nicht ganz geheuer ist, zumal ich neben jemandem sitze, der übel gelaunt ist und viel zu schnell fährt, starre ich geradeaus und fixiere hin und wieder das Navi, um zu sehen, wie lange es noch dauert.

Zu lange!, denke ich. *Hoffentlich kommt uns jetzt niemand entgegen.*

Es gibt keine Möglichkeit, auszuweichen.

„Ich bitte um Verzeihung“, sagt er da plötzlich.

Mein Kopf schnellt nach links.

Er schaut mich an und mir wird ganz anders zumute. Denn wir fahren geradewegs auf eine scharfe Kurve zu.

„Bitte!“, stöhne ich und halte mich am Sitz fest.

„Was ist denn?“, fragt er.

„Geradeaus! Bitte schauen Sie geradeaus!“

„Haben Sie Angst?“

„Ja!“

„Keine Sorge, ich passe auf.“

„Vielleicht könnten Sie ein kleines bisschen langsamer fahren?“

„Auch das ist möglich. Ich will ja nicht, dass Sie mir in Ohnmacht fallen.“

Oder ich mich mal ganz dezent übergeben muss. So schmale Gebirgsstraßen waren noch nie mein Fall.

„Wir sind gleich da“, sagt er beruhigend und legt seine Hand auf meine. „Entspannen Sie sich!“

Wie könnte ich? Nun habe ich auch noch wildes Herzklopfen.

Da nimmt er seine Hand wieder weg.

„Vielleicht schließen Sie einfach Ihre Augen.“

„Oh nein!“

„Angst vor Kontrollverlust?“, fragt er.

„Exakt.“

„Erzählen Sie mir etwas von sich.“

„Wofür sollte das gut sein?“

„Ablenkung.“

„Solange Sie in diesem Tempo fahren und geradeaus schauen, ist alles gut.“

Ich atme einmal tief durch.

„Soll ich Musik anmachen?“, fragt er.

„Lieber nicht“, lehne ich ab.

„Es tut mir leid, dass ich so unfreundlich zu Ihnen war.

Schließlich können Sie nichts dafür, dass ich heute schon ordentlich Ärger hatte.“

„Möchten Sie darüber reden?“, frage ich.

„Nein. Ich mache die Dinge lieber mit mir alleine aus.“

„Das kann aber auch anstrengend sein.“

„Es ist sicherer.“

„Inwiefern?“

„Das ist eine Frage des Vertrauens.“

„Wir kennen uns kaum, aber ...“

„Sie haben recht“, unterbricht er mich. „Wir kennen uns kaum.“

„Aber manchmal ist es leichter, mit jemandem zu reden, der einem nicht so nahesteht.“

„Das mag sein. Aber für eine Beichte müssten Sie ein Mann sein und ...“

„Eine schwarze Kutte tragen?“

„Nein. Wir müssten in einer Kneipe sitzen und schon einiges an Alkohol im Blut haben, damit ich davon ausgehen könnte, dass Sie morgen alles, was ich Ihnen beichte, vergessen haben.“

„Das hört sich sehr nach einsamem Wolf an ...“

„Das mag sein.“

Seine Stimme klingt einen Hauch traurig, als er das sagt.

Hat man ihn verletzt, indem man sein Vertrauen missbraucht hat?

Ich weiß nicht, was ich darauf antworten soll. Deshalb schweige ich. Wir sind schließlich keine Freunde und wir sitzen auch nicht in einer Kneipe und besaufen uns.

„Da vorne ist es“, sagt er wenig später.

Vor uns liegt ein großer Parkplatz, auf dem er den Wagen abstellt.

„Dann bringen wir es mal hinter uns“, sage ich lächelnd.

„Sie sind der einzige Lichtblick in dieser Situation“, antwortet er und schenkt mir ebenfalls ein Lächeln.

Und deshalb lassen Sie Ihren Ärger an mir aus?, sollte ich ihn fragen.

Aber natürlich halte ich meinen Mund, denn er hat sich ja entschuldigt.

Er kommt um den Wagen herum und reicht mir seine Hand, als ich aussteigen will.

Es ist, als würde ein Stromschlag durch meinen Körper sausen, als ich seine Haut auf meiner spüre.

Wohin soll das führen?, frage ich mich. *Der Mann ist schwul oder sonst irgendwie gebunden!*

Trotzdem freue ich mich darauf, Zeit mit ihm zu verbringen …

29

ALEJANDRO SALAZAR: HEILIGTUM

Natürlich ist es nicht in Ordnung, dass ich meine schlechte Laune an Vivien ausgelassen habe. Normalerweise habe ich mich besser im Griff, aber das Telefonat mit meinem Vater ... Ich seufze. Das hat meinen Blutdruck ordentlich nach oben getrieben.

„Wie kommt es, dass deine Sekretärin alle Termine abgesagt hat? Wo steckst du?“, schnauzte er mich an, als ich das Gespräch an meinem Smartphone annahm.

„Ich erledige das, worum du mich gebeten hast“, antwortete ich kühl.

„Du bist auf Mallorca? Was willst du dort?“

Ich sagte nichts dazu, denn die Frage konnte er sich selbst beantworten.

„Ist noch immer nicht alles für die Hochzeit geregelt?“, sprach er da auch schon weiter. „Sind in dem Hotel nur Anfänger am Werk, weil es so lange dauert?

Wieder antwortete ich nicht.

„Wozu bezahlen wir diesen Eventmanager? Ist das ein Versager? Oder liegt es an dir?“

Wie schon so oft schlug er mir gegenüber diesen schroffen Ton an. Nicht dass er zu seinen Mitarbeitern viel freundlicher wäre. Anscheinend hat es sich noch nicht bis zu ihm herumgesprochen, dass man Menschen motivieren muss, wenn man das Beste aus ihnen herausholen will.

Und was ist mit dir?, fragt meine innere Stimme. *Hast du deine schlechte Laune nicht auch gerade an Vivien ausgelassen?*

Anscheinend liegt das in den Genen. Man muss es akzeptieren oder ... man ändert es!

„Was willst du von mir?", fragte ich ihn.

„Du setzt dich sofort in dein Flugzeug und kommst zurück! Du hast die Besprechung mit unseren spanischen Distributoren vergessen!", forderte er.

Ich hatte ursprünglich nicht vorgehabt, noch am gestrigen Abend nach Mallorca zu fliegen. Aber ich brauchte Abstand zu ihm, damit ich mir klar werden kann, wie mein Leben weitergehen soll. Dabei hat sich eine Sache herauskristallisiert: Die Zeiten, in denen ich widerstandslos seinen Anordnungen gefolgt bin, sind vorbei.

„Das Gespräch kannst du auch alleine führen", antwortete ich daher.

Als er mich daraufhin anschrie, ich hätte zu tun, was er befahl, drückte ich das Gespräch weg.

Mir ist klar, dass mein Verhalten ein Nachspiel haben wird.

Dann ist das eben so, denke ich.

„Kennen Sie die Geschichte des Klosters?", fragt Vivien.

„Ich habe keine Ahnung", antworte ich.

„Soll ich Ihnen ein wenig davon erzählen?", will sie wissen. „Wir haben ja noch eine halbe Stunde Zeit bis zu unserem Termin."

„Wenn Ihnen so viel daran liegt? Aber dann lassen Sie uns schauen, wo es hier ein Café gibt."

Unter Bäumen gehen wir auf den – zumindest von der Vorderseite aus gesehen – relativ schmucklosen Gebäudekomplex zu.

„Eigentlich ist das gar kein Kloster, sondern ein Heiligtum", beginnt sie zu dozieren.

„Ich bin der spanischen Sprache mächtig und weiß daher, was Santuari bedeutet“, spotte ich.

Sie ignoriert meinen Einwand.

„Man nennt es auch das spirituelle Herz der Insel, weil die Anlage genau genommen ein Wallfahrtsort ist, vor allem durch die schwarze Madonna, die sich im hinteren Teil der Basilika, wie die Kirche sich heute nennen darf, befindet.“

„Aha“, antworte ich, weil mir gerade andere Dinge durch den Kopf gehen.

Ich hätte diesen Ort niemals für die Trauung ausgesucht, denn er liegt viel zu weit entfernt von unserem Hotel. Doch Enrique lebte in seiner Kindheit in Caimari, einem Pueblo ganz hier in der Nähe, mit seiner alleinerziehenden Mutter unter einfachen Verhältnissen.

Sie starb vor einigen Jahren, aber sie hatte immer davon geträumt, dass ihr Sohn eines Tages in Lluc heiraten würde. Deshalb war das Enriques einziger Wunsch, was das Drumherum der Hochzeit anbelangt.

Es wäre natürlich seine Aufgabe, sich um die Organisation zu kümmern, vor allem, weil die Feierlichkeiten auf seiner Heimatinsel stattfinden.

Aber ich erledige, was nötig ist, weil ich meiner kleinen Schwester keinen Wunsch abschlagen kann. Ich muss zugeben: Auch wenn Enrique nicht standesgemäß für unsere Familie ist, bewundere ich ihn dennoch für seine Zielstrebigkeit und Willensstärke, aus dem Nichts eine Bäckereikette aufzubauen und es dadurch zu einem anständigen Vermögen zu bringen.

Ganz anders als ich, der mit dem sprichwörtlichen goldenen Löffel im Mund aufgewachsen ist, auch wenn das nicht wirklich der Wahrheit entspricht.

„Die ehemaligen Klosterzellen wurden in komfortable Gästezimmer umgewandelt“, erklärt Vivien.

„Dann hätten wir die Hochzeit auch hier feiern können“, spotte ich.

„Natürlich hätten Sie das“, sagt sie ganz ernst.

Doch dann kann sie ein Grinsen wohl nicht mehr unterdrücken.

„Die Klosteranlage ..."

„Das Heiligtum", berichtige ich sie.

„Oder das Heiligtum", geht sie sofort darauf ein, „wurde zum Weltkulturerbe erklärt. Hier soll es auch ein interessantes Museum geben."

„Was wir jedoch nicht besichtigen werden."

„Warum nicht?"

Ja, warum eigentlich nicht? Wenn sie es sich wünscht, sollte ich mich nicht querstellen.

„Meinetwegen. Aber zuerst bringen wir das Pflichtprogramm hinter uns."

Ich habe die Tische und Stühle eines Cafés entdeckt und steuere darauf zu.

„Wollen Sie in der Sonne oder im Schatten sitzen?", frage ich sie.

„In der Sonne."

„Davon haben Sie in Deutschland ja nicht so viel", vermute ich, als wir uns setzen.

„Im Sommer schon."

„Wollen Sie auch einen Kaffee oder lieber etwas anderes?"

„Einen Kaffee bitte."

„Ein Wasser dazu?"

Sie nickt.

Ich winke den Kellner herbei und bestelle unsere Getränke.

„Wie schön es hier ist", stellt Vivien fest. „Trotz der Besucher strahlt der Ort Ruhe aus. Man sagt, die Anlage sei auf einem Kraftort gebaut worden. Sensible Menschen sollen gewisse Energieschwingungen spüren."

Sie sieht mich prüfend an und ich ahne, was sie als Nächstes fragen wird.

„Merken Sie etwas?", will sie da auch schon wissen.

Ich schüttle grinsend den Kopf. An so einen Quatsch habe ich noch nie geglaubt.

„Und Sie?“, frage ich.

„Ich auch nicht. Vielleicht in der Basilika.“

„Hoffentlich dauert das Theater dort nicht so lange.“

„Sicher nicht. Wir müssen nur mit dem Pastor sprechen und einen Durchgang machen. Letztendlich sind wir ja nur die Vertreter des Brautpaares und wenn die beiden in wenigen Tagen den Mittelgang entlangschreiten, wird hoffentlich alles klappen. Zur Sicherheit wird einer der Messdiener nachher das Ganze mit meinem Smartphone filmen, damit ich Ihrer Schwester ein Video schicken kann.“

„Was sollte denn schon schiefgehen?“

„Da gibt es einige Möglichkeiten“, meint sie.

Ich hoffe, dass sie mir diese jetzt nicht aufzählen will, da man sich mit etwas, das nicht eingetroffen ist und aller Wahrscheinlichkeit nach auch nicht eintreten wird, gedanklich erst gar nicht beschäftigen muss.

Aber nein, das tut sie nicht. Sie sitzt mir gegenüber, lächelt mich an und mir fällt zum ersten Mal auf, dass sie süße, winzige Grübchen in den Wangen hat.

Der Kellner bringt unsere Getränke. Ich schenke uns Wasser ein und nehme zuerst einmal einen großen Schluck.

Der Gedanke, gleich mit ihr das Brautpaar zu spielen, sorgt für ein seltsames Kribbeln in meinem Bauch.

30

VIVIEN: VOR DEM ALTAR

So schlicht das Kloster wirkt, so prachtvoll ist die Basilika im Renaissancestil.

„Was für ein mystischer Ort“, flüstere ich, als wir sie betreten.

„Pompöser als gedacht“, stellt Salazar fest.

Señor Diaz, ein Mitarbeiter der Klosteranlage, begleitet uns und schließt hinter uns die große Tür, damit wir ungestört agieren können.

Ich betrachte andächtig den Innenraum mit seinen goldenen Ornamenten im Barockstil und die Gemälde der Heiligen.

Señor Diaz führt uns zum ebenfalls reich mit Gold verzierten Hochaltar, um uns dem Geistlichen vorzustellen, der die Trauung vornehmen wird. Nach dem fünften Glockenschlag erscheint er durch eine Seitentür und begrüßt uns.

Einen Moment später kommt ein junges Paar mit zwei Kindern im Alter von sechs oder sieben Jahren auf uns zu.

Es stellt sich heraus, dass es sich um eine Familie handelt, die die Rolle der Trauzeugen und der Blumenkinder übernehmen soll.

Der Pastor erklärt uns den Ablauf der Zeremonie. Zuerst

betreten die Gäste die Basilika und nehmen entsprechend ihrer Zugehörigkeit zum Brautpaar, beginnend in den hinteren Bankreihen, Platz. Damit es dabei zu keinen Verwechslungen kommt, gibt es einen Plan, den ich dem Pastor schon zugeschickt habe. Mehrere Assistenten werden die Gäste einweisen.

Danach betritt der Bräutigam die Kirche und schreitet langsam zum Altar. Ihm folgen die beiden Trauzeugen, die sich links und rechts vom Altar aufstellen werden. Danach sind die Blumenkinder an der Reihe.

Jetzt ist der große Moment für die Braut gekommen. Am Arm ihres Vaters, begleitet von zwei jungen Frauen, die auf ihre Schleppe achten, wird sie sich gemessenen Schrittes ebenfalls zum Altar begeben und der Vater übergibt die Braut dem Bräutigam.

Die beiden nehmen Platz. Es folgt die Predigt des Geistlichen, dann haben das Streichquartett und die Sängerin einen weiteren Einsatz. Die Ringe werden getauscht, das Ehegelübde gesprochen und zu den Klängen des Streichquartetts verlässt das frischvermählte Paar die Kirche.

Ihm folgen die Trauzeugen, die Familie und die anderen Gäste, um zu gratulieren. Draußen wird der Fotograf Aufnahmen des Brautpaars und der Familie vor dem Eingang der Basilika machen. Während weitere Fotos an einem besonders idyllischen Ort der Anlage geschossen werden, gibt es für die Gäste einen Champagnerempfang mit Canapés.

Der Pastor beendet seinen Vortrag und sieht uns erwartungsvoll an.

„Danke für Ihre Erklärungen. Wo ist Ihr Messdiener, damit ich ihm mein Smartphone geben und er ein Video des weiteren Ablaufs filmen kann?“, will ich wissen.

Da steht er schon an der Seite des Pastors und nimmt mein Handy in Empfang. Ich will ihm erklären, wo er drücken muss, aber er winkt lässig ab.

„Benimm dich!“, zischt ihm der Geistliche zu.

„Dann gehen wir jetzt zurück zum Eingang der Basilika“,

übernehme ich die Regie und werfe Salazar einen auffordernden Blick zu.

Er folgt mir.

„Ein Theaterstück mit den falschen Darstellern“, murmelt er, als er an meiner Seite geht.

Ich seufze. Diesen Umstand kennt er doch, seit er sich gestern in seinen Privatjet gesetzt hat.

Wir kommen am Eingang an und ich wende mich ihm zu. Plötzlich überzieht ein Lächeln sein Gesicht. Erleichtert lächle ich zurück.

Da ertönt klassische Orgelmusik.

„Ihr Einsatz, Señor Salazar. Bitte schön!“

Er verdreht die Augen und ich kann mir vorstellen, wie seltsam es sein muss, dass er die Rolle des Stellvertreters seines zukünftigen Schwagers übernehmen muss. Ich sehe ihm hinterher, wie er gemessenen Schrittes zum Altar geht und stelle wieder einmal fest, wie aristokratisch er wirkt.

Meinen Lippen entschlüpft ein sehnsuchtsvoller Seufzer, den ich sofort mit genervtem Kopfschütteln quittiere.

„Der Richtige für mich kommt noch“, flüstere ich leise.

Salazar ist vor dem Altar angekommen und weil ich so in seinen Anblick vertieft bin, vergesse ich fast, die Trauzeugen loszuschicken.

„Bitte gehen Sie jetzt“, fordere ich das Paar auf.

Die Kinder wollen den beiden folgen, doch ich beuge mich hinunter und erkläre ihnen, dass sie warten müssen.

Die „Trauzeugen“ stellen sich auf.

„Jetzt ihr zwei. Aber schön langsam, ja?“, gebe ich mit einem Lächeln den Kindern die Anweisung.

Kaum sind sie losgegangen, folge ich. Ich schlucke schwer, denn ich kann mich der feierlichen Atmosphäre, die durch den Hochzeitsmarsch von Mendelssohn entstanden ist, nicht entziehen. Hier sind sicher schon öfter Bräute entlanggeschritten. Voller Hoffnung, Liebe und sicher auch mit bangen Gefühlen.

Langsam setze ich einen Fuß vor den anderen, während mein Blick Alejandro sucht und gebannt an ihm hängen bleibt.

Wie schön wäre es, wenn ...

Ich erlaube mir nicht, diesen unrealistischen Gedanken zu Ende zu führen.

Er schaut mir entgegen und plötzlich wandelt sich sein Gesichtsausdruck. Bilde ich es mir ein oder wirkt auch er ergriffen? Ich spüre, wie meine Wangen heiß werden, denn je näher ich ihm auf dem langen Weg entgegenkomme, desto intensiver erscheint mir der Blick aus seinen dunkelblauen Augen.

Es fühlt sich an, als würde ich an einem unsichtbaren Band hängen, das mich immer näher zu ihm zieht. Fast strauchle ich, denn meine Knie werden weich.

Jetzt bin ich nur noch wenige Meter von ihm entfernt. Auf seinen Lippen liegt ein erwartungsvolles Lächeln. Es wirkt, als freute er sich darauf, dass ich gleich neben ihm stehe.

Ich lächle ebenfalls und unterdrücke den Impuls, schnell auf ihn zuzugehen, weil ich das Gefühl habe, unter seinem Blick zu verbrennen.

Dann stehe ich vor ihm und schaue ihn an. Noch immer spüre ich das geheimnisvolle Band zwischen uns und auch er scheint es zu bemerken, denn er sieht mich so verwundert an, als würde er mich zum ersten Mal richtig wahrnehmen.

Da reicht er mir seine Hand. Wieder fühlt es sich wie ein Stromschlag durch meinen ganzen Körper an, als unsere Haut sich berührt.

„Komm", sagt er leise. „Setzen wir uns."

Er hat mich geduzt ...

Wie in Trance folge ich ihm. Dann sitzen wir nebeneinander auf der Bank vor dem Altar. Alejandro hält noch immer meine Hand in der seinen. Ich fühle mich wie unter einer durchsichtigen Kuppel, in der uns eine andächtig-prickelnde Atmosphäre umhüllt und uns vom Rest der Welt trennt.

Hier könnte ich ewig sitzen, denke ich, während mein Herz einen Trommelwirbel schlägt.

Ich bekomme mit, dass der Pastor spricht, aber vom Inhalt erfasse ich kein Wort, bis er uns zu verstehen gibt, dass wir uns erheben sollen.

Ich stehe Alejandro Salazar gegenüber. Er sieht mich ernst an. Nur ein kleines Lächeln umspielt seine Lippen.

Jetzt ist wohl der Zeitpunkt gekommen, sich gegenseitig die Ringe überzustreifen.

Er zwinkert mir verschwörerisch zu, nimmt meine Hand und streichelt über meinen Ringfinger. Ich tue es ihm nach, während sich unsere Blicke ineinander versenken.

Uns an den Händen haltend stehen wir eine Weile schweigend da, bis der Pastor sich räuspert. Ich erwache wie aus einem Traum. Alejandro stößt ein verlegenes Lachen aus.

„Dann gehen wir mal zurück", fordert er mich auf und lässt meine Hände los.

Nun bin auch ich verlegen, als ich neben ihm durch den langen Gang zurückschreite.

Am Eingang bleiben wir stehen und warten auf den Pastor, der uns mit einem verschmitzten Lächeln entgegenkommt. In seiner Hand hält er das Smartphone und überreicht es mir.

Ich fühle, wie meine Wangen wieder heiß werden.

Meine „Hochzeit" mit Alejandro ...

Wenn man auch nur halb so viel von dem erkennt, was gerade zwischen uns vorgegangen ist, kann ich es unmöglich seiner Schwester schicken.

„Haben Sie noch Fragen, Señor?", wendet der Pastor sich an Salazar.

Der sieht mich an.

„Vivien?", fragt er.

„Abgesehen von den schon besprochenen und schriftlich festgehaltenen Punkten müssen wir nur noch wissen, wo die Stelle ist, an der ungestört fotografiert werden kann."

„Das übernehme ich“, sagt Señor Diaz, der aus dem Dunkel der Basilika aufgetaucht ist. „Bitte folgen Sie mir.“

Als er die große Tür öffnet, stehen in der Sonne Touristen, die enttäuscht ihre Handys sinken lassen, als sie feststellen, dass in der Kirche gar keine Hochzeit stattgefunden hat.

Niemand scheint zu erkennen, dass der Erbe einer weltbekannten Textilmarke vor ihnen steht. Erleichtert atme ich auf.

Wir folgen Señor Diaz, der uns vom Hauptgebäude wegführt, bis wir an einer Stelle ankommen, die versteckt unter einem Kreis von hochgewachsenen Pinienbäumen liegt.

Ich atme tief den wundervollen Duft ein, während mein Blick über die üppige, saftig grüne Wiese mit den gelben und weißen Blümchen schweift.

„Zauberhaft“, flüstere ich.

„Dann darf ich mich von Ihnen verabschieden?“, fragt Señor Diaz.

Als Alejandro nickt, wünscht er uns einen guten Tag und entfernt sich.

Und dann stehen wir uns alleine an diesem idyllischen Ort gegenüber ...

31

VIVIEN: KÜSSE UND MEHR?

„Wir haben das Wichtigste vergessen“, raunt Alejandro, als ich fast in seinen Augen ertrinke, die so blau sind wie das Meer ganz hinten am Horizont.

„Was haben wir vergessen?“, frage ich, ohne meinen Blick von ihm zu lösen.

„Den Kuss!“, erklärt er lächelnd. „Wir haben uns am Altar nicht geküsst.“

„Oh ... ähm ... ja“, stottere ich, weil ich vor lauter Herzklopfen nicht mehr zustande bringe.

Da nimmt er mein Gesicht zwischen seine Hände und sieht mich so zärtlich an, wie er es vor ein paar Tagen bei seiner Schwester getan hat.

Was passiert da gerade mit uns?, frage ich mich. *Ein Wunder?*

Er kommt mit seinem Gesicht näher, ich schließe die Augen und als er seine weichen Lippen auf meine legt, setzt mein Herz fast aus. Ein Glücksgefühl durchströmt mich.

Ich öffne willig meine Lippen und während er meinen Mund erobert, schlinge ich meine Arme um seine Taille, um mich an ihm festzuhalten, denn mir zieht dieser Kuss fast den Boden unter den Füßen weg.

Wie wundervoll sich seine Nähe anfühlt, so unsagbar berauschend ...

Es dauert eine kleine Ewigkeit, bis er seine Hände und Lippen von mir löst.

„Ich befürchte, du hattest recht“, sagt er.

„Womit?“

„Dass wir uns an einem mystischen Ort befinden.“

„Warum *befürchtest* du?“

„Weil ich dich jetzt nicht loslassen will.“

„Du musst mich nicht loslassen.“

„Oh doch, das muss ich. Denn ich will mehr von dir als einen Kuss.“

Vor Aufregung steigt mir schon wieder das Blut in die Wangen.

„Dann lass uns doch gehen“, sage ich und greife nach seiner Hand.

„Und schon wieder hast du recht“, stimmt er mir lächelnd zu.

Wir eilen zu dem Parkhäuschen, er bezahlt die Gebühr und dann sitzen wir in seinem Wagen und er startet den Motor.

„Wohin fahren wir?“, frage ich.

„Wie wäre es mit meinem Hotel?“

„Wird es nicht seltsam wirken, wenn man uns zusammen ankommen sieht?“

Alejandro lacht.

„Hatten wir nicht einen gemeinsamen Termin und steht in der Tiefgarage nicht noch dein Auto?“

„Stimmt“, bestätige ich und lache ebenfalls.

„Ich gehe hoch in die Suite, du holst deine Sachen und dann kommst du zu mir.“

Ein geheimes Treffen, von dem niemand etwas erfahren darf ...

Gerade haben wir eine Situation erlebt, die voller Romantik war, und nun geht es um strategische Überlegungen?

Aber ja ... Natürlich darf niemand ahnen, dass die Eventmanagerin die Suite des Kunden aufsucht.

Ein unangenehmes Gefühl schleicht sich in meinen Magen.

„Vivien?“, fragt er und schaut mich an.

„Ja, so machen wir das“, antworte ich, weil ich will, dass er seinen Blick wieder auf die schmale Fahrbahn richtet.

Er nimmt meine Hand, führt sie zu seinem Mund und drückt einen Kuss darauf.

~

Endlich sind wir im Hotel. Alejandro parkt ein, wir steigen aus und gehen zum Aufzug. Es ist seltsam, wieder in der gewohnten Umgebung mit ihm zu sein.

Tue ich das Richtige, wenn ich ihn in seiner Suite besuche?

Ich werfe ihm einen prüfenden Blick zu.

Verdammt! Wie sollte ich so einem anziehenden Mann widerstehen können?

Er greift nach meiner Hand und drückt sie.

Ich seufze.

„Oder willst du nicht zu mir kommen?“

Was ist plötzlich in diesen kalten, arroganten Kerl gefahren, dass er auf einmal so empathisch reagiert?

Spielt er mir etwas vor? Ist das die Fortsetzung von dem, was er vorhin Theater *nannte?*

Er drückt mir einen kurzen Kuss auf den Mund, die Aufzugstür öffnet sich und ich steige ohne ein Wort aus.

Den Damen an der Rezeption werfe ich einen Gruß zu und eile in mein Büro. Danach in den Umkleideraum. In Windeseile ziehe ich den Businessanzug aus und mein Sommerkleid an.

Als hätte ich es geahnt, habe ich heute Morgen nach dem roten Minikleid gegriffen, das meine Taille so schön betont.

Ich schlüpfe in die Sandalen, hänge den Anzug auf und danach durchquere ich die Empfangshalle. Dabei habe ich das

Gefühl, von den Blicken meiner Kolleginnen verfolgt zu werden und sie genau wissen, was ich gerade vorhabe.

Der Aufzug öffnet sich und ich drücke auf die Zwei. Als ich oben aussteige, gehe ich auf die Tür der Suite zu und bleibe regungslos davor stehen.

Soll ich das wirklich tun?

Oder sollte ich nicht besser in die Tiefgarage gehen, zurück in mein Hotel fahren und die paar Tage bis zur Hochzeit irgendwie durchstehen, ohne dass etwas zwischen Alejandro und mir passiert? Dadurch würde ich mir garantiert eine Menge Herzschmerz ersparen.

Nein!, schreit es in mir auf. *Dafür ist es schon zu spät!*

Ich hebe meine zitternde Hand und balle sie zur Faust, um an die Tür zu klopfen, als diese sich öffnet.

Alejandro steht vor mir. Wieder versinke ich im Blau seiner Augen und einen Moment später in seinen Armen, als er mich packt und an sich zieht.

Als hätte ich keinen eigenen Willen, gehe ich mit ihm ins Zimmer, während er der Tür einen Schubs gibt, damit sie zufällt.

„Möchtest du etwas trinken?", fragt er, seine Lippen fast auf meinen.

„Küss mich!", fordere ich.

Alejandro lacht. Einen Augenblick später liege ich auf seinen Armen und lande kurz darauf auf seinem Bett. Als er mich mit einem leidenschaftlichen Blick fesselt, überwältigt mich erneut das Gefühl, das ich in der Basilika und an dem wunderhübschen Platz unter den Pinien hatte.

Ich bin ihm machtlos ausgeliefert, denke ich, als wir uns küssen.

Und dann schalte ich meinen Kopf aus, gebe mich meinen Gefühlen hin und genieße, was er mit mir anstellt …

32

ALEJANDRO SALAZAR: KAMPF

Ich wache davon auf, dass mein Arm eingeschlafen ist. Als ich ihn bewegen will, spüre ich einen Widerstand und öffne die Augen.

Vivien!

Ganz vorsichtig bewege ich mich zur Seite und ziehe dabei den Arm unter ihrem Kopf hervor. Während ich über meine Haut reibe, um das Ameisenkribbeln loszuwerden, lasse ich den Blick über ihren nackten Körper schweifen und spüre einen Stein in meinem Magen.

Zu was habe ich mich da nur hinreißen lassen?

Verwundert schüttle ich den Kopf.

Als sie in dieser Kirche mit ihren geröteten Wangen und den strahlenden Augen auf mich zukam, ist irgendetwas in mir passiert. Plötzlich haben mich Gefühle überflutet, von deren Existenz ich bis dahin keine Ahnung hatte.

Bei der Erinnerung an den gestrigen Tag wiegt der Stein in meinem Magen noch ein wenig schwerer.

Gefühle sind gefährlich! Sie machen dich verletzlich, denn sie sorgen dafür, dass du weich und nachgiebig wirst. Du musst sie mit aller Kraft unterdrücken!, quält mich die Stimme in meinem Inneren.

Verdammt, wie ich sie hasse!

Aber sie gehört zu mir wie mein linker Arm, der sich nun wieder anfühlt wie immer. Denn diese Stimme beherrscht mein Leben, seit ich denken kann.

Ich fahre mir über die Stirn, als könnte ich sie dadurch wegwischen, und unterdrücke ein bitteres Lachen.

Womöglich sind auch meine momentanen Ausbruchsfantasien mit dafür verantwortlich, dass ich neben der Eventmanagerin meiner Schwester aufgewacht bin.

Mein Vater würde schäumen vor Wut, wenn er wüsste, dass ich mich mit einer Frau eingelassen habe, mit der wir in einer Geschäftsbeziehung stehen.

„Wenn du schon herumhuren musst, statt endlich eine Frau zu heiraten, die in unsere Familie passt, dann leg dir eine Geliebte zu, die nicht weiß, wer du bist", hat er mir in letzter Zeit immer öfter eingetrichtert.

Verdammt! Behalte deine Meinung für dich, hätte ich ihm entgegenschmettern sollen.

Stattdessen habe ich seine Worte an mir ablaufen lassen, ohne verhindern zu können, dass sie trotzdem in meinem Kopf hängen geblieben sind.

Langsam erhebe ich mich vom Bett und gehe ins Badezimmer, um meine Zähne zu putzen und zu duschen. Dabei versuche ich, so wenig Lärm wie möglich zu machen, denn ich will Vivien nicht aufwecken.

Ich muss mir erst einmal darüber klar werden, wie ich mich ihr gegenüber verhalten soll.

Du Feigling!, schießt es mir durch den Kopf, als ich mir beim Rasieren in die Augen sehe.

Diese Stimme ist eine andere als die meines Vaters, da sie mich antreibt, der zu sein, der ich bin. Aber ich hasse auch sie, denn wer bin ich eigentlich?

Das Produkt eines herrischen, ehrgeizigen und egozentrischen Menschen.

Zum Kotzen ist das!

Ich werfe den Rasierpinsel in das Waschbecken, befreie mein Gesicht vom restlichen Schaum und gehe ins Schlafzimmer, um mich anzuziehen.

Vivien schläft noch immer.

Ich schlüpfe in meine Klamotten. Dann setze ich mich auf den Sessel ihr gegenüber und betrachte sie. Ihr hübsches Gesicht, das so entspannt ist. Ihre geschlossenen Augen, die mich so hingebungsvoll anschauen können. Ihre Lippen, die so süß schmecken.

Ich bin versucht, aufzustehen, mich zu ihr ins Bett zu legen, sie fest in meine Arme zu schließen und nicht mehr loszulassen.

Aber der Stein in meinem Magen lässt das nicht zu.

Ich muss hier weg!, schießt es mir durch den Kopf, denn ich bin außerstande, jetzt eine Entscheidung zu treffen.

Deshalb erhebe ich mich und packe leise das Nötigste zusammen.

Visier herunterziehen, zur Tagesordnung übergehen und später über das Chaos in meinem Inneren nachdenken, beschließe ich.

Du Feigling!, meldet sich die andere Stimme schon wieder.

Maul halten!, fahre ich sie an.

Dann gehe ich zur Tür, öffne sie und bin draußen.

33

VIVIEN: TRÄNEN

Als ich aufwache, brauche ich nur einen Wimpernschlag, bis ich weiß, wo ich bin. Ein überwältigendes Glücksgefühl steigt in mir hoch. Die Nacht mit Alejandro war atemberaubend. So intensiv, liebevoll, leidenschaftlich. Das alles. Und noch sehr viel mehr …

Jetzt weiß ich wenigstens, dass er nicht auf Männer steht, denke ich und unterdrücke ein Glucksen, während ich mich zu ihm umdrehe.

Die Bettseite neben mir ist leer. Nur die Delle im Kissen und sein Duft, der in der Luft hängt, beweisen, dass er dort gerade noch gelegen haben muss. Und natürlich die Erinnerung an seine Küsse und alles andere Wundervolle, das ich mit ihm erlebt habe.

Ich hebe meinen Kopf und lausche. Aus dem Badezimmer ist kein Geräusch zu hören. Aber das ist kein Wunder bei der dicken Tür.

Die Sonne scheint mir ins Gesicht. Also dürfte es mindestens acht Uhr sein. Zeit, aufzustehen.

Heute habe ich es ja nicht weit zu meinem Arbeitsplatz, denke ich grinsend und erhebe mich.

Ich schlüpfe in meine Unterwäsche und gehe in den Wohnraum. Dort fällt mein Blick auf eine Miniküche, die sich hinter einer geöffneten Schranktür versteckt. Ich nehme mir eine Flasche Wasser aus dem Kühlschrank und leere sie.

Wenn er jetzt aus dem Badezimmer kommt und sieht, dass ich direkt aus der Flasche trinke, wird er mir wieder schlechte Manieren unterstellen, denke ich und bekomme mein glückliches Grinsen einfach nicht aus dem Gesicht.

Weil ich aus dem Badezimmer noch immer kein Geräusch höre, klopfe ich an die Tür.

„Alejandro?“, frage ich.

Doch von der anderen Seite kommt keine Antwort.

Ich rufe erneut seinen Namen.

Nichts.

Also drücke ich die Klinke hinunter und öffne langsam die Tür. Mir schlägt feuchte Wärme und sein Duft entgegen.

„Alejandro?“

Als wieder keine Antwort kommt, öffne ich die Tür ganz und stelle fest, dass das Badezimmer leer ist. Im Waschbecken liegt ein Rasierpinsel und auf der Ablage steht eine Flasche mit seinem Parfum.

Vielleicht macht er einen Spaziergang?

Ich benutze die Toilette und dann gebe ich von seiner Zahnpasta etwas auf den Zeigefinger, um damit über meine Zähne zu fahren. Danach greife ich zu seiner Bürste und anschließend nehme mir einen Klacks von seiner Gesichtscreme. Es würde ihn sicher nicht stören, da er sich ja denken kann, dass ich keine Kosmetikprodukte dabeihabe.

Ich überlege, ob ich mich kurz unter die Dusche stellen soll, entscheide mich aber dagegen, denn es käme mir vor, als würde ich dadurch die Erinnerung an die Nacht mit ihm abwaschen.

Wo steckt er nur?, frage ich mich, als ich in mein rotes Kleid und die Sandalen schlüpfe.

Mit raschen Schritten gehe ich zum Fenster, um auf den Park zu schauen, als könnte ich ihn dadurch herbeizaubern.

Da das leider nicht funktioniert, lasse ich einen Espresso durch die Hightech-Maschine laufen und nachdem ich ihn in kleinen Schlucken getrunken habe, kommt mir ein böser Verdacht.

Als ich den Schlafzimmerschrank öffne, atme ich erleichtert aus, weil dort mehrere Kleidungsstücke hängen. Ich lache über meine Angst, denn habe ich nicht gerade seine Zahnpasta und seine Creme benutzt?

Ein Blick auf die Uhr im Wohnbereich zeigt, dass ich mich so langsam an meinen Arbeitsplatz begeben sollte. Es ist gleich neun. Doch kann ich wirklich verschwinden, ohne ihm noch einen Kuss gegeben, in seine schönen blauen Augen geschaut und gehört zu haben, dass er den Tag mit mir verbringen will?

Ich schüttle meinen Kopf.

Wo steckt dieser Kerl bloß?

Brötchen holen fällt weg, Zigaretten raucht er auch keine und für ein Telefonat hätte er sich ja nur in den Wohnbereich oder auf den Balkon verziehen müssen.

Ich hole mein Smartphone aus der Tasche, um ihm eine Nachricht zu schicken.

Mist! Der Akku ist leer.

Also nehme ich meine Tasche, werfe einen letzten Blick auf das Bett, das wir in der Nacht zerwühlt haben, und eile hinunter in den Umkleideraum.

Nachdem ich mich schnell umgezogen habe, betrete ich mein Büro, zerre das Ladekabel aus der Schreibtischschublade und stecke es ein. Einen Moment später kann ich mein Smartphone einschalten.

Meine Hände zittern, als ich entdecke, dass er mir eine Nachricht geschickt hat.

„Verzeih, Vivien. Ich muss zurück nach Madrid. Wir sehen uns. A."

„Noch kürzer ging es wohl nicht", schimpfe ich und höre, wie der Luftballon meiner Träume mit einem lauten Knall zerplatzt.

Enttäuscht lasse ich das Handy sinken und setze mich an den Schreibtisch.

Warum hat er sich nicht richtig von mir verabschiedet?, frage ich mich.

Er hat sich davongeschlichen wie ein ... Ja, wie ein was? Ein Mann, der nur einen One-Night-Stand mit mir wollte?

Die nächste Stunde verbringe ich damit, mir Fragen zu stellen, auf die ich keine Antwort finde. Dann mache ich mich widerwillig an die Arbeit.

Nachdem ich das Nötigste erledigt habe, beschäftige ich mich mit der Frage, ob ich ihm schreiben soll.

Aber was?

„Warum hast du dich nicht verabschiedet?"

Ich schüttle den Kopf. Das liest sich zu vorwurfsvoll.

„Was ist los? Gibt es Ärger in der Firma, dass du so überstürzt abreisen musstest?"

Das ist auch nicht viel besser.

„Es gibt ein Problem mit der Blumenlieferung. Können wir kurz telefonieren?"

Oh je! Betteln ist nicht mein Ding und ein Problem erfinden, wo es gar keins gibt, auch nicht.

Die anderen Fragen, die emotionalen, unvernünftigen und enttäuschten, kann ich ihm natürlich nicht stellen und das will ich auch gar nicht.

Wie käme ich dazu, ihm hinterherzutelefonieren und ihn damit zu bedrängen?

Ich bringe den Tag irgendwie hinter mich, während ich immer wieder auf mein Smartphone schiele, als könnte ich dadurch das Wunder bewirken, eine Nachricht von ihm zu bekommen, in der er mir erklärt, was los ist.

Um vier Uhr mache ich schon Feierabend. Es gibt ja nicht

mehr viel zu tun. In drei Tagen reisen die Gäste an und in vier Tagen ist die Hochzeit.

Ich fahre in mein Hotel, stelle mich unter die Dusche, um nun tatsächlich die Erinnerung an ihn abzuwaschen. Dann hole ich mir eine Miniflasche Weißwein aus dem Kühlschrank, öffne sie und trinke direkt aus der Flasche.

Wie sehr wünsche ich mir, er würde jetzt überraschend in der Tür stehen und sich über mein Verhalten lustig machen.

Erinnerungen abwaschen hat ja super geklappt, denke ich missmutig.

Habe ich es nicht geahnt, dass dieser Kerl für Herzschmerzen sorgen würde?

Da fällt mir etwas ein: Auf meinem Smartphone ist das Video, das in der Kirche gedreht wurde. Ich gehe zu meiner Handtasche und rufe es auf.

Und dann heule ich, als ich unsere *Hochzeit* betrachte, wie ich zu den klassischen Orgelklängen auf ihn zugehe und meine Augen nicht von ihm lösen kann. Danach schwenkt das Smartphone in seine Richtung und fängt seinen Blick und seinen Gesichtsausdruck ein.

„Ich habe mir also nicht eingebildet, dass auch er von der Situation ergriffen war", murmele ich.

Dann stehe ich vor ihm, wir schauen uns an und er reicht mir seine Hand. Ich erinnere mich, dass es sich angefühlt hat wie ein Stromschlag, der durch meinen ganzen Körper geht.

„Komm, setzen wir uns", höre ich ihn sagen.

Wir nehmen auf der Bank vor dem Altar Platz und er hält noch immer meine Hand in der seinen. So sitzen wir eine Weile, bis der Pastor seine Pseudo-Predigt beendet hat.

Wir erheben uns und *streifen uns die Ringe über*. Ich kann kaum den Blick ertragen, den er mir dabei zuwirft.

Dann stehen wir eine Weile schweigend da, bis der Pastor sich räuspert. Alejandro stößt ein verlegenes Lachen aus und an dieser Stelle endet das Video.

Ich werfe das Smartphone auf den Sessel, hole mir im

Badezimmer Papiertaschentücher und dann verkrieche ich mich ins Bett.

Aber ich kann nicht einschlafen, denn die Bilder und die Fragen holen mich wieder ein ...

Verdammt!

34

ZARA: BESUCH BEI MARA

Ich bin auf dem Weg zu meiner Freundin Mara. Wir wollen ein Gespräch unter Frauen führen, denn sie hat Ende Januar ein Baby bekommen und deshalb ist sie meine Ansprechpartnerin Nummer eins für alles rund um Schwangerschaft, Geburt und so weiter.

Sie öffnet mir die Tür mit ihrer kleinen Tochter im Arm.

„Laura wird ja immer süßer!“, stelle ich begeistert fest.

„Finde ich auch“, stimmt Mara lachend zu und umarmt mich zur Begrüßung. „Lass uns auf die Terrasse gehen. Dort können wir im Schatten sitzen und das ist für dich sicher auch angenehmer.“

Ich muss lachen.

„Jetzt fängst du schon an wie Javier.“

„Passt er noch immer so auf dich auf?“

„Er kann es nicht lassen.“

„Ist doch auch schön irgendwie, oder?“

„Ja, natürlich. Aber ich bin ja nicht aus Zucker.“

„Das legt sich wieder.“

„Spätestens, wenn unser Baby auf der Welt ist“, stimme ich zu.

„Was willst du trinken?“, fragt Mara, nachdem ich mich hingesetzt habe.

„Gib mir einfach ein Wasser. Und das Baby bitte“, bettle ich und strecke meine Arme nach Laura aus.

Lachend übergibt sie mir den kleinen Engel.

„Du kannst es wohl nicht erwarten“, stellt sie fest und schaut auf meinen Bauch.

„Ging es dir nicht auch so?“

Sie nickt.

„Man ist doch neugierig auf das Wunder, das in einem heranwächst. Ich bin gleich wieder da.“

Ich betrachte das herzige Mädchen, das völlig entspannt in meinem Arm liegt und selig vor sich hinschlummert.

Wie viel Vertrauen so ein kleines Lebewesen doch hat, denke ich.

Mara kommt mit einer Flasche und zwei Gläsern zurück, setzt sich zu mir und schenkt uns ein.

„Wie ist eigentlich die Sache mit deinem Vater ausgegangen?“, fragt sie.

„Luis hat sich abgesetzt, mein Vater wird ihm noch den Lohn für diesen Monat überweisen lassen und das war es dann. Zumindest hat er das vor. Ob er wirklich so hart bleibt, wird sich zeigen. Aber Luis hat ja noch seine Mutter, die ihm garantiert etwas zustecken wird.“

„Und Bianca?“

„Ich gehe davon aus, dass sie sich in Barcelona einen Job suchen muss. Zumindest so lange, bis sie unseren despotischen Vater wieder um den Finger gewickelt hat. Sie ist ja sein Liebling.“

„Ich dachte, du seist das, da du als Einzige fleißig bist“, erwidert Mara grinsend

Ich zucke mit den Schultern.

„Das bin ich nur zum jetzigen Zeitpunkt und wird sich wieder ändern. Schon alleine deshalb, weil Inés ihm sonst die

Hölle heiß macht. Und was den Fleiß anbelangt ... Man muss nur eine Arbeit haben, die einem Spaß macht."

„Deshalb freue ich mich sehr für Birgit. Nun hat sie die Chance, wieder in ihrem alten Job zu arbeiten. Selbst wenn Mateo dann ihr Boss ist."

„Sex mit dem Boss kann doch auch reizvoll sein", sage ich augenzwinkernd. „Aber wirst du ohne ihre Unterstützung zurechtkommen?"

„Das fragst du eine Frau, die eine Haushälterin hat und sich zudem eine berufliche Auszeit gönnt?, fragt sie, glücklich lächelnd.

„Aber du hast doch auch noch Valentina zu versorgen und kommt nicht nachmittags Mateos Nichte zu euch?"

„Das war ja nur dreimal in der Woche und seit es Mateos Mutter gesundheitlich wieder gut geht, sind die Mädchen auch öfter mal dort. Birgit ist durch die neuen Umstände fast schon arbeitslos geworden. Das Angebot deines Vaters kommt also zum passenden Zeitpunkt."

„Dann ist ja alles bestens geregelt", stelle ich zufrieden fest.

„Ja, zum Glück. Und wenn ich mal mit Diego ausgehen will, spielt meine liebe Freundin nach wie vor den Babysitter."

„Du gehst voll in deiner Rolle als Mutter auf."

„Ich hätte das früher nie für möglich gehalten, aber so ist es. Ich liebe meine beiden Mädchen über alles."

„Und Diego?", frage ich sie augenzwinkernd.

„Der kommt auch zu seinem Recht, das kannst du mir glauben", antwortet sie lachend. „Ich pass schon auf, dass ich auch noch Frau und Geliebte für ihn bin. Was allerdings nicht immer einfach ist. Denn derzeit steht Laura an erster Stelle. Aber Diego vergöttert seine Tochter."

„Ist Valentina nicht eifersüchtig?"

„Aber nein! Wir machen keinen Unterschied zwischen den Mädchen und sie ist ja auch in unsere Kleine verliebt."

„Das klingt alles nach der perfekten Bilderbuchfamilie."

„Fast schon zu schön, um wahr zu sein ... Aber sag mal, wie geht es dir eigentlich?“

„Mir geht es wieder super. Dank Javier und dem Problem vor ein paar Tagen muss ich ja kürzertreten. Obwohl ich meine Bar sehr liebe, bin ich nun gezwungen, einen Großteil der Verantwortung abzugeben. Zum Glück habe ich gute Leute, allen voran Claudia und David. Auf die beiden ist immer Verlass. Und weißt du was?“

„Du wirst es mir sicher gleich verraten.“

„Im Moment ist es mir gerade recht, denn es macht mir riesigen Spaß, das neue Haus einzurichten.“

„So ging es mir, als ich das Zimmer für Laura gestrichen und möbliert habe. Und du hast ein noch viel größeres Spielfeld. Hast du früher nicht mal Wohn-Accessoires verkauft?“

„Das war nur ein Bürojob. Doch jetzt kann ich durch die Läden bummeln und mir aussuchen, was ich will, denn Javier lässt mir freie Hand.“

„Haben wir mit unseren Männern nicht das große Los gezogen?“, fragt Mara.

„Oh ja, das haben wir!“, bestätige ich.

35

VIVIEN: LOSLASSEN

Die Tage bis zum Eintreffen der Gäste verbringe ich vor allem mit meiner Arbeit. Ich spreche ein letztes Mal das Menü mit der Küche ab, hake beim Patissier des Hotels nach, wie es mit der Hochzeitstorte läuft, und überwache den Aufbau des klimatisierten Zeltes im Garten, damit die Gäste sich dort entweder abkühlen oder vor einem möglichen Regenschauer ins Trockene flüchten können.

Dieses Zelt ist nötig, denn es werden einhundertachtzig Hochzeitsgäste erwartet. Dadurch könnte es im Hotel ein wenig eng werden.

Natürlich werden auch außerhalb des Zeltes Tische mit Stühlen und eine ausreichende Menge an Stehtischen aufgestellt.

Nachdem die handgefertigten Platzkärtchen aus Büttenpapier und weißen Schleifchen geliefert wurden, beschrifte ich diese. Zum Glück habe ich schon vor Jahren Kalligraphie gelernt.

Danach sortiere ich die Geschenke für die Gäste in Hochglanzpapiertüten ein: weiße Fächer und blumig-frisches Parfum aus dem Hause Salazar für die Damen, kubanische Zigarren und eine Flasche Hierbas aus einer Sonderedition für die Herren. Die Kinder bekommen Spielsachen und Süßigkeiten.

Den zweiten Abend nach Salazars Flucht verbrachte ich heulend am Telefon. Meine Freundin Angelika versuchte vergeblich, mich zu trösten.

Am dritten Abend reizte ich meine Kreditkarte aus, um mir ein wunderschönes Kleid und dazu passende High Heels zu kaufen. Mein angeschlagenes Selbstbewusstsein brauchte das einfach. Aber hinterher fühlte ich mich auch nicht viel besser.

Heute Abend werde ich endlich mal wieder in die Bar del Sol gehen, obwohl ich mich lieber in meinem Hotelzimmer verkrochen hätte. Aber ich habe genug Trübsal geblasen.

Was ist denn schon passiert? Ich habe mich in einen arroganten Menschen aus einer ganz anderen Gesellschaftsschicht verliebt, was ja ziemlich dumm von mir war. Zudem habe ich keine Ahnung, ob er eine Beziehung hat oder sogar verlobt ist.

Wir haben einen Nachmittag und eine Nacht zusammen verbracht und ja, es war wundervoll. Denn es hat mich glücklich gemacht, mit ihm zusammen zu sein. Aber es waren eben nur diese paar Stunden, die er mir geschenkt hat. Soll ich mich jetzt deshalb verrückt machen?

Und außerdem: Was sollte ich mit einem anfangen, der sich feige davonschleicht?

Nichts!

Eben.

Mein erster Eindruck hat nicht getrogen. Er ist ein schrecklicher Kerl, ein Arsch, dessen Leben nur um ihn selbst kreist und ich bin jemand, der im passenden Moment gerade greifbar für ihn war.

Ich schiebe die Gedanken an Salazar zur Seite. Morgen kommen die Gäste.

Er auch? Oder kommt er erst zur Trauung?

Keine Ahnung.

Ich weiß nur, dass ich mich darauf konzentrieren muss,

meinen Job gut zu machen. Es kommen zwei sehr anstrengende Tage auf mich zu.

Anschließend habe ich eine Woche Urlaub und den werde ich genießen, komme, was wolle! Ich werde in der Sonne liegen, schwimmen, bummeln, mein hübsches neues Kleid ausführen und es mir so richtig gut gehen lassen.

Ja, das werde ich!, nehme ich mir fest vor.

Schließlich werde ich in einem Luxushotel wohnen, wenn es auch ein wenig seltsam sein wird, plötzlich die Seiten zu wechseln. Aber die meiste Zeit werde ich sowieso in der Strandbar verbringen. Und dorthin fahre ich jetzt.

„Hola, Guapa! Wo hast du so lange gesteckt?“, begrüßt mich David.

„Hola, David. Ich habe gearbeitet“, erkläre ich.

Er sieht mich prüfend an.

Dann schüttelt er skeptisch den Kopf.

„Was ist passiert?“, fragt er.

„Was meinst du?“, weiche ich ihm aus.

„Du wirkst irgendwie so ... traurig.“

Nun schüttle *ich* den Kopf.

„Bin ich aber nicht.“

„Salazar?“, fragt er. „Hat er dir den Kopf verdreht?“

„Hm ...“, brumme ich nur, weil ich ihn nicht anschwindeln will.

„Also ja. Erzähl es dem Onkel David.“

Ich muss über seine Worte lachen.

„Es bringt nichts, darüber zu reden“, wehre ich ab.

„Doch, tut es. Ich habe hier noch zwei Stunden zu tun. Dann essen wir zusammen und du redest dir alles von der Seele. Aber jetzt trinkst du erst einmal etwas. Mit oder ohne Alkohol?“

„Ohne.“

„Soll ich dir einen Saft-Cocktail mischen?“

„Oh ja, darauf habe ich Lust.“

In den letzten Tagen habe ich ziemlich wenig gegessen. Das tut zwar meiner Figur gut, aber ich brauche jetzt etwas für die Seele.

Dankend nehme ich das Glas entgegen, trinke einen großen Schluck, stelle fest, dass dieser Cocktail genau das Richtige für mich ist, und gehe ans Meer.

Wie schön wäre es, wenn …, schießt es mir durch den Kopf, doch ich erlaube mir nicht, diesen Gedanken weiterzuspinnen.

Die Sache ist, wie sie ist. Es liegt nicht in meiner Macht, etwas daran zu ändern. Aber ich kann dafür sorgen, dass ich mich davon nicht herunterziehen lasse.

Mit diesem Gedanken stelle ich das Glas ab, breite das Handtuch aus, entledige mich meines Kleides und dann lasse ich mich in den warmen Sand sinken.

„Hola, Schöne“, höre ich eine Stimme neben mir.

Alejandro?

Ruckartig setze ich mich auf, blinzle in die Sonne und lasse meinen Blick nach oben schweifen.

„Ach, du bist es.“

„Jetzt erzählst du mir, was los ist, Guapa“, sagt David und lässt sich neben mir im Sand nieder.

„Musst du nicht arbeiten?“, versuche ich erneut, seiner Frage auszuweichen.

„Nun leg schon los“, geht er nicht darauf ein.

Also nehme ich ihm das Versprechen ab, meine Beichte für sich zu behalten, da ich auf keinen Fall will, dass Álvaro, der Besitzer des Hotels, davon erfährt, dass ich mich mit einem seiner wichtigsten Kunden eingelassen habe.

Dann erzähle ich ihm alles. Ich rede mich so in Rage, dass ich sogar mein Smartphone aus der Tasche hole und ihm das

Video zeige. Es ist, als müsste ich mich selbst noch einmal von der Richtigkeit meiner Wahrnehmung überzeugen.

„Sieht aus, als hätte er Gefühle für dich“, bestätigt er, nachdem er alles weiß und das Filmchen angesehen hat.

„Warum ist er dann einfach abgehauen und fertigt mich mit einer nichtssagenden Nachricht ab?“, beklage ich mich.

„Dafür kann es zwei Gründe geben.“

„Die wären?“

„Entweder war er von der Atmosphäre in der Kirche und seinen Gefühlen wie berauscht und als er wieder“, David malt Gänsefüßchen in die Luft, „nüchtern war, hat er es bereut, da er nicht frei ist.“

„Oder?“, frage ich fast schon aggressiv, weil er damit den Kern getroffen haben könnte.

David wirft mir einen verständnisvollen Blick zu und streichelt mir tröstend über die Schulter.

„Oder er gehört zu den Männern, die ihre Gefühle unterdrücken und wenn diese doch einmal in einem schwachen Moment hochschießen, ziehen sie sich anschließend in ihre Höhle zurück und verbarrikadieren sich.“

Fassungslos sehe ich ihn an.

„Wie beschissen ist das denn?“

David zuckt mit den Schultern.

„Es sind Männer. Das schwache Geschlecht, sobald es um Gefühle geht.“

Ich starre eine Weile aufs Meer, auf dem die Sonne ihre glitzernden Spuren hinterlässt. In der Ferne sind ein paar Segelboote zu sehen.

„Und jetzt?“, frage ich. „Wie verhalte ich mich, wenn ich morgen oder übermorgen auf ihn treffe?“

„Professionell, was bedeutet, du bist höflich, aber distanziert. Er darf keine Angst vor dir bekommen.“

„Hä? Warum sollte er Angst vor mir haben?“, wundere ich mich.

„Nicht wirklich vor dir, aber vor deinen Erwartungen. Oder

dass du ihn anzickst, weil du enttäuscht bist. Das würde ihn in die Flucht schlagen. Also musst du ihm dein schönstes Lächeln schenken und ihn stehen lassen."

„Das ist mir zu blöd."

„Wenn du ihn erobern willst, muss er sich erstens in Sicherheit wähnen und zweitens Angst bekommen, er könnte dich verlieren."

„Wie bescheuert ist das denn?"

„So sind wir Männer nun mal. Wenn er wegrennt, darfst du ihm unter keinen Umständen hinterherrennen, sonst wird er immer schneller. Auch wenn dich das noch so viel Kraft kostet, musst du stehen bleiben oder in die entgegengesetzte Richtung gehen, bis er kapiert, dass er nicht verfolgt wird. Wenn es so weit ist, wird auch er stehen bleiben. Und sobald er weiß, dass von dir keine Gefahr droht, kann er auf dich zugehen."

Ich seufze.

„Lieber David, ich danke dir sehr für deine Erklärung des komplizierten Wesens Mann. Aber ich glaube, bei diesem Spiel steige ich aus. Es ist mir zu kompliziert, so zu taktieren, zumal ich die nächsten beiden Tage damit beschäftigt sein werde, die Hochzeit von Marisol und Enrique zu einem unvergesslichen Ereignis zu machen. Zumindest, soweit das in meiner Macht steht."

„Warten wir mal ab, wie du darüber denkst, wenn der atemberaubende Señor Salazar wieder vor dir steht."

Ich seufze erneut.

„Am besten lege ich mir eine eiserne Rüstung an, durch die nichts durchkommt."

David lacht.

„Glaube mir, Guapa, dafür bist du nicht der Typ! Und das ist auch gut so."

Er erhebt sich.

„Ich kann Jorge nicht so lange alleine lassen. Wir sehen uns gleich zum Abendessen."

Dann beugt er sich zu mir herunter und gibt mir einen Kuss auf den Scheitel.

„Am Ende wird alles gut", sagt er.

„Und wenn es noch nicht gut ist, ist es noch nicht das Ende", ergänze ich.

Dann schaue ich wieder hinaus aufs Meer und lasse mir Davids Worte durch den Kopf gehen. Leider hat er damit das kleine Lämpchen der Hoffnung in meinem Inneren angezündet. Gleichzeitig fühle ich mich bockig wie ein Esel, der sich weigert, einen Schritt vorwärtszugehen.

Will ich einen Mann, der so schwierig zu händeln ist wie Salazar?, frage ich mich.

Nein!, gebe ich mir auch schon die Antwort.

36

VIVIEN: ES GEHT LOS!

Heute ist der Anreisetag der Hochzeitsgäste. Es ist natürlich Sache des Brautpaares, die Leute zu begrüßen. Aber das geschieht offiziell erst zum Abendessen, denn die beiden haben morgen ihren großen Tag und sollen ausgeruht sein.

Deshalb halte ich mich ab dem frühen Nachmittag im Foyer auf, um die Gäste in Empfang zu nehmen und Fragen, die sich auf die Hochzeit beziehen, zu beantworten.

Ich stelle mich ihnen als die Eventmanagerin vor und verteile Visitenkarten mit meiner Telefonnummer. Die Karten haben wir noch kurzfristig drucken lassen.

Dabei hoffe ich, dass ich keine Anrufe bekomme, wenn jemand frische Handtücher braucht oder das Frühstück auf dem Zimmer serviert haben will. Dafür sind die Hausdame und der Service zuständig.

„Liebe Vivien, wie schön, Sie wiederzusehen!", werde ich von Marisol mit einem freudigen Lächeln begrüßt.

„Liebe Marisol, mir geht es umgekehrt genauso. Ich hoffe, Sie fühlen sich wieder wohl?", frage ich.

„Natürlich, das war nur eine kleine Unpässlichkeit wegen

der Aufregung. Wir haben erst gestern standesamtlich geheiratet."

„Herzlichen Glückwunsch!", gratuliere ich ihr. „Es ist kein Wunder, wenn man vor zwei solch wichtigen Ereignissen mal kurz schlappmacht."

„Das stimmt. Darf ich Ihnen meine Stylistin vorstellen? Sie passt auf, dass mein Brautkleid keine Falten bekommt", fragt Marisol.

Ich will die junge Frau an ihrer Seite begrüßen, doch sie wendet sich von mir ab, um zu überwachen, dass der Kleidersack, in dem sich das Brautkleid befindet, sofort in die Suite gebracht wird. Natürlich hängend auf einem Kofferwagen, auf dem auch das andere Gepäck der beiden Hauptpersonen nach oben transportiert wird.

„Sie ist noch aufgeregter als ich", erklärt Marisol grinsend.

Als sie sich suchend umsieht, frage ich mich, ob sie nach ihrem Bruder Ausschau hält. Aber nein, es ist ihr Verlobter, der auf uns zukommt.

„Enrique Mendez", stellt er sich mit einer kleinen Verbeugung vor. „Ich danke Ihnen, dass Sie meiner Braut zur Seite gestanden haben."

„Das habe ich sehr gerne getan", antworte ich.

„Gibt es noch irgendetwas zu klären?", will er wissen.

„Nein. Es ist alles geregelt."

„Danke, dass Sie die Begrüßung der Hochzeitsgäste übernehmen", sagt Marisol.

„Auch das mache ich sehr gerne."

„Bitte nehmen Sie danach an unserem Abendessen teil. Und kommen Sie eine halbe Stunde vorher in unsere Suite, um mir zu berichten, wie der Probelauf der Zeremonie war. Bei der Gelegenheit können Sie mir das Video zeigen, das Sie haben drehen lassen."

Oh weh!, denke ich.

Eigentlich hätte ich es ihr gleich schicken müssen. Aber es

hat die Stimmung zwischen ihrem Bruder und mir eingefangen und deshalb ist es mir peinlich, ihr das Filmchen zu zeigen.

„Ja, natürlich", antworte ich jedoch, da ich keine andere Wahl habe. „Und danke für die Einladung. Aber ich möchte ... ähm ... beim familiären Abendessen nicht stören", versuche ich, mich davor zu drücken.

„Sie stören nicht und Sie gehören doch dazu, Vivien. Außerdem werden nicht nur Familienmitglieder, sondern auch Freunde und so weiter anwesend sein. Oder haben Sie andere Verpflichtungen?"

Soll ich schwindeln?, frage ich mich.

Doch ich entscheide mich für die Wahrheit und schüttle den Kopf.

„Dann bis nachher", sagt Marisol und begibt sich mit ihrem Bräutigam zum Aufzug.

In den nächsten Stunden summt es im Hotel wie in einem Bienenstock. Obwohl ich das nicht will, hoffe ich doch bei jedem Ankömmling, dass es sich um Salazar handelt. Dadurch muss ich eine kleine Enttäuschung nach der anderen einstecken.

Das härtet ab!, rede ich mir gut zu.

Übermorgen ist der ganze Zauber vorbei und ich kann wieder in mein normales Leben zurückkehren, wobei ich erst einmal eine Woche Urlaub in diesem Luxushotel machen darf. Das hat natürlich mit dem Alltag, der bei meiner Rückkehr nach Deutschland auf mich wartet, nichts zu tun.

Ich schiebe den Gedanken, dass ich mich dann erst einmal auf Jobsuche begeben muss, beiseite. Damit brauche ich mich weder heute noch in den nächsten Tagen zu belasten.

Als Señor Salazar, Alejandros Vater, vor mir steht, halte ich kurz die Luft an. Die beiden sehen sich sehr ähnlich, aber der Vater scheint noch um einiges arroganter zu sein als sein Sohn. Denn statt mich zu begrüßen, wie es die Höflichkeit verlangt hätte, sieht er mich nur von oben herab an, als würde er sich fragen, was diese Dienstbotin von ihm will.

Sein Verhalten versetzt mir einen Stich und macht mir klar, wie groß der Klassenunterschied zwischen Alejandro und mir ist und dass es schon alleine daher keine Zukunft für uns gegeben hätte.

Nach der fünfundneunzigsten Begrüßung geht mir der Text, den ich jedes Mal aufsage, schon so auf die Nerven, dass ich froh bin, als endlich alle da sind.

Alle, bis auf Alejandro.

Ich frage mich, ob er direkt von der Tiefgarage hoch in seine Suite gefahren ist, um mir nicht begegnen zu müssen. Andererseits wird er nicht wissen, dass ich im Foyer stehe und jeden Gast einzeln begrüße.

Ich frage zur Sicherheit an der Rezeption nach, ob wirklich alle eingetroffen sind.

„Auf der Liste steht nur noch Señora Alma Salazar“, stellt die Kollegin fest.

„Würden Sie sich bitte um die Dame kümmern?“, frage ich.

„Natürlich Señorita.“

Mit eiligen Schritten mache ich mich auf den Weg zur Personaltoilette.

Ich wasche mir die Hände und betrachte mich einen Moment lang im Spiegel.

„Du wirst ihn wahrscheinlich noch heute sehen“, sage ich mir. „Aber mach kein Drama aus der Geschichte.“

Ich erinnere mich an Davids Ratschläge. Sie bestärken mich in meinem Vorhaben, mich Salazar gegenüber höflich, aber distanziert, zu verhalten.

Mit diesem Gedanken löse ich meine Haare, kämme sie und stecke sie neu auf. Als ich meine Lippen nachziehe, bemerke ich, dass meine Hand zittert.

„Auf in den Kampf!“, murmele ich und mache mich mit weichen Knien auf den Weg in die Suite der Brautleute.

Vielleicht hält sich Salazar schon dort auf, kommt es mir in den Sinn.

Ich hoffe nicht, denn ich will nicht, dass er dabei ist, wenn ich Marisol das Video aus der Kirche zeige. Bei dem Gedanken, dass er danebenstehen und es ebenfalls betrachten könnte, schießt mir das Blut in die Wangen.

Ich verlasse den Aufzug, gehe an der Tür zu seiner Suite vorbei und beherrsche mich, nicht stehen zu bleiben und zu lauschen, um festzustellen, ob er schon da ist.

Das wäre auch sinnlos gewesen, weil die Türen viel zu massiv sind, um Geräusche nach außen dringen zu lassen.

Also gehe ich brav ein paar Schritte weiter und klopfe.

Ein Mann in einem dunklen Anzug öffnet mir.

„Sie wünschen?", fragt er in einem arroganten Tonfall, der anscheinend in der Familie liegen muss.

„Mein Name ist Vivien Hallberg. Ich möchte gerne zu Ma..., zu Señora Mendez."

„Einen Moment bitte. Ich werde Sie anmelden", antwortet er förmlich und verschließt die Tür.

Das muss wohl der Butler sein, den die beiden mitgebracht haben, korrigiere ich mich.

Nachdem ich Marisol kennengelernt habe und mir auch ihr Zukünftiger vorgestellt wurde, der aus einfachen Verhältnissen kommt und kein bisschen überheblich wirkt, will der snobistische Diener nicht so recht ins Bild passen.

Kopfschüttelnd warte ich darauf, dass ich eingelassen werde. Einen Augenblick später steht die Braut vor mir und wirft mir einen zerknirschten Blick zu.

„Bitte entschuldigen Sie", flüstert sie. „Mein Vater meinte, wir bräuchten – dem Anlass entsprechend – unbedingt einen Butler. Kommen Sie bitte herein. Ich bin schon sehr gespannt auf das Video."

Sie zeigt auf das Sofa und ich nehme Platz.

„Darf ich der Senorita etwas zu trinken anbieten?", fragt der Butler förmlich.

„Ein Glas Wasser wäre sehr nett", antworte ich, da mein Mund plötzlich staubtrocken ist.

„Waren Sie schon einmal in der Basilika?", frage ich Marisol, um noch ein wenig Zeit zu schinden.

Sie setzt sich neben mich.

„Ja, natürlich. Enrique hat mir gezeigt, in welcher Gegend er aufgewachsen ist."

„Das ist gut, dann kennen Sie die Gegebenheiten vor Ort ja bereits."

Jetzt bleibt mir nichts anderes übrig, als in meine Tasche zu greifen und das dienstliche Smartphone herauszuziehen.

„Wie Sie sicher wissen, habe ich Ihre Rolle eingenommen, während Ihr Bruder die des Bräutigams gespielt hat", erkläre ich.

„Ja, das hat er mir gesagt und dafür bin ich Ihnen dankbar, denn so etwas gehört natürlich nicht zu Ihren Aufgaben."

Erneut will ich meinen Satz abspulen, dass ich das gerne gemacht habe, aber ich lasse es und drücke ihr das Smartphone in die Hand, damit sie das Filmchen starten kann.

Ich sehe es mir nicht noch einmal an, denn ich befürchte, meine Gefühle nicht im Griff zu haben. Stattdessen beobachte ich ihre Mimik und mir wird klar, dass sie schnell erkennt, was zwischen ihrem Bruder und mir passiert ist.

„Das war ... ähm ... sehr ... ähm ... aufschlussreich", sagt sie, als sie mir das Handy zurückgibt und mich verwundert betrachtet. „Mein Bruder und Sie scheinen sich ... ähm ... gut zu verstehen?"

Was soll ich ihr darauf antworten? Dass es zuerst so war, bis er ohne ein Wort verschwunden ist? Das ist undenkbar.

Ich spüre, wie meine Wangen heiß werden, greife zum Glas und stürze das Wasser in einem Zug hinunter. Dabei verschlucke ich mich und fange an zu japsen und zu husten. Marisol schlägt mir auf den Rücken.

Dadurch bemerke ich nicht, dass es an der Tür geklopft hat. Einen Moment später steht Alejandro Salazar vor mir.

Meine Wangen werden noch heißer, aber vor allem, weil ich mich darüber ärgere, dass ich mich bei unserem Aufeinandertreffen wieder einmal danebenbenehme.

Zumindest wird *er* das so sehen ...

37

VIVIEN: FLIRT?

In Erwartung einer verletzenden Bemerkung von Salazar ziehe ich unwillkürlich die Schultern hoch. Doch einen Wimpernschlag später lasse ich sie wieder fallen und wende mich Marisol zu, während mein Herz bis zum Hals schlägt.

„Ich bitte um Entschuldigung. Sind wir fertig? Oder haben Sie noch Fragen an mich?“

„Vielleicht fällt mir noch etwas beim Essen ein. Schicken Sie mir bitte das Video?“

Alles in mir wehrt sich dagegen, das zu tun. Am liebsten würde ich sie fragen, wozu sie das noch braucht. Sie hat es doch gesehen und ist nicht eine Hochzeit wie die andere? Selbst wenn sie schrecklich pompös ist, bleibt der Ablauf immer derselbe. Zudem kennt sie die Basilika bereits.

Aber es nützt nichts, mich dagegen zu wehren. Sie hat das Video in Auftrag gegeben, also muss ich es ihr auch schicken.

„Ja, mache ich gerne“, schwindle ich.

„Wollen Sie sich noch schnell umziehen gehen?“

Ich überlege, was ich heute Morgen angezogen habe, und beobachte dabei, wie sie auf ihren Bruder zugeht, um ihn mit einer Umarmung zu begrüßen.

Es gibt mir einen Stich ins Herz, als ich seinen liebevollen Blick sehe. Denn diesen hat er natürlich auf sie gerichtet.

„Guten Abend, Vivien", begrüßt er mich kühl.

„Guten Abend, Señor Salazar", antworte ich noch eine Spur kühler und verzichte darauf, ihm ein unverbindliches Lächeln zu schenken.

Marisol schaut irritiert von ihm zu mir.

„Tut mir leid, ich habe nichts Passendes zum Anziehen dabei", sage ich.

„Das ist schade. In dem Hosenanzug sehen Sie sehr businessmäßig aus."

„Sie ist aus Businessgründen hier", mischt Salazar sich ein.

Blödmann!, denke ich ärgerlich. *Als ich in deinem Bett lag, hast du daran keinen Gedanken verschwendet.*

„Darf ich Ihnen eins meiner Kleider ausleihen?", fragt sie und schenkt mir ein schelmisches Lächeln.

Ich will schon den Kopf schütteln, denn solch ein Angebot sollte ich wirklich nicht annehmen.

Doch dann denke ich: *Warum eigentlich nicht? An diesem Job ist von Anfang an alles außergewöhnlich gewesen und wenn ich Salazar damit vielleicht ärgern kann?*

„Das wäre sehr nett von Ihnen", stimme ich deshalb zu.

Ich würdige Salazar keines Blickes, denn so viel Aufmerksamkeit hat er gar nicht verdient. Aber ich kann mir auch so vorstellen, wie er missbilligend sein Gesicht verzieht.

„Du entschuldigst uns bitte einen Moment, Alejandro? Nimm dir doch bitte etwas zu trinken."

„Ich werde schon einmal hinunter an die Bar gehen", kündigt er an und verlässt den Raum.

Ich atme auf.

„Wollen Sie mit mir darüber sprechen?", fragt Marisol.

„Danke für das Angebot. Aber ich will Sie nicht davon abhalten, pünktlich bei Ihren Gästen zu sein."

Als wäre das sein Stichpunkt, betritt ihr Ehemann die Suite.

„Brauchst du noch lange, Liebste?", fragt er.

„Nur noch fünf Minuten. Dann sind wir so weit“, antwortet sie und scheucht mich in ihr Ankleidezimmer.

Es dauert tatsächlich nur wenige Minuten, bis Marisol mir ein paar Kleider gezeigt hat.

„Nehmen Sie das Schwarze mit dem Carmenausschnitt. Es ist auf eine dezente Art sexy.“

Ich schlüpfe hinein, fühle mich wunderschön und zu meinen Pumps passt es auch.

„Sind Sie wirklich sicher, dass ich das Kleid tragen darf?“, frage ich.

„Sonst hätte ich es Ihnen nicht angeboten.“

„Danke!“, stoße ich hervor.

Sie schenkt mir eine kurze Umarmung und dann begeben wir uns in den Wohnbereich, wo Señor Mendez schon auf sie wartet.

„Gehen wir?“, fragt er und reicht ihr seinen Arm.

„Ja!“, antwortet sie mit einem strahlenden Lächeln.

Dann wendet sie sich an mich.

„Gehen Sie bitte schon einmal voraus. Sie können mit an unserem Tisch sitzen. Tante Alma ist leider verhindert.“

„Aber das geht doch nicht. Ich gehöre nicht zu Ihrer Familie!“

Erneut schenkt sie mir ein schelmisches Lächeln.

„Nun zieren Sie sich doch nicht so, sondern kommen Sie einfach mit“, bestimmt sie.

Den ganzen Abend am selben Tisch wie die Herren Salazar sitzen und von ihren kühlen Blicken durchbohrt werden? Ich bekomme eine Gänsehaut.

Aber bietet mir das nicht eine gute Gelegenheit, mich darin zu üben, Alejandro die kalte Schulter zu zeigen? Morgen, wenn es darauf ankommt, zu funktionieren, muss ich entspannt mit seinem beschissenen Verhalten umgehen können.

„Und schicken Sie mir bitte noch das Video. Ich möchte es mir ein weiteres Mal ansehen, damit mir morgen kein Fauxpas unterläuft."

Was hätte ich anderes tun können, als ihrer Anweisung sofort Folge zu leisten?

Ich eile die Treppe hinunter, denn ich muss Platz genommen haben, bevor das Brautpaar den Ballsaal betritt. Natürlich habe ich mich längst mit den räumlichen Gegebenheiten vertraut gemacht. Daher weiß ich sofort, in welche Richtung ich mich wenden muss.

Die Gäste sitzen an runden, festlich gedeckten Tischen zu jeweils zehn Personen. Ich hole tief Luft und gehe auf den des Brautpaares zu. Der Erste, der mir ins Auge sticht, ist Salazar. Überrascht und mit einer gewissen Bewunderung im Blick sieht er mir entgegen und ich muss mich bemühen, ihn nicht erwartungsvoll anzustrahlen. Einen Moment später verschließt sich seine Miene.

Am liebsten würde ich umkehren. Aber wer bin ich denn, dass ich vor diesem schrecklichen Menschen davonlaufen würde?

Direkt neben ihm sitzt sein Vater, der mit einer älteren Dame in ein Gespräch vertieft ist. Das muss seine Schwester sein. Die anderen Gäste sind nahestehende Verwandte.

Ich weiß so gut Bescheid, da ich die Platzkärtchen geschrieben und die Gäste am Nachmittag begrüßt habe.

Als ich am Tisch ankomme, grüße ich in die Runde und setze mich auf den einzelnen freien Stuhl, der ursprünglich für Alma Salazar, eine Cousine des Vaters, reserviert war.

„Wer sind Sie?", fährt dieser mich sogleich an.

Meine Wangen werden heiß.

Als hätte er mich vorhin nicht gesehen, denke ich.

Bevor ich antworten kann, brandet Beifall auf. Das Brautpaar hat den Ballsaal betreten und schreitet – nach allen Seiten winkend – auf den Tisch zu.

„Wer ist die fremde Frau an unserem Familientisch?“, fragt Señor Salazar seine Tochter, nachdem sie sich neben ihn gesetzt hat.

„Das ist Vivien Hallberg. Unsere Eventmanagerin. Ich habe sie zu uns eingeladen“, erklärt Marisol.

Señor Salazar wirft mir einen Blick zu, der darauf schließen lässt, dass er darüber nicht besonders erfreut ist. Ich schaue ihm in die Augen, ohne zu blinzeln.

Wie der Vater, so der Sohn!, stelle ich ärgerlich fest.

Aber ich werde mich weder von dem einen noch von dem anderen unterkriegen lassen! Schließlich wurde ich von der Braut eingeladen.

Ein Ober fragt, ob er mir Rotwein oder Weißwein einschenken dürfe.

Es wäre vernünftiger, nur Wasser zu trinken, aber ein halbes Glas Wein wird mich beruhigen, bevor ich noch auf die Idee komme, irgendetwas Dummes zu einem der beiden *charmanten* Herren zu sagen.

„Weißwein bitte.“

Ein Mitarbeiter von der Technik tritt an den Tisch und überreicht Señor Mendez ein Mikrofon.

Er erhebt sich, dankt den Gästen für ihr Erscheinen und dann folgt das Übliche, was man bei so einem Ereignis sagt. Er reicht das Mikrofon weiter an Marisol und nachdem auch sie ein paar freundliche Worte losgeworden ist, drückt sie es ihrem Vater in die Hand.

Jetzt fehlt nur noch Alejandro, denke ich.

Aber nein, der spricht nicht. Stattdessen wird ein Amuse-Gueule, ein Gruß aus der Küche, serviert. Ein Stückchen Sepia mit Fenchel und Chorizo, der typisch spanischen Wurst. Sehr hübsch auf einem Löffel mit einer grün-weißen Soße und einem roten Blümchen angerichtet.

Ich bin schon öfter in den Genuss der ausgezeichneten

Küche gekommen, doch das hier ist noch um einiges besser als alles, was ich im Hotel je gegessen habe.

Ich nehme einen kleinen Schluck von dem gekühlten Weißwein und vermeide es, Alejandro anzusehen, obwohl er mir genau gegenübersitzt.

Stattdessen lasse ich meinen Blick über die anderen Gäste schweifen und lächle, bis ich das Gefühl habe, meine Gesichtsmuskeln würden einfrieren.

Die Vorspeise wird gereicht und ich hoffe, dass ihr zügig ein Gang nach dem anderen folgt. Ich lasse mir viel Zeit damit, das Stückchen Hummer auf Paprikajus mit zwei sehr dünn geschnittenen und getoasteten Scheiben Baguette zu essen, damit ich meinen Blick auf den Teller gerichtet halten kann. So vermeide ich es, sozusagen *zufällig* Alejandro in die Augen zu sehen.

Doch wäre das gar nicht nötig, denn ich bekomme mit, dass er sich angeregt mit seiner Tischnachbarin, die sicher eine seiner Cousinen ist, unterhält.

„Unsere Tante Alma hat sich ja sehr verjüngt", scherzt der Mann neben mir, von dem ich weiß, dass er ein Cousin der Braut ist.

Höflichkeitshalber lache ich, auch wenn dieser Spruch nicht sehr originell ist.

„Frau tut eben, was sie kann."

„Schmeckt es Ihnen, Señorita?", fragt er mich.

„Danke, ausgezeichnet. Und Ihnen, Señor?"

Leider fällt mir sein Name nicht ein. Aber da er mich auch nur mit *Señorita* angesprochen hat, passt es.

„Hervorragend. Darf ich fragen, in welcher Verbindung Sie zu dem Brautpaar stehen? Sind Sie eine Verwandte von Enrique?"

„Ich bin die Eventmanagerin des Hotels."

Erstaunt sieht er mich an. Wahrscheinlich wundert auch er sich, wieso ich an diesem Tisch sitzen darf.

„Marisol hat mich eingeladen, den Platz von Señora Salazar

einzunehmen. So bin ich in der Nähe, wenn es noch etwas zu klären gibt."

„Sehr erfreut, Señorita ...?"

„Vivien Hallberg."

„Entschuldigung. Ich habe mich noch nicht vorgestellt. Mein Name ist Sergio Alonso."

Er macht eine kleine Verbeugung.

„Ebenfalls sehr erfreut", sage ich.

„Sie sind Deutsche?"

„Das hört man sicher an meinem harten Akzent", antworte ich mit einem Lächeln.

„Oh nein. Sie sprechen ein ganz ausgezeichnetes Spanisch!", schmeichelt er mir.

„Das ist sehr freundlich von Ihnen, aber ich kenne meine Stärken und Schwächen ganz gut."

„Und Spanisch zählt Ihrer Meinung nach zu Ihren Schwächen?"

„So ist es. Leider."

„Wie sehr Sie sich doch irren! Wäre es Ihnen lieber, ins Englische zu wechseln? Oder zählt diese Sprache auch zu Ihren *Schwächen*?", fragt er mit einem charmanten Lächeln.

Dieser Mann muss zur Familie mütterlicherseits gehören, denke ich. *Ihm fehlt die Salazar-typische Arroganz.*

Allerdings sieht er auch lange nicht so gut aus wie Alejandro. Aber was nützt ein schönes Äußeres, wenn das Innere unansehnlich ist?

„Nein, diese Sprache beherrsche ich perfekt", antworte ich in Englisch und kann mir ein Grinsen nicht verkneifen.

Sollte das Abendessen doch noch ein wenig spannender werden?

„Ah, das Süppchen kommt. Ich esse fürchterlich gerne."

„Ich auch."

Wenn ich die letzten Tage auch kaum etwas hinunterbekommen habe.

„Mögen Sie Steinpilze?"

„Ich liebe sie."

„Sie legen ein erstaunliches Tempo vor, Señorita Hallberg!", sagt er kopfschüttelnd. „Wollten wir uns nicht zuerst einmal kennenlernen?"

Erstaunt sehe ich ihn an. Dann muss ich lachen.

„Sie sind witzig", stelle ich fest.

„Es ist doch wichtig, dass man im Leben etwas zu lachen hat, finden Sie nicht?"

„Oh doch, das ist es", antworte ich und tauche meinen Löffel in das Tässchen mit der Steinpilzessenz.

„Sehr lecker", stelle ich fest.

„Die Küche des Hotels ist exzellent. Sie haben es gut."

„Inwiefern?"

„Dürfen Sie nicht hier essen?"

„Wenn ich den Koch ganz lieb anlächle, schon", scherze ich.

„Er wird Ihnen sicher nicht widerstehen können."

„Sie sind sehr charmant."

„Witzig und charmant sind doch gute Eigenschaften für einen Mann, finden Sie nicht?"

„Oh ja! Zwei der besten."

„Wie lange leben Sie schon auf Mallorca?"

„Leider lebe ich gar nicht auf der Insel."

Er wirft mir einen irritierten Blick zu.

„Hat man sie eigens für diese Hochzeit einfliegen lassen? Dann müssen Sie ja über erstaunliche Fähigkeiten verfügen."

„So ähnlich", gebe ich mich geheimnisvoll.

Es ist besser, wenn ich ihm nicht auf die Nase binde, wie ich zu diesem Job gekommen bin.

„Sie wollen es mir nicht verraten", tut er beleidigt.

„Erwischt!", stimme ich ihm zerknirscht zu.

„Wie kann ich Sie zum Sprechen verführen?", fragt er und zwinkert mir zu.

„Nun geben *Sie* aber Gas, Señor Alonso", grinse ich.

„Ist das ein Wunder bei solch einer schönen Tischdame?", fragt er und prostet mir zu.

38

VIVIEN: BLICKE

Wir sind beim Hauptgang angekommen. Alma Salazar hatte Rinderfilet bestellt, das effektvoll auf einem hochkant aufgestellten hauchdünnen Ring aus Teig ruht, gekrönt von dünnen Streifen gebratener Zwiebeln und umgeben von einer dunklen Soße.

Das sieht wunderschön aus und duftet auch köstlich. Trotzdem schiele ich neidisch auf den Teller meines Nachbarn, auf dem Seeteufel mit gegrillter Wassermelone und Tomatensalsa liegt.

Sergio Alonso stöhnt gequält auf.

„Ich habe niemals diesen Fisch mit dem roten Zeug bestellt", beschwert er sich. „Es muss sich um einen Fehler handeln."

„Wollen wir tauschen?"

„Absolut gerne!", stößt er erleichtert hervor.

Er nimmt meinen Teller und stellt seinen vor mir ab. Aus den Augenwinkeln nehme ich wahr, dass Alejandro ihm einen missbilligen Blick zuwirft.

Teller tauschen? Anscheinend nicht üblich in feinen Kreisen.

„Wie schmeckt es Ihnen?", fragt Señor Alonso.

„Ausgezeichnet."

„Mir auch. Wollen Sie mal kosten?"

Er hält mir seine gefüllte Gabel vor den Mund.

„Nein, bitte nicht!", stoppe ich ihn. „Ich will nicht ins Fadenkreuz der Señores Salazar geraten. Sie wissen doch, ich bin kein Familienmitglied, sondern *nur* beruflich hier."

„Befürchten Sie, die beiden könnten sich bei Ihrem Boss über Ihr *ungebührliches* Benehmen beschweren?", spottet er.

„Womöglich könnte das geschehen ..."

„Ich werde Ihnen zur Seite stehen, falls das passieren sollte", sagt er und zwinkert mir zu.

„Das wollen wir doch nicht hoffen."

„Dass ich für Sie einstehe?"

„Dass es überhaupt so weit kommen wird."

„Warten wir mal ab, wenn die Herrschaften etwas mehr Alkohol intus haben. Dann ist es aus mit dem steifen Getue."

„So lange werde ich nicht hierbleiben."

„Warum nicht? Jetzt, da sie so einen charmanten Tischnachbarn haben."

Ich lache.

„Wenn andere einem keine Komplimente machen, dann erledigt man das selbst?"

Kaum habe ich die Frage gestellt, wird mir klar, dass ich damit übers Ziel hinausgeschossen bin. Gerade habe ich ihn noch darauf aufmerksam gemacht, dass ich nicht aus privaten Gründen an diesem Tisch sitze.

„Entschuldigung, Señor. Das war unpassend", sage ich daher schnell.

Erstaunt sieht er mich an.

„Jetzt machen Sie aber bitte keinen Rückzieher. Ich mag Ihre offene Art, auch wenn Sie mir nicht verraten wollten, wie es sich mit Ihrer Arbeit hier im Hotel verhält."

„Vielleicht erzähle ich es Ihnen später", vertröste ich ihn, obwohl ich das nicht vorhabe.

„Wieso beobachtet mein lieber Cousin Sie ständig?"

„Von wem sprechen Sie?", frage ich, auch wenn ich genau

weiß, dass er nur Alejandro meinen kann, was mein dummes Herz zum Anlass nimmt, schneller zu schlagen.

„Sie müssen es auch bemerkt haben, denn es ist nicht zu übersehen."

„Ich habe es tatsächlich nicht bemerkt und ich wüsste auch nicht, warum er das tun sollte."

„Vielleicht findet er Gefallen an Ihnen und ist eifersüchtig, weil Sie sich so gut mit mir unterhalten?"

„Aber nein. Wie kommen Sie darauf?"

„Darf ich Ihren Fisch kosten?"

„Den Sie gerade noch mit Todesverachtung an mich abgegeben haben? Sie nehmen es mir sicher nicht übel, wenn ich ablehne."

„Oh doch, das tue ich. Herr Ober, bitte, ich brauche einen neuen Platz", witzelt er.

„Ist Ihnen eigentlich bewusst, dass ich neben Ihnen wie auf glühenden Kohlen sitze?"

„Es tut mir leid, ich will Ihnen keine Schwierigkeiten bereiten", sagt er mit zerknirschter Miene.

Ich schenke ihm ein Lächeln und senke den Blick auf meinen Teller, um mir ein Stückchen von dem Seeteufel in den Mund zu schieben.

„Schon wieder hat er hergeschaut", sagt mein Tischnachbar.

„Wer?"

„Sie wissen genau, wen ich meine."

Sollte die Strategie, zu der mir David geraten hat und die ich unbeabsichtigt verfolge, tatsächlich funktionieren? Ich habe mir Sergio Alonso nicht als Gesprächspartner ausgesucht, da ich nicht damit gerechnet habe, zum Abendessen eingeladen zu werden und auch noch an diesem Tisch zu landen. Meine heutige Organisationsarbeit war mit dem Empfang der Gäste abgeschlossen. Für alles, was danach kam, ist das Hotelpersonal zuständig.

Und doch sitze ich jetzt hier und Alejandro beobachtet

mich. Zumindest behauptet das Señor Alonso. Plötzlich bekomme ich kaum noch etwas hinunter.

Ich hebe meinen Kopf und schaue zum ersten Mal bewusst zu dem Mann, in den ich mich dummerweise heftig verliebt habe. Auch er sieht mich an und schnell schlage ich meine Augen nieder, damit er nicht die Sehnsucht in meinem Blick erkennen kann.

Um mich abzulenken, wende ich mich meinem Sitznachbarn zu.

„Sie leben auf dem Festland?“, frage ich, weil mir gerade nichts Besseres einfällt.

„In Madrid, dem Mittelpunkt der Welt.“

„Ihrer Welt, meinten Sie sicher.“

Halte dich zurück!, warnt mich meine innere Stimme. *Auch wenn du dich noch so gut mit ihm unterhältst: Er ist ein Gast des Auftraggebers.*

„Natürlich meiner Welt. Die Italiener oder gar Amerikaner würden das sicher anders sehen“, antwortet er grinsend. „Sie leben in Deutschland?“, will er wissen.

Es wäre unhöflich, ihm diese Frage nicht zu beantworten, deshalb nicke ich.

„Gefällt es Ihnen in Ihrem Land?“

„Ja, natürlich.“

„Und doch sind Sie hier.“

„Ich mache Urlaub.“

„Urlaub als Eventmanagerin? Sehr interessanter Job. Ich sollte wechseln.“

Verdammt, jetzt habe ich ihm doch mehr verraten, als ich wollte.

„Über welche Qualifikationen verfügen Sie?“, frage ich hastig, damit er nicht nachbohrt.

„Ich spreche Englisch.“

„Das reicht nicht.“

„Ich bin charmant.“

Ich lache.

„Das stimmt zwar, aber auch damit werden Sie nicht weit kommen."

„Was braucht man denn, um in den Olymp der Eventmanager aufsteigen zu können?"

„Zum Beispiel Organisationstalent."

Er steckt sich ein Stück Fleisch in den Mund und kaut nachdenklich.

„Habe ich", behauptet er, nachdem er geschluckt hat. „Wollen Sie nicht weiter essen?"

„Ich bin satt."

„Meinen Sie, ich kann mir erlauben ...?", fragt er mit einem gierigen Blick auf meinen Teller.

„Unter keinen Umständen!"

„Die Portionen sind so winzig, dass sie lediglich meinen Appetit anregen", verteidigt er sich.

„Verlangen Sie einen Nachschlag."

„Das geht?"

„Ja, das habe ich für hungrige Gäste, wie Sie einer sind, mit der Küche vereinbart."

„Sie sind ja ein Goldschatz", sagt er und kommt mit seinem Gesicht näher.

Für einen Moment befürchte ich, er könnte mir einen Kuss auf die Wange drücken wollen.

Schnell drehe ich meinen Kopf in Richtung eines Obers und winke ihn her.

„Bitte bringen Sie Señor Alonso eine zweite Portion."

Der Ober nickt, nimmt den Teller und entfernt sich.

„Sie haben ihm nicht gesagt, dass ich das Fleischgericht haben möchte", beklagt er sich. „Womöglich schaut er auf die Liste mit den Bestellungen und bringt mir den Fisch."

„Das wird nicht passieren", beruhige ich ihn. „Er hat ja Ihren leeren Teller mit den Soßenresten mitgenommen."

„Das braucht man also auch für Ihren Beruf."

„Was meinen Sie?"

„Kombinationsgabe."

„Und noch viel mehr. Darf ich fragen, womit Sie Ihr Geld verdienen?“

„Sie sind ganz schön neugierig.“

„Auch das sollte man als Eventmanagerin sein. Damit man die Wünsche der Gäste erfüllen kann.“

„Gutes Argument“, meint er grinsend. „Ich verdiene meine Brötchen als Unternehmensberater.“

„Macht Ihnen das Spaß?“

Er wiegt seinen Kopf hin und her.

„Bedingt.“

„Deshalb schauen Sie nach einem neuen Betätigungsfeld?“, spotte ich.

„Womöglich.“

Seine zweite Portion wird gebracht und so ist er damit beschäftigt, zu essen. Ich betrachte der Reihe nach die Gäste am Tisch, bis mein Blick auf der Frau landet, die an Alejandros anderer Seite sitzt und mit dem Stiel ihres Weinglases spielt.

Da ich es bisher vermieden habe, in seine Richtung zu schauen, fällt mir jetzt erst auf, wie jung und hübsch sie ist. Sofort steigt Eifersucht in mir hoch, denn Alejandro scheint von ihr angetan zu sein. Zumindest hat er sich ihr zugewandt und spricht mit ihr.

Sie ist offensichtlich mit ihren Gedanken jedoch woanders, denn sie sieht stur geradeaus und fixiert ihr Gegenüber.

Da erst bemerke ich, dass ich diejenige bin, der sie einen giftigen Blick zuwirft.

Ich bekomme eine Gänsehaut ...

39

VIVIEN: GESTÄNDNIS

„Es scheint zu wirken“, stellt Señor Alonso zufrieden fest und kommt erneut mit seinem Gesicht näher.

„Was meinen Sie?“

Bevor er antworten kann, dämmert es mir.

„Sie wollen die Dame gegenüber provozieren!“, stelle ich verblüfft fest.

„Wie kommen Sie darauf?“, tut er ahnungslos.

„Kombinationsgabe! Soll ich Ihnen meine Überlegungen aufzählen oder gestehen Sie freiwillig, dass Sie mich benutzt haben, um sie eifersüchtig zu machen?“, frage ich erbost.

Schade!, denke ich bedauernd.

Seine Aufmerksamkeit hat mein geknicktes Selbstbewusstsein ein wenig aufgerichtet.

Señor Alonso steckt sich ein großes Stück von dem Fleisch in den Mund. So kann man eine Antwort natürlich auch vermeiden.

Ich nehme einen kleinen Schluck Wein und betrachte ihn stirnrunzelnd.

„Tun Sie das nicht“, sagt er mit einem warnenden Unterton.

„Was meinen Sie?“

„Die Stirn runzeln. Das gibt nur Falten.“

„Sie sind unmöglich, Señor!"

„Und Sie sind bezaubernd, Señorita!"

Er nimmt sein Glas.

„Lassen Sie uns auf du und du anstoßen", fordert er mich auf.

„Oh nein! Ist Ihnen eigentlich bewusst, dass Sie mir mit Ihrer Ego-Tour ordentlichen Ärger einbrocken können? Garantiert schaut wieder einer der Señores Salazar zu uns herüber."

„Mein Cousin wirft mir gerade einen mörderischen Blick zu."

„Sehen Sie! Ihnen kann ja nichts passieren, denn Sie gehören zur Familie."

„Ich bin das schwarze Schaf", erklärt er stolz, nachdem er einen Schluck getrunken hat.

„Sagen Sie bloß! Das hätte ich jetzt nicht gedacht. Und da dürfen Sie an diesem erlauchten Tisch sitzen?"

„Sie doch auch."

„Aber nur wegen Tante Alma."

„Sie nennen sie *Tante*? Schon ganz so, als würden Sie dazugehören", lästert er lächelnd.

„Sie machen mich noch ganz irre! Nun verraten Sie mir schon, was es mit Ihnen und der Dame gegenüber auf sich hat."

„Ihr Vater will unbedingt, dass sie Alejandro heiratet."

Ich schlucke schwer.

Dann ist er also ledig, aber quasi schon einer Frau *versprochen*.

„Und Señor Salazar? Was will der?", frage ich mit belegter Stimme.

„Der hat zu tun, was sein Vater ihm befiehlt."

„Aber er ist doch ein erwachsener Mann!", widerspreche ich. „Sicher schon Anfang dreißig."

„Mitte dreißig", bestätigt Señor Alonso.

„Ist das so eine spanische Sache, dass man in dem Alter

noch sein Leben durch den Vater bestimmen lässt?", frage ich höhnisch.

„Ihr Tonfall verrät Sie, Señorita. Sie haben Interesse an ihm."

„Pfff!", mache ich wenig damenhaft und trinke einen großen Schluck Wein.

Sogleich schenkt ein Ober nach.

„Sind Sie in ihn verliebt?"

„Stellen Sie fremden Frauen immer solche impertinenten Fragen?"

„Wenn sie so reizend sind wie Sie? Aber sicher!"

„Welches Interesse haben Sie an Ihrem Gegenüber?", will ich wissen.

„Sie meinen die hübsche Dame neben Alejandro?"

„Wen sollte ich sonst meinen?"

„Wenn ich könnte, würde ich sie vom Fleck weg heiraten!", antwortet er und wirft mir einen tieftraurigen Blick zu.

„Warum tun Sie es nicht?"

„Weil ich im Vergleich zu meinem Cousin ein armer Schlucker bin."

Wie ich auch, schießt es mir durch den Kopf.

„Ist Geld denn so wichtig, dass man deshalb auf seine Liebe verzichten muss?", frage ich ärgerlich.

„Für Elenas Vater schon."

„Und für Señor Salazar?"

„Sie meinen für meinen Onkel?"

Ich nicke.

„Für den erst recht. Er ist einer der reichsten Männer Spaniens."

„Dann hat er doch schon alles!"

„Er will mehr. Deshalb wäre es günstig, wenn Elena und Alejandro heiraten würden. Die perfekte Fusion zweier erfolgreicher Unternehmen."

Mir dreht sich der Magen um, als ich das höre.

„Zum K… ähm … das ist doch ganz schrecklich! Was werden Sie unternehmen, um Elena für sich zu gewinnen?"

„Sie links liegen lassen und mit anderen Frauen flirten."

„Pah! Als wäre das so einfach."

„Manchmal ist es das. Schauen Sie doch mal, was für Giftpfeile sie in Ihre Richtung schießt", sagt er.

„Autsch!"

„Und Alejandro fixiert Sie mit einem bösen Blick."

„Da lassen die beiden sich das Leben von ihren habgierigen Vätern bestimmen und sind stinksauer, wenn die Menschen, mit denen sie zusammen sein wollen, mit anderen flirten. Ist das nicht ziemlich dumm?"

Señor Alonso seufzt.

„Liebeskrank nenne ich das. Aber was halten Sie davon, wenn wir die beiden noch ein wenig mehr reizen?"

„Davon halte ich gar nichts, denn …"

„Ich bin zum Arbeiten hier", ergänzt er meinen Widerspruch.

„So ist es."

„Ah, da kommt das Dessert", sagt er begeistert. „Mögen Sie auch so gerne Süßes?"

„Dass Sie das können", wundere ich mich. „Unter Liebeskrankheit leiden und trotzdem so viel essen."

„Wenn mein Herz leidet, muss es doch nicht den restlichen Körper anstiften, es ihm gleichzutun", erwidert er und versenkt seinen Löffel in dem Schüsselchen mit der Crema Catalana. „Kosten Sie wenigstens das Tonkabohnen Eis oder die Erdbeere in Champagnergelee. Alejandro muss Ihnen ja nicht ansehen, wie sehr er Sie quält."

„Er quält mich nicht", widerspreche ich, obwohl natürlich stimmt, was er sagt.

Señor Alonso schenkt mir ein verschmitztes Lächeln und geht gar nicht auf meine Abwehr ein.

„Wir wollen die beiden doch schließlich erobern. Das geht nur, wenn wir uns ihnen als Bonbons präsentieren."

„Als Bonbon? Klebrig und süß?“, wundere ich mich.

„Nein, natürlich nicht. Also süß schon, aber auch verführerisch, reizvoll und ...“

„Schwer zu haben“, falle ich ihm ins Wort.

„Ja, das ist das Beste an der Sache. Darf ich Sie um einen der winzigen Macarons auf Ihrem Teller bitten?“

„Soll ich Sie damit füttern?“, frage ich mit einem sarkastischen Unterton.

„Das würden Sie doch nie tun!“

„Richtig“, antworte ich missmutig.

„Lächeln, Señorita. Immer nur lächeln. Oder lachen. Lachen ist noch besser. Dann werden die beiden da drüben so richtig wütend werden.“

„Finden Sie es förderlich, sie wütend zu machen?“

„Natürlich. Das stachelt sie an, sich gegen die Fesseln, die man ihnen seit der frühesten Kindheit angelegt hat, zu wehren.“

„Ich befürchte, Sie haben die Situation viel besser im Griff als ich“, antworte ich resigniert und probiere das Champagnergelee in Form eines Eiswürfels, dessen Inneres eine knallrote Erdbeere ist.

„Das kann man lernen, Señorita. In mir brodelt es auch, aber es bringt mir wenig bis nichts, wenn ich aufstehe und meinen Cousin ohrfeige. Er kann ja nichts dafür.“

„Natürlich kann er das. Wenn das stimmt, was Sie sagen, ist er ein Waschlappen!“

„Jetzt brodelt es auch in Ihnen“, stellt er zufrieden fest. „Füttern Sie mich mit einem Macaron“, fügt er bettelnd hinzu.

„Ich verabschiede mich jetzt, bevor ich eine Dummheit mache, die ich hinterher bereuen würde. Sie können sich von meinem Teller bedienen. Aber ich würde das lieber nicht tun. Denn ein Mann, der Süßigkeiten in sich hineinschaufelt, weil er sich nach Liebe sehnt, erweckt in einer Frau keine Liebe, sondern Mitleid.“

Señor Alonso schiebt seinen Teller von sich weg.

„Sie haben recht, Señorita. Am liebsten würde ich Sie einladen, sich mit mir an die Bar zu setzen und etwas zu trinken. Um genau zu sein, viel zu trinken und zu vergessen. Aber ich kenne Ihre Antwort. Also wünsche ich Ihnen eine gute Nacht und bedanke mich für die reizende Gesellschaft."

Er erhebt sich zusammen mit mir, verbeugt sich, schnappt sich meine Hand und haucht einen Kuss in die Luft.

„Buenas Noches, Señorita", sagt er und ohne dass ich noch einen Blick auf Alejandro oder seine Zukünftige werfe, wünsche ich den Herrschaften am Tisch einen angenehmen Abend und verziehe mich.

40

VIVIEN: DIE HOCHZEIT

Als ich im Bett liege, lasse ich den Abend noch einmal an mir vorüberziehen. Von dem Moment an, als Salazar die Suite von Marisol betrat, über den Blick, den er mir beim Essen zuwarf, bis zum Ende, als ich geflüchtet bin.

Ich erinnere mich an Alonsos Worte, dass Salazar eifersüchtig sei und wir uns in verführerische Bonbons verwandeln sollten.

Eigentlich habe ich genau das gemacht, was David mir empfohlen hat, ohne es zu beabsichtigen. Wäre das Abendessen kein beruflicher Termin gewesen, hätte ich den Flirt mit Alonso natürlich noch ein wenig mehr auf die Spitze treiben können.

Doch dann fällt mir ein, was er über Salazar und den Einfluss, den sein Vater auf ihn ausübt, gesagt hat.

„Wenn das stimmt, was Sie sagen, ist er ein Waschlappen!", habe ich geantwortet.

Ein Mann seines Alters, der sich von seinem Vater vorschreiben lässt, mit wem er eine Beziehung zu führen hat oder sich nötigen lässt, jemanden aus geschäftlichen Gründen zu heiraten, ist nicht nur gefühlskalt, sondern vor allem lächerlich.

Egal, wie verliebt ich in ihn bin. So einen Mann kann ich nicht ernst nehmen.

Enttäuscht schließe ich die Augen.

Die wenigen Stunden mit ihm waren so schön ...

Aber ich muss die Erinnerung irgendwo ganz tief in meinem Herzen vergraben und darf sie nicht mehr hervorholen.

Und seine Eifersucht?, fragt meine innere Stimme. *Wie passt das zusammen?*

Ich habe keine Ahnung, aber ich weiß, dass ihm dieses Gefühl nicht zusteht. Und außerdem: Er ist einfach aus seiner Suite verschwunden und hat mich alleine in seinem Bett liegen lassen und alles, was ich bekommen habe, war eine Nachricht, die nicht knapper hätte sein können.

Will ich so einen Mann?

Nein!

So jemand *ist* ein Waschlappen! Daran gibt es leider nichts zu rütteln.

Wenn Alonso versuchen will, Elena von sich zu überzeugen, dann soll er das tun. Aber ich werde Salazar nach dem morgigen Tag vergessen. Ganz schnell!

Desillusioniert und frustriert drehe ich mich auf die Seite. Kurz darauf schlafe ich zum Glück ein.

~

Der nächste Morgen weckt mich mit Vogelgezwitscher. Es ist noch sehr früh, aber nach ein paar Minuten, in denen ich nochmals an den gestrigen Abend denke und mich die Enttäuschung wieder in ihren Krallen hält, stehe ich auf und packe in Windeseile meinen Koffer.

Die Zeit in diesem Hotel ist für mich abgelaufen. Übermorgen bin ich in meiner Luxusunterkunft. Señor Pérez hat mir angeboten, ein Klappbett in meinem kleinen Büroraum aufstellen zu lassen, damit ich – falls der Abend sich lange hinziehen sollte – dort übernachten kann. Ein Zimmer für mich wird erst frei, wenn die ersten Gäste abgereist sind.

Um acht Uhr bin ich fertig und gehe nach unten, um schnell etwas zu frühstücken. Dann checke ich aus und fahre an meinen Arbeitsplatz. Nachdem ich einen der Businessanzüge angezogen habe, bringe ich Marisols schwarzes Kleid in die Hotelreinigung.

Anschließend gehe ich ein letztes Mal Punkt für Punkt den heutigen Ablauf durch. Die Zeremonie beginnt um zwei Uhr. Um auch wirklich pünktlich in der Basilika zu sein, werden wir mit mehreren Bussen um halb eins abfahren.

Das Brautpaar fährt mit den Trauzeugen in zwei Limousinen. Marisol wird von ihrer besten Freundin begleitet und der Bräutigam von seinem engsten Freund.

Ich habe Order gegeben, dass zuerst die Busse starten, fünfzehn Minuten später Señor Mendez und zum Schluss die Braut, die am Ziel von ihrem Vater in Empfang genommen und zum Altar begleitet wird.

Um dort alles zu koordinieren, werde ich als Letzte in den ersten Bus steigen. Wie der Ablauf in der Basilika ist, habe ich ja vor Kurzem geprobt.

Ich stöhne genervt auf, weil sofort wieder die entsprechenden Bilder in meinem Kopf auftauchen, und scheuche sie weg.

Mit der Checkliste in der Hand mache ich einen Rundgang durchs Hotel und spreche mit dem Front-Office-Manager, dem Restaurantmanager und dem Küchenchef, um mich davon zu überzeugen, dass alles läuft, wie es soll.

Die wunderschöne fünf-stöckige Hochzeitstorte, die auf Wunsch der Braut mit weißen Rosen aus Marzipan dekoriert ist, steht bereit und die Vorbereitungen in der Küche laufen auf Hochtouren.

Als ich das Zelt betrete, herrscht dort ebenfalls emsiges Treiben. Das Servicepersonal deckt die Tische ein und als die Blumen geliefert werden, verteile ich die Gestecke in Weiß und einem Hauch von Rosé, während die Floristin die Stühle schmückt.

Am Ende treffe ich auf Señor Pérez, den Hotelmanager, um ihm Bericht zu erstatten.

„Ich bin sehr zufrieden mit Ihrer Arbeit und möchte mich bei Ihnen schon einmal für Ihre erstklassige Organisation bedanken. Auch im Namen unserer Gäste. Sowohl Señorita Salazar als auch ihr Bruder haben sich bereits mit lobenden Worten über Sie geäußert. Bitte machen Sie heute so weiter, damit diese für die Reputation unseres Hotels so wichtige Hochzeit ein voller Erfolg wird."

„Sie können sich auf mich verlassen", versichere ich ihm.

Und ich werde weder mit jemandem flirten noch Alonso helfen, die Dame eifersüchtig zu machen, die für Salazar bestimmt ist!, füge ich in Gedanken hinzu.

Sogar Álvaro, der Hotelbesitzer, lässt sich blicken, um sich davon zu überzeugen, dass alles seinen gewünschten Gang nimmt.

„Hast du die Situation im Griff, Vivien?", fragt er.

„Ja, natürlich. Im Hotel arbeitet hoch qualifiziertes Personal, das mich in allem unterstützt."

„Sehr gut. Sollte es ein Problem geben, wende dich an mich. Ich werde dann in wenigen Minuten hier sein."

„Das ist gut zu wissen. Danke schön. Aber jetzt entschuldige mich bitte. Ich muss zur Braut, um ihr den Hochzeitsstrauß zu bringen."

Kurz darauf betrete ich die Suite.

Marisol sitzt in einem seidigen Morgenmantel vor dem Spiegel und wird von ihrer Stylistin geschminkt. Ihre Haare sind bereits hochgesteckt und mit weißen Blumen geschmückt.

„Wie geht es Ihnen, Marisol?", frage ich sie zur Begrüßung. „Sind Sie aufgeregt?"

Sie streckt mir ihre Hand hin.

„Fühlen Sie mal. Sie ist eiskalt."

„Soll ich Ihnen einen wärmenden Tee bringen lassen? Oder

möchten Sie ein Glas Champagner, damit Ihr Kreislauf in Schwung kommt?", frage ich.

„Champagner ist mir lieber. Und vielleicht noch zwei Stück Baguette mit ein wenig Butter."

„Natürlich. Einen Augenblick bitte."

Ich bestelle das Gewünschte und zeige ihr den Blumenstrauß aus Pfingstrosen in Weiß und einem Hauch von Rosé.

„Wie schön der ist!", ruft sie begeistert.

Der Champagner wird gebracht und die Flasche geöffnet.

„Bitte trinken Sie ein Glas mit mir", fordert Marisol ihre Stylistin und mich auf.

Wir stoßen mit ihr auf den schönsten Tag ihres Lebens an und ich nippe nur am Glas. Ein Schwips ist das Letzte, was ich heute brauchen kann.

„In einer halben Stunde kommen die Busse an", informiere ich sie.

„Schon?", fragt sie erschrocken.

„Keine Sorge. Die Abfahrt der Gäste ist erst in einer Stunde. Die Limousine, die Sie und Ihre Trauzeugin zur Kirche bringen wird, startet in eineinhalb Stunden."

Erleichtert atmet sie auf.

„Ihr Make-up ist fertig, Señora Mendez."

Marisol betrachtet sich im Spiegel.

„Vielen Dank. Das haben Sie wieder einmal perfekt hinbekommen", lobt sie ihre Stylistin lächelnd. „Würden Sie uns bitte zehn Minuten alleine lassen? Ich habe mit Señorita Hallberg noch etwas zu besprechen."

Nachdem die Stylistin die Suite verlassen hat, sieht Marisol mich bedeutungsvoll an.

„Bitte verzeihen Sie, wenn ich mich in Ihr Privatleben einmische. Aber was ist zwischen Ihnen und meinem Bruder geschehen?"

Ich spüre, wie meine Wangen heiß werden und befürchte, dass sie feuerrot angelaufen sind.

„Wollen Sie ... ähm ... nicht lieber ihn fragen?"

„Er wird mir keine Antwort geben."

„Dann wird er sicher nicht wollen, dass ich mit Ihnen darüber spreche."

„Hören Sie, Vivien. Wir haben nur kurz Zeit. Ich habe mir das Video aus der Kirche noch einmal angesehen. So habe ich meinen Bruder noch nie erlebt. Es schien, als hätten Sie ihn aus seinem Eisblock befreit und ihm neues Leben eingehaucht."

„Das kann ich mir nicht vorstellen."

„Glauben Sie mir, es ist so. Gibt es zwischen Ihnen und meinem Bruder eine amouröse Verbindung? Beim gestrigen Abendessen haben Sie ihn keines Blickes gewürdigt."

„Das hatte er auch nicht verdient", bricht es aus mir heraus, bevor ich meine Lippen fest aufeinanderpressen kann.

„Dann hat er sich also wieder von Ihnen zurückgezogen?"

Ich nicke.

„Das ist sehr schade. Ich ..."

Die Tür zur Suite öffnet sich und einen Moment später steht Señor Salazar im Raum. Jedoch nicht Alejandro, sondern sein Vater.

„Ich wollte schauen, wie es meiner schönen Tochter geht", erklärt er lächelnd.

„Vater, ich führe gerade ein Gespräch mit Senorita Hallberg."

„Das kannst du auch noch später machen."

Er wendet sich an mich.

„Sie entschuldigen uns bitte?", ordnet er in strengem Tonfall an.

Kein Wunder, dass seine Kinder vor ihm kuschen. So spricht er sicher auch mit ihnen, denke ich und erhebe mich.

„Natürlich. Ich komme noch einmal vorbei, bevor wir abfahren", versichere ich Marisol mit einem aufmunternden Lächeln.

„Ja, machen Sie das bitte!"

Einen Moment später stehe ich vor der Tür und atme auf.

Während ich mich auf den Weg zu einem Kontrollgang durch das Zelt mache, lasse ich mir Marisols Worte durch den Kopf gehen.

Aus dem Eisblock befreit …

Dass ich nicht lache!

41

VIVIEN: ÜBERROLLT …

Es kommt zu keinem weiteren Gespräch mit Marisol und das ist mir recht. Was hätte sie mir schon sagen sollen über ihren Bruder, der zu schwach ist, sich gegen seinen despotischen Vater zu wehren? Sie selbst schafft das ja auch nicht. Die kurze Begegnung zu dritt in ihrer Suite hat gereicht, das zu zeigen.

Nun sitze ich im Bus mit schwarz getönten Scheiben, damit niemand sieht, dass hier die High Society vom Festland unterwegs ist. Begleitet werden wir von zwei Sicherheitsleuten. Einer von ihnen sitzt vorne, der andere hinten.

Kein Wunder, dass diese Hochzeit so schrecklich teuer ist bei dem ganzen Aufwand, der hier betrieben wird, denke ich.

Zum Glück sind wir in wenigen Minuten am Ziel. Die Fahrt mit dem großen Bus über die teilweise sehr schmalen Straßen ist ziemlich aufregend.

Es ist schon ein wenig verrückt, dass so viele Gäste auf die Insel fliegen mussten und nun den Weg zur Basilika auf sich nehmen, wegen des Traums eines einzigen Menschen … Aber ist es nicht auch schön, dass Señor Mendez den letzten Wunsch seiner verstorbenen Mutter erfüllt? Diese reichen

Leute sind es schließlich gewöhnt, dorthin zu jetten, wo es ihnen beliebt. Warum also nicht hierher?

Mit solchen Gedanken beschäftige ich mich, um nicht zu viel an Alejandro Salazar denken zu müssen. Zum Glück sitzt er mit Elena im letzten Bus, wo die ganzen Ehrengäste Platz genommen haben.

Noch eine Kurve und unser Bus kommt endlich an. Der Fahrer hält direkt vor dem Eingang zum Gebäudekomplex der *Santuari de Santa Maria de Lluc,* der heute für alle anderen Besucher gesperrt ist. Mir wird ganz seltsam zumute, weil mich die Erinnerung an das, was ich hier mit Alejandro erlebt habe, fast umwirft.

Reiß dich zusammen!, ermahne ich mich und steige rasch aus.

Señor Diaz, der Mitarbeiter der Klosteranlage, steht schon mit mehreren Kollegen bereit, um uns zu begrüßen und die Gäste zu ihren Plätzen zu geleiten.

„Haben Sie alles vorbereitet, Señor Diaz?“, erkundige ich mich.

„Natürlich, Señorita.“

„Stehen die Fotografen auf ihren Plätzen?“

„Selbstverständlich.“

Erleichtert atme ich auf und bedanke mich bei ihm für seine Unterstützung. Vom geschmückten Innenraum der Kirche hat er mir bereits heute Morgen Fotos geschickt.

Deshalb gehe ich nicht mit zur Basilika, sondern bleibe vor dem Eingang stehen und warte auf die Ankunft der restlichen Gäste und erst, nachdem die Braut eingetroffen ist, werde auch ich die Kirche betreten und hoffe, dass dort alles reibungslos verläuft.

Eigentlich hätte ich eine Assistentin gebraucht, die heute einen Teil meiner Aufgaben übernimmt. Aber ich wollte Señor Pérez nicht darum bitten, da ich befürchtete, er könnte an meiner Kompetenz zweifeln und weil es einfach eine Herausforderung für mich ist, solch ein großes Projekt alleine zu stemmen.

Es wird auch so alles laufen wie geplant!, rede ich mir gut zu.

Und wieso sollte es Probleme geben bei den vielen Leuten, die mir hilfreich zur Seite stehen?

Da kommt auch schon der zweite Bus an. Wenig später sind alle in der Basilika, die zum Glück genug Sitzbänke für so viele Menschen hat.

Der Bräutigam wirkt ziemlich nervös, als er aus seiner Limousine steigt.

Kein Wunder!, denke ich.

Er ist sicher in Gedanken bei seiner Mutter. Abgesehen davon heiratet er ein Mitglied der High Society und bekommt einen despotischen Schwiegervater dazu geliefert.

Ob er zum dritten Kind mutiert, das wie die anderen beiden vor ihm kuscht?, frage ich mich.

Reiß dich zusammen!, schießt es mir erneut durch den Kopf.

Ich bin schließlich hier, um einen guten Job zu machen und alles andere geht mich nichts an.

Dann rollt auch die Limousine an, in der Marisol sitzt. Einer der Sicherheitsleute gibt die Meldung weiter und kurz darauf steht ihr Vater an der Tür des Wagens und streckt ihr seine Hand entgegen.

Die Braut sieht wunderschön aus! Die edle Brautrobe, ein Prinzessinnenkleid, das sicher ein Vermögen gekostet hat, dazu der Schleier, der ihr Gesicht verhüllt und der hübsche Blumenstrauß. Ein Traum in Weiß mit einem Hauch Rosé.

Sie lächelt mir zu, als sie mich sieht. Es ist nicht zu übersehen, dass auch sie nervös ist. Ich nicke ihr aufmunternd zu.

Am Arm ihres Vaters und zu den Klängen eines klassischen Stücks schreitet sie zum Eingang der Basilika.

Ich folge den beiden mit ein wenig Abstand. Hinter mir gehen zwei Sicherheitsleute, die die Türen der Kirche schließen werden.

Am Altar steht Señor Mendez. Inzwischen strahlt er über das ganze Gesicht, denn seine Braut kommt auf ihn zu.

Wie er sich jetzt wohl fühlt?, frage ich mich. *Ob er glücklich ist, die Frau seines Herzens erobert zu haben?*

Die festliche, fast schon heilige Atmosphäre in der Kirche ergreift mich. Automatisch sucht mein Blick das Gesicht von Alejandro Salazar, denn die Gäste haben sich erhoben und sehen der Braut entgegen.

Zwar weiß ich, wo er in etwa sitzt, aber wegen der vielen Leute kann ich ihn doch nicht erkennen.

Marisol und ihr Vater gehen gemessenen Schrittes auf den Altar zu. Ob ihr Herz sehr klopft, da ihr geliebter Bräutigam auf sie wartet, um sein Gelöbnis vor Gott abzugeben?

Ihr Vater übergibt dem Bräutigam die Hand der Braut. Die Gäste setzen sich und in diesem Moment entdecke ich Alejandro.

Er ist der Einzige, der noch steht und mir einen Blick zuwirft. Ein Blick wie vor wenigen Tagen, als er am Altar stand und ich auf ihn zukam.

Schnell schließe ich meine Augen. Denn die Gefühle überrollen mich. Ohne es verhindern zu können, schießen Tränen in mir hoch ...

42

ALEJANDRO SALAZAR: GEBANNT

„Setz dich! Was sollen unsere Gäste von dir denken? Stehst da wie vom Donner gerührt und starrst vor dich hin!“, zischt mein Vater.

Es ist mir egal.

Die Atmosphäre in der Kirche erinnert mich an den zauberhaften Tag mit Vivien und nachdem ich sie ganz hinten in der Basilika entdeckt habe, fällt es mir schwer, meine Augen von ihr zu lösen.

Erst als sie sich in die letzte Reihe setzt, nehme ich wieder Platz und richte meinen Blick nach vorne auf meine Schwester, die heute den Mann heiratet, den sie liebt.

Es hat lange gedauert, bis sie sich gegen unseren Vater durchgesetzt hat. Doch nun ist sie am Ziel angelangt und wird mit Enrique hoffentlich so glücklich, wie sie es verdient hat.

Während ich so tue, als würde ich der Predigt des Pastors lauschen, denke ich zurück an den Morgen, als ich mich ohne ein Wort des Abschieds aus der Hotelsuite geschlichen und darauf gehofft habe, Ordnung in meinem Kopf zu schaffen.

Es ist mir nicht gelungen.

Von meinem Vorsatz *Visier herunterziehen, zur Tagesordnung übergehen und später über das Chaos in meinem Inneren nachdenken* habe ich nur die Sache mit dem Visier hinbekommen.

Vivien hat sich viel zu oft in meine Gedanken geschlichen und wenn ich an den gestrigen Abend denke ... Dieser Sergio ging mir derart auf die Nerven! Wie er sie angehimmelt und ständig mit der Gabel vor ihrem Mund herumgefuchtelt hat, damit sie sein verdammtes Essen probiert.

Ich werde ihn mir nachher einmal zur Brust nehmen.

Und was willst du ihm sagen?, fragt meine innere Stimme. *Dass er seine dreckigen Finger von ihr lassen soll?*

Ich spüre Wut in mir hochsteigen, wenn ich daran denke, wie sie mit Sergio geturtelt und über seine Sprüche gelacht hat. Sollte sie wirklich auf ihn hereinfallen?

Dann tut sie mir leid!

Sie hat etwas Besseres verdient als das schwarze Schaf unserer Familie. Jemand Ernsthafteres, als den *Unternehmensberater*, der lieber Witze reißt, statt seine Karriere zu verfolgen.

Oh ja, ich bin wirklich wütend auf ihn, weil er Vivien den ganzen Abend über in Beschlag genommen hat. Und auch auf sie, da sie mir nur einen einzigen Blick geschenkt hat.

Als wir die Nacht zusammen verbracht haben, dachte ich, sie hätte Feuer gefangen, schießt es mir durch den Kopf.

Neben meiner Wut auf Sergio, den ich sonst eigentlich ganz gerne mag, auf meinen Vater, der allen seinen Willen aufzwingt, und auf mich selbst, da ich mir das von ihm bieten lasse, ist in mir eine Sehnsucht nach Vivien, die ich nicht unterdrücken kann.

Ich schaue zum Altar und frage mich, wie lange dieser Pastor noch predigen will. Je länger ich hier sitze, desto mehr steigt die Erinnerung in mir hoch, wie ich mit Vivien dort stand und ihre Hände hielt.

Was ist das nur, dass ich die Macht über meine Gefühle verliere, wenn ich hier bin? Ist es diese verdammte Magie, von der Vivien gesprochen hat?

Ich erinnere mich, wie sie mir entgegenkam. Ihre Augen,

nein, ihr ganzes Gesicht, leuchtete. Sie erschien mir mit einem Mal so schön und anziehend, dass ich meinen Blick nicht von ihr nehmen konnte.

Deshalb war es absolut folgerichtig, sie an dem Platz hinter dem Kloster zu küssen und die Nacht mit ihr zu verbringen.

Und warum schnappst du sie dir nicht einfach?

Ja, warum eigentlich nicht?

43

VIVIEN: UNTER DRUCK

Das Brautpaar hat sich das Ja-Wort gegeben, danach haben die beiden sich geküsst und die Gratulationen ihrer Gäste entgegengenommen.

Die Fotos vom glücklichen Brautpaar wurden auch geschossen. Ich habe sie nicht zu der romantischen Stelle unter den Pinienbäumen begleitet. Das konnte ich mir einfach nicht antun.

Nun sitzen alle wieder in den Bussen und fahren zurück. Ich habe dieses Mal jedoch in einer der beiden Limousinen Platz genommen, um als Erste am Ziel zu sein und die Organisation überwachen zu können.

Dieser Tag nimmt mich ziemlich mit und das liegt nicht nur daran, dass ich alles im Blick haben muss, damit ein Punkt nach dem anderen perfekt abgearbeitet wird.

Neben mir sitzt die Stylistin der Braut, auf dem Beifahrersitz Alejandro Salazar.

„Ich habe im Vorfeld alles mit Ihnen geregelt, nun werde ich auch weiterhin an Ihrer Seite bleiben“, hat er das begründet.

„Ganz wie Sie meinen“, habe ich geantwortet.

Was er damit bezweckt, ist mir jedoch schleierhaft. Als

Bruder der Braut wäre es doch seine Aufgabe, sich mit den Gästen zu unterhalten.

Weil die Sonne scheint, hat er die Sonnenblende heruntergeklappt und wirft mir über den Spiegel immer wieder Blicke zu.

Ich tue so, als würde ich das nicht bemerken, obwohl es meine innere Unruhe schürt. Sein langer Blick in der Kirche, die Erinnerungen an unseren Tag und jetzt das ...

Was sollte das alles bringen außer Frust und Herzschmerz?

Du bist leider nur ein Vasall deines Vaters!, denke ich, stoße einen unglücklichen Seufzer aus und fange mir dafür erneut einen Blick von ihm ein.

Jetzt sind es nur noch ein halber Tag und eine Nacht, die ich überstehen muss. Morgen ist der Spuk vorbei, denn Salazar reist mit seiner Familie ab und wir werden uns nie mehr wiedersehen.

Doch der Gedanke daran macht mich auch nicht glücklicher ...

Wir parken vor dem Hotel und ich steige schnell aus, um der Braut, die in der zweiten Limousine ankommt, aus dem Auto zu helfen. Aber Salazar ist schneller als ich und nachdem sie ausgestiegen ist, umarmt er seine Schwester ein weiteres Mal.

Das ist wohl die einzige Frau, die er liebt, denke ich frustriert.

Ich warte wieder, bis alle Gäste angekommen sind, und betrete dann ebenfalls den Garten des Hotels. Das bereitstehende Dienstpersonal bietet Champagner und Canapés an. Das Streichquartett hat bereits Stellung bezogen und spielt nun ein paar Evergreens, begleitet von der Sängerin.

Ich freue mich schon darauf, wenn später die Band kommt und danach Nicolas, um in den Pausen und bis zum Ende der Feier aufzulegen.

Bevor ich den Punkt Champagnerempfang auf meiner Liste abhake, lasse ich meinen Blick über die Gäste schweifen.

Alejandro unterhält sich mit seiner Schwester. Señor Alonso steht bei seiner Herzensdame und redet auf sie ein.

Heute hat mich der charmante Cousin bisher links liegen lassen und das ist mir sehr recht, denn ich habe anderes zu tun, als für seine Eifersuchtsspiele zur Verfügung zu stehen.

Das Brautpaar zieht sich bis zum Abendessen in seine Suite zurück. Die meisten Gäste tun es den beiden nach, aber einige bleiben im Freien sitzen und genießen die warmen Sonnenstrahlen.

Nach einem letzten kontrollierenden Blick kann ich mich zurückziehen und mir eine kleine Verschnaufpause gönnen, denn hier gibt es für mich im Moment nichts zu tun.

Deshalb suche ich mein Büro auf und lege mich auf das schmale Klappbett.

Nur eine halbe Stunde, nehme ich mir vor.

Dann werde ich erneut einen Rundgang durch das Hotel machen und schauen, ob alles seinen gewünschten Gang nimmt.

~

Wir haben kurz nach acht Uhr. Die Gäste sitzen auf den ihnen zugedachten Plätzen. Marisol hat ein neues Brautkleid angezogen. Es ist knielang, damit sie später ungehindert tanzen kann. Sie sieht hinreißend darin aus.

An ihrem Tisch haben wieder dieselben Leute wie gestern Abend Platz genommen: die Señores Salazar, neben Alejandro seine zukünftige Braut Señorita Elena. Außerdem Señor Alonso und andere Verwandte.

Für mich ist kein Platz frei und das habe ich bewusst so eingefädelt. Ich will keine Wiederholung des gestrigen Abends und ich will auch nicht mit ihnen essen.

Die Emotionen des Tages liegen mir im Magen und wiegen schwer. Also schaue ich nur, ob alles in Ordnung ist und verziehe mich wieder in mein Büro. Sollte während des Essens irgendetwas zu regeln sein, wird man mich rufen.

Die Band hat auch schon alles aufgebaut und einen Soundcheck gemacht. Jetzt sitzen die Musiker in der Küche und bekommen eine abgespeckte Version des Hochzeitsessens serviert. Sie sollen sich ja nicht vollstopfen und danach zu müde zum Spielen und Singen sein.

Nicolas ist auch schon da, denn das gute Essen wollte er sich nicht entgehen lassen.

Ich sitze an meinem Schreibtisch und starre Löcher in die Luft. Zu mehr bin ich nicht in der Lage. Die letzten Tage waren anstrengend. Vor allem, was meine Gefühlslage betrifft.

Als es an der Tür klopft, zucke ich zusammen.

„Ja bitte?“, rufe ich.

Einen Moment später steht Señor Alonso vor mir.

„Wo bleiben Sie denn? Der Gruß aus der Küche wurde schon serviert.“

„Ich habe jemanden aus der Familie auf diesen Platz gesetzt.“

„Nein, der ist leer. Nun kommen Sie schon!“

„Das muss ein Irrtum sein. Ich habe ...“

„Bitte tun Sie mir den Gefallen, Señorita! Alejandro will mir seinen Stuhl überlassen, damit ich neben Elena sitzen kann. Aber das geht nur, wenn Sie mitmachen.“

Oh nein!, denke ich entsetzt. *Ich will nicht neben ihm sitzen.*

„Ich habe am Tisch der Brautleute nichts zu suchen!“

„Dort waren Sie gestern doch auch schon.“

„Das war etwas anderes.“

„Marisol hat mich ausdrücklich gebeten, Sie zu holen.“

„Sie schwindeln mich an.“

„Wollen Sie wirklich, dass die Braut an ihrem großen Tag das Abendessen unterbrechen muss, um in Ihr Büro zu eilen und Sie zu holen?“

„Sie schwindeln!“, wiederhole ich.

„Lassen Sie es darauf ankommen. Ich kann Marisol auf der Stelle anrufen."

Er zückt sein Smartphone und während sein Finger über der Tastatur schwebt, wirft er mir einen eindringlichen Blick zu.

Ich schüttle den Kopf. Denn ich kann mir nicht vorstellen, dass die Braut an so einem wichtigen Tag ihr Handy eingesteckt hat.

„Ja, hallo?", höre ich jedoch ihre Stimme.

„Sie will nicht kommen."

„Dann hole ich sie."

„Nein!", rufe ich entsetzt.

Die beiden sind im Begriff, mir meine bisher perfekte Organisation kaputtzumachen.

„Das geht doch nicht. Ich komme."

Ich werfe Señor Alonso einen strafenden Blick zu.

„Nun machen Sie schon, nachdem Sie mich derart erpresst haben", zische ich.

Grinsend reicht er mir seinen Arm.

44

VIVIEN: AUF DIE LIEBE!

Mein dummes Herz klopft wieder einmal heftig, als ich Alejandro Salazar erblicke. Er sieht einfach fabelhaft aus. Das tut er immer. Aber der Smoking setzt seinem Aussehen noch die Krone auf.

Als er mich entdeckt, springt er auf, eilt um den Tisch herum, zieht einen der beiden leeren Stühle weg und macht eine auffordernde Handbewegung.

Ich werfe ihm einen kühlen Blick zu.

„Danke, aber ich schaffe es auch alleine“, erkläre ich hoheitsvoll.

Nachdem ich mich gesetzt habe, nimmt er ebenfalls Platz und ich frage mich, was hier gespielt wird. Wieso macht er den Stuhl neben seiner Zukünftigen für den Rivalen frei?

„Welchen Wein darf ich dir einschenken, Vivien?“, fragt er mich.

„Bemühen Sie sich nicht, Señor Salazar“, wehre ich ihn ab.

„Weiß- oder Rotwein, Vivien? Oder möchtest du zuerst ein Glas Champagner?“, übergeht er meinen Einwand.

„Danke, ich trinke Wasser und das kann ich mir selbst einschenken“, erwidere ich, greife nach der Flasche und fülle mein Glas.

„Interessant, wie stur du sein kannst“, quittiert er das mit einem süffisanten Lächeln.

„Geradlinigkeit ist eine *meiner* Stärken“, erkläre ich.

„Wie darf ich das verstehen?“

„Am besten gar nicht.“

„Warum nicht?“

„Ich wüsste nicht, wozu.“

„Um dich besser kennenzulernen.“

„Das ist nicht nötig, nachdem ich *Sie* kennengelernt habe.“

„Ich verstehe. Für mein schlechtes Verhalten möchte ich mich in aller Form bei dir entschuldigen.“

Ich stoße ein spöttisches Lachen aus.

„Ach ja? Schlechtes Verhalten nennen Sie das? Ich hätte ein drastischeres Wort gewählt.“

„Feigheit? Nun, dann bitte ich eben dafür um Verzeihung.“

Ich betrachte ihn mit hochgezogener Augenbraue, während mein Herz gegen meine Brust hämmert.

„Handelt es sich nicht eher um etwas, das Sie sich selbst verzeihen müssen?“, rutscht es mir von den Lippen.

Er sieht mich nachdenklich an und gerade, als ich meinen Blick von ihm abwenden will, nickt er.

„Wie scharfsinnig Sie sind“, erklärt er voller Bewunderung. „Und ja, sie haben tatsächlich recht.“

Darauf weiß ich nichts zu antworten. Deshalb nehme ich mein Glas und trinke es hastig in einem Zug leer. Das ist ein Fehler, denn nun bekomme ich wieder einmal einen Schluckauf.

Schnell halte ich die Luft an und bete, dass mir das hilft.

Wenn Salazar jetzt eine blöde Bemerkung macht, bin ich weg!

„Es tut mir wirklich leid, Vivien“, sagt er stattdessen zärtlich.

Ich glaube, nicht richtig gehört zu haben.

Hat er diesen Tonfall angeschlagen, um mich von meinem Schluckauf zu befreien?

Es hat jedenfalls gewirkt.

„Wird Señorita Elena nicht verstimmt sein, weil ihr Zukünftiger sich neben eine andere Frau gesetzt hat?“, spotte ich.

„Ist *das* deine Antwort auf meine Entschuldigung?“, fragt er.

In seiner Stimme schwingt Enttäuschung mit.

„Ich verstehe nicht ganz, warum es Ihnen so wichtig ist, dass ich Ihnen verzeihe. Ist das nicht völlig egal? Was passiert ist, ist passiert.“

„Es ist eben nicht jeder so geradlinig wie du, Vivien. Manch einer muss einen Umweg machen, um wieder zurück auf den richtigen Weg zu kommen. Und was Señorita Elena anbelangt: Sie ist *nicht* meine Zukünftige.“

Das muss ich erst kurz verdauen.

„Warum nicht?“, stelle ich kurz darauf eine grenzdebile Frage.

„Sie liebt mich nicht.“

Verdammt schlechte Antwort!

„Sie Armer! Ich bedaure Sie sehr. Und bewundere Sie für Ihre Großherzigkeit, die Dame Ihrem Cousin zu überlassen.“

Meine Stimme trieft vor Sarkasmus, als ich das sage.

„Da gibt es nichts zu bedauern, denn ich liebe sie ja auch nicht. Mit einer Verbindung hätten wir nur unsere Väter glücklich gemacht.“

„Was ein braver Sohn ist, der ...“

„Entschuldigung, Señorita!“, unterbricht er mich in einem derart scharfen Tonfall, dass ich zusammenzucke. „Ich bin nicht auf dieser Welt, um meinen Vater glücklich zu machen!“

Er funkelt mich wütend an. Habe ich etwa einen wunden Punkt getroffen?

„Ich sollte mich wieder meiner Arbeit zuwenden“, erkläre ich und will aufstehen.

„Bitte bleib sitzen!“, fordert er im Befehlston.

„Wenn Sie mich so *nett* darum bitten?“, antworte ich.

Aber der wirkliche Grund, sitzen zu bleiben, ist die Angst,

Aufsehen zu erregen und das würde meiner Auffassung eines perfekten Festes widersprechen.

„Danke", sagt er schnell und nun ist seine Stimme auch wieder weicher.

Er trinkt einen Schluck Wein. Dann sieht er mich eindringlich an.

„Ich weiß, dass es nicht in Ordnung war, nach unserer wunderschönen Nacht einfach aus der Suite zu verschwinden. Und du hast recht, wenn du sagst, ich müsste mir das selbst verzeihen."

Ich schlucke schwer. Meint er das wirklich ernst? Oder ist es nur ein Spruch?

„Dennoch würde ich mich freuen, wenn du mir dabei ein wenig helfen könntest."

Prüfend sehe ich ihn an, während ein Teil von mir dahinschmelzen will.

„Wenn es Ihnen so viel bedeutet, denke ich darüber nach. Aber dafür brauche ich ein wenig Zeit."

Ich muss diese verwirrende Situation erst einmal verdauen, füge ich in Gedanken hinzu.

Mein Herz klopft zur Bekräftigung einen Takt schneller, denn plötzlich kriecht eine irrwitzige Hoffnung in mir hoch.

Lass das!, ermahne ich mich aus Angst vor einer neuen Enttäuschung.

Womöglich ist das gerade nur eine Laune von ihm und morgen sieht er alles wieder anders.

„Ich lasse dir alle Zeit der Welt", versichert er. „Darf ich dir *jetzt* ein wenig Wein einschenken?"

Ich nicke, denn mein Mund ist plötzlich ganz trocken. Einen Moment später schüttle ich den Kopf.

„Ich muss mich um den weiteren Ablauf des Abends kümmern und dafür brauche ich einen klaren Verstand."

„Das musst du nicht, denn du hast alles perfekt organisiert und sollte doch noch eine Frage auftauchen, wird man auf dich zukommen. Zudem ist der Hotelmanager auch anwesend."

„Den Hotelmanager damit belästigen?“, widerspreche ich entsetzt. „Das kommt überhaupt nicht in Frage!“

Ich habe mir so viel Mühe gegeben und will Señor Pérez um eine schriftliche Referenz bitten. Da kann ich mir am heutigen Abend keinen Patzer erlauben.

Auch dann nicht, wenn mein Herz schreit: Bleib bei ihm!

„Sie können nicht einfach so über mich bestimmen, Señor Salazar!“, mache ich ihm klar.

„Oh doch, das kann ich, denn ich bin nicht nur der Kunde des Hotels, sondern habe auch etwas bei dir wiedergutzumachen. Welchen Wein darf ich dir also einschenken?“

„Weißwein“, antworte ich mit zusammengebissenen Zähnen.

Grinsend füllt er mein Glas und reicht es mir. Dann prostet er mir zu.

„Auf dein Wohl, Vivien“, sagt er. „Und jetzt wirst du mich gefälligst wieder duzen.“

Ich werfe ihm einen strafenden Blick zu, den er mit einem Grinsen quittiert, und trinke.

Nachdem ich mein Glas abgestellt habe, lasse ich meinen Blick zur gegenüberliegenden Tischseite schweifen. Marisol strahlt ihren Ehemann an und streichelt ihm über die Hand. Señor Alonso sitzt neben Señorita Elena und schmachtet sie verliebt an. An seiner anderen Seite thront Señor Salazar.

Der schießt Giftpfeile auf mich ab.

„Möchtest du mir *bitte* erklären, wieso diese Frau schon wieder an unserem Tisch sitzt, Alejandro?“, fragt er mit einer derart kalten Stimme, dass mich fröstelt.

Ich hefte meinen Blick auf Alejandro.

Jetzt kommt es darauf an!, schießt es mir durch den Kopf. *Nun wird sich zeigen, ob er doch der brave Sohn ist oder ob er Mumm in den Knochen hat.*

„*Diese Frau*“, Alejandro macht eine kleine Kunstpause. „Heißt Vivien Hallberg und *ich* habe sie eingeladen, neben mir Platz zu nehmen.“

„Darüber sprechen wir später!“, droht sein Vater.

„*Sehr* gerne“, antwortet Alejandro und obwohl er diese beiden Wörter leise sagt, hören sie sich mindestens genauso bedrohlich an.

Ob er sich tatsächlich – *wie* Señor Alonso es gestern Abend genannt hat – von seinen Fesseln, die man ihm seit der frühesten Kindheit angelegt hat, befreien will?

Das ist vielleicht nur ein halbherziger Versuch, von dem er schon morgen einen Rückzieher macht, befürchte ich.

„Ich bitte dich, das unhöfliche Verhalten meines Vaters zu entschuldigen“, wendet Alejandro sich an mich, nimmt meine Hand und haucht einen Kuss darüber.

Mein Körper reagiert mit einer wohligen Gänsehaut auf seine Berührung.

„Ich freue mich sehr, dass du neben mir sitzt. Du hättest allen Grund, verstimmt zu sein.“

„Verstimmt ist ein harmloses Wort für das, was ich empfunden habe“, antworte ich kühl.

Er wirft mir einen zerknirschten Blick zu.

„Ich gestehe, dass ich von der Situation ein wenig überfordert war und erst einmal meine Gedanken sortieren musste.“

„Und dein Vater scheint mit der *aktuellen* Situation überfordert zu sein.“

„Das ist *sein* Problem.“

„Ist das tatsächlich so?“, zweifle ich.

„Natürlich“, antwortet er. „Ich habe mich lange genug von ihm bestimmen lassen. Damit ist jetzt Schluss.“

Er nimmt erneut sein Glas hoch.

„Trinken wir auf uns.“

Bei seinen Worten gibt mein Herz ordentlich Gas und ich befürchte, dass jeder im Ballsaal hören kann, was mit mir los ist.

Ich nehme ebenfalls mein Glas und jetzt schaue ich ihm zum ersten Mal seit jener Nacht tief in die Augen, als ich ihm zuproste. Und auch während ich einen Schluck trinke, wende ich meinen Blick nicht von ihm ab.

Reiß dich zusammen!, ermahnt mich meine innere Stimme, denn der Hoffnungsschimmer verwandelt sich gerade in einen Hoffnungsstrahl.

Ein Ober stellt Teller vor uns ab, auf denen etwas, das sehr verlockend duftet, kunstvoll angerichtet ist. Ich müsste wissen, was es ist, denn ich habe das Menü mit der Küche besprochen, aber mein Kopf ist leer. Dafür ist mein Herz umso voller.

Nachdem alle die Vorspeise serviert bekommen haben, greife ich automatisch zur Gabel, fülle sie und führe sie zum Mund. Aber es ist mir völlig egal, was ich esse. Ich sitze neben Alejandro und erlebe gerade ein Wunder.

Nur nicht zu früh freuen!

„Schmeckt es dir, Vivien?“, fragt er.

„Ja. Und dir, Alejandro?“

„Ich hätte jetzt viel mehr Lust darauf, dich zu küssen“, antwortet er. „Wenn das nicht gerade die Hochzeit meiner Schwester wäre, würde ich dich schnappen und hoch in meine Suite tragen.“

„Das willst du ganz sicher nicht tun“, widerspreche ich.

„Wie kommst du darauf?“

„Es würde dir nicht gut bekommen.“

„Weil du noch verärgert bist?“

Ich nicke.

„Du bist eine wundervolle Frau, Vivien. Weißt du das eigentlich?“

„Das wurde mir schon ein-, zweimal gesagt“, spotte ich.

Dass sich meine Wangen röten, kann ich jedoch nicht verhindern.

Die Teller werden abgeräumt. Die von Alejandro und mir sind noch zur Hälfte gefüllt.

Marisol klopft an ihr Glas, nimmt es hoch und schaut ihren Bruder an.

„Auf die Liebe!“, sagt sie mit einem wissenden Lächeln.

Dann sieht sie auffordernd in die Runde, bis alle nach ihren Gläsern gegriffen haben.

Alle, bis auf ihren Vater.

„Willst du uns nicht auch die Ehre erweisen, mit uns anzustoßen?“, fragt sie.

„Auf die Liebe, auf die Liebe! Es gibt viel wichtigere Dinge im Leben“, schimpft er vor sich hin.

„Du irrst dich, Vater! Liebe ist das Wichtigste, was es gibt.“

„Auf die Liebe“, sagt Alejandro so laut, dass auch die anderen am Tisch – einschließlich mir – einstimmen.

Das motiviert die restlichen Gäste, ebenfalls ihre Gläser zu erheben, und dann klingt es durch den ganzen Raum.

„Auf die Liebe!“

45

VIVIEN: UNGLEICHER TANZ

Das Essen mit seinen unzähligen Gängen ist beendet. Endlich kann ich dem zornigen Blick, den Señor Salazar abwechselnd seinem Sohn und mir zukommen lässt, entkommen.

Alejandro scheint sich nicht daran zu stören. Gut gelaunt unterhält er sich mit mir und seinen Verwandten am Tisch.

Der Hoffnungsstrahl in meinem Inneren breitet sich aus und wärmt mich mit jedem Mal, wenn er meine Hand berührt oder mir einen liebevollen Blick schenkt.

Da er sich mir für jeden sichtbar zuwendet, muss er doch ernste Absichten haben. Oder?, frage ich mich.

Das Streichquartett stimmt einen Walzer an. Señor Mendez hat sich schon erhoben, um seine Braut zum Tanz aufzufordern.

Die beiden schweben über die Tanzfläche, als hätten sie niemals etwas anderes getan. Fasziniert schaue ich ihnen zu.

„Marisol ist in jeder Hinsicht die perfekte Braut", stelle ich fest.

„Ja, das ist sie", bestätigt Alejandro.

„Du liebst sie sehr", mutmaße ich, obwohl es offensichtlich ist.

„Wir waren unser Leben lang unzertrennlich, denn es war niemand anderes für uns da."

Mitgefühl überflutet mich, als ich das höre.

„Das tut mir sehr leid."

Er schenkt mir ein zärtliches Lächeln.

„Das muss es nicht. Die harten Zeiten sind längst vorbei. Marisol hat ihr Glück gefunden und ich meins ... vielleicht auch?"

Fragend sieht er mich an.

Ich schenke ihm ebenfalls ein Lächeln. Ein etwas unsicheres und zweifelndes Lächeln. Dieser plötzliche Umschwung, diese offene Zugewandtheit ist zwar zauberhaft und lässt mich vor Erwartung beben, aber mir fehlt noch das Vertrauen, dass solch ein Wunder tatsächlich geschehen soll.

Da fange ich erneut einen bohrenden Blick seines Vaters auf.

„Das scheint nicht jeder hier am Tisch so zu sehen", erkläre ich.

Alejandro versteht sofort, was ich meine.

„Mach dir keine Gedanken, Vivien. Ich werde das mit meinem Vater regeln. Aber jetzt will ich zuerst einmal mit dir tanzen. Beherrschst du den langsamen Walzer?"

„Ja, aber es ist unmöglich, dass ich mit dir tanze. Du im Smoking und ich im Businessanzug."

Ich verdrehe die Augen.

„Was soll Señor Pérez von mir denken? Ich bin hier, um meinen Job zu machen. Gleich tritt die Band auf und ich muss ..."

„Vergiss bitte für einen Moment dein Pflichtbewusstsein, Vivien. Was soll Señor Pérez schon dagegen haben, wenn du seinem Kunden einen Wunsch erfüllst? Das gehört mit zu deinem Job", erklärt er grinsend. „Nun komm schon."

Er erhebt sich, verbeugt sich und streckt mir seine Hand hin.

„Aber das Brautpaar ... Das ist doch *ihr* Tanz“, protestiere ich.

„Es wird bereits das zweite Lied angestimmt. Als Marisols Bruder muss ich den Anfang machen, damit auch die anderen Gäste sich trauen.“

Er nickt Señor Alonso zu und dieser erhebt sich ebenfalls und verbeugt sich vor seiner Herzensdame.

„Aber nur einen Tanz“, schränke ich ein.

„Komm!“

Mit zitternden Knien folge ich ihm.

„Werden eure Gäste es nicht seltsam finden, wenn der Bruder der Braut mit der Eventmanagerin tanzt?“, versuche ich, dem Unvermeidlichen doch noch zu entfliehen.

„Wen interessiert das? Sie werden ohnehin bemerken, dass wir ein Paar sind.“

Ich bleibe wie angewurzelt stehen.

„Wir ... wir sind ein Paar?“, frage ich entgeistert. „Wann haben wir das denn beschlossen?“

„So etwas beschließt man nicht. Das passiert einfach“, sagt er und zwinkert mir zu.

„Darüber reden wir noch!“, drohe ich ihm.

„Darauf freue ich mich schon“, antwortet er lächelnd, ergreift meine Hand, legt seinen Arm um mich und ich folge seinen Schritten mit heftig zitternden Knien, was garantiert nicht nur daran liegt, dass ich schon seit Langem keinen Walzer mehr getanzt habe.

So schweben auch wir über das Parkett und inzwischen sind wir drei Paare, zu denen sich glücklicherweise noch weitere Gäste gesellen.

Alejandro führt mich mit sicherer Hand und ich folge ihm, während ich mich frage, ob ich wirklich loslassen und mich dem wundervollen Gefühl, in seinen Armen zu liegen, hingeben darf.

Oder ist das alles nur der Traum eines Aschenputtels, aus dem es ein böses Erwachen geben wird, weil sie sich in den unerreichbaren Prinzen verliebt hat?

Wenig später gehe ich zur Band, um zu schauen, ob alles in Ordnung ist und stelle zufrieden fest, dass sich die Musiker dem Anlass entsprechend gekleidet haben: Schwarze Hose, schwarzes Hemd und ein verwegenes rotes Tuch um den Hals.

„Natürlich. Alles ist bestens", bestätigt Antonio. „Passt es, wenn wir in zehn Minuten beginnen?"

„Das ist perfekt", bestätige ich und wende mich Zoé zu, die ich um ihr wunderschönes Kleid in Rot beneide.

„Ich bin ja schon öfter in feinen Hotels aufgetreten. Aber dieses hier schlägt alle um Längen", schwärmt sie. „Das Essen war mit Abstand das Beste, was mir jemals vorgesetzt wurde."

„Hier arbeiten ein paar fantastische Köche", bestätige ich. „Und jetzt bin ich sehr gespannt, wie ihr gleich die vornehmen Gäste dazu bringen werdet, so richtig aus sich herauszugehen."

„Das wird uns gelingen. Darauf kannst du dich verlassen!", versichert sie.

Zufrieden nickend wende ich mich ab und gehe in Richtung Küche. Nach dem ausgiebigen Menü wird es noch einen Mitternachtssnack geben, der garantiert eine ganz andere kulinarische Bezeichnung verdient hätte.

Da höre ich hinter einer fast deckenhohen Stellwand, die den Küchenbereich vom öffentlichen Raum abtrennt, eine strenge Männerstimme.

Ruckartig bleibe ich davor stehen.

„Was denkst du dir dabei, mit diesem Nichts zu tanzen? Vor den Augen unserer Gäste. Vor den Augen von Elena! Bist du denn von allen guten Geistern verlassen?"

„Sprich nicht so über Vivien", antwortet Alejandro.

Seine Stimme klingt irgendwie ... so ... so schwächlich. Als wüsste er, dass jedes seiner Worte vergeblich ist.

Das war es dann also mit meinem Aschenputteltraum ..., schießt es mir durch den Kopf.

Die Enttäuschung und der Schmerz, ihn erneut zu verlieren, hauen mich fast um.

„Ich spreche, wie es mir gefällt. Du gehst jetzt sofort zu Elena und bittest sie um Entschuldigung. Am besten machst du ihr gleich einen Heiratsantrag. Du weißt genau, wie wichtig mir die Fusion der beiden Firmen ist. Kleidung und Schuhe! Besser geht es nicht. Los! Nun mach schon! Und keinen Blick mehr auf dieses Nichts. Ich sorge dafür, dass sie im hohen Bogen aus dem Hotel fliegt!"

Ich zittere vor Wut, als ich seine Worte höre.

Was bildet dieser bösartige Mensch sich ein?

Und Alejandro?

Der schweigt!

Wusste ich es doch ...

Ich will losgehen, will von diesem Ort, an dem meine Träume gerade endgültig geplatzt sind, fliehen. Aber ich kann mich nicht von der Stelle rühren, denn ich fühle mich wie gelähmt.

„Weißt du was, Vater?", beginnt Alejandro nun doch zu sprechen. „Du kannst dir diesen Heiratsantrag und deine ausgeklügelten Pläne einer Fusion sonst wohin schieben! Die Zeiten, in denen ich mich wie eine Marionette von dir dirigieren ließ, sind endgültig vorbei."

„Was faselst du da für einen Unsinn? Du bist der Erbe eines Milliardenimperiums, das nur dank meiner strategischen Vorgehensweise so groß geworden ist, und wirst tun, was ich dir befehle."

„Von diesem Gedanken wirst du dich verabschieden müssen!", antwortet Alejandro mit fester Stimme.

„Ändere auf der Stelle deine Meinung oder du fliegst aus meinem Unternehmen. Keinen Cent wirst du mehr von mir bekommen!"

Wieder herrscht einen Moment Schweigen.

„Soll ich dir etwas verraten, Vater? Deine Worte machen es mir außerordentlich leicht, alles hinzuwerfen. Ich wünsche dir noch ein gutes Leben."

Einen Wimpernschlag später kommt er um die Ecke geschossen und rennt in mich hinein.

„Da bist du ja, Vivien! Komm bitte mit mir!"

46

VIVIEN: GESTÄNDNISSE

Alejandro nimmt meine Hand und zieht mich mit sich. Noch sprachlos wegen der Auseinandersetzung, die ich mit angehört habe, folge ich ihm.

Die Band fängt gerade an zu spielen, als wir das Hotel verlassen, die riesige Terrasse überqueren und uns ein Stück von den Gästen entfernen.

Als niemand mehr in der Nähe ist, bleiben wir stehen. Alejandro sieht mir tief in die Augen.

„Ich habe dich vermisst", sagt er.

„Davon habe ich nichts gemerkt", erwidere ich.

„Es tut mir leid."

„Ich weiß. Und jetzt glaube ich es dir auch."

„Jetzt?"

„Seit ich gehört habe, was dir dein Vater an den Kopf geworfen hat und wie du darauf reagiert hast."

„Er hat in seiner üblichen Art ausgeteilt."

„Eine schreckliche Art ist das."

„Lass uns nicht darüber reden. Wir haben Besseres zu tun."

„Aber er hat gesagt, dass er dich aus seinem Unternehmen wirft, wenn du nicht ..."

„Mach dir darum bitte keine Gedanken. Ich habe mit dieser

Reaktion natürlich gerechnet. Und glaube mir: Ich werde deshalb nicht auf der Straße stehen."

Er nimmt mein Gesicht zwischen seine Hände.

„Hast du überlegt, ob du mir noch böse sein willst?"

Ich schüttle den Kopf.

„Nicht böse sein oder nicht überlegt?"

„Beides."

„Beides? Das ist schwierig", sagt er lächelnd.

„Ich bin dir nicht mehr böse", versichere ich.

Sein Lächeln wird zu einem Leuchten und dann spüre ich seine Lippen auf meinen und wir versinken in einem endlos langen Kuss. Es ist wundervoll im wahrsten Sinne des Wortes, hier mit ihm zu stehen, gehalten von seinen Armen, ihn ganz nah zu spüren und zu wissen, dass jetzt alles gut wird.

Plötzlich klingen neue Töne an mein Ohr. Das muss Nicolas sein, der in den Pausen auflegt.

Widerwillig löse ich mich von Alejandro.

„Ich müsste mich mal kurz drinnen blicken lassen", erkläre ich.

„Wozu? Es gibt nichts mehr zu planen. Der Abend läuft."

„Aber ich will sicher sein, dass es tatsächlich so ist."

„Bist du jemand, der gerne kontrolliert?", fragt er zärtlich.

Ich muss wegen seiner direkten Frage grinsen.

„Hm ... kann schon sein. Also so ein wenig. Aber das gehört schließlich zu meinem Job und außerdem habe ich Marisol versprochen, dass es ein unvergessliches Fest sein wird."

„Gut. Dann gehen wir rein. Aber um zu tanzen."

Er nimmt mich erneut in seine Arme und drückt mich an sich.

„Obwohl ich jetzt viel lieber alleine mit dir wäre."

„Ich auch", hauche ich, denn ich erinnere mich daran, was in der Nacht passiert ist, die wir zusammen verbracht haben.

„Doch ich muss mich meiner Schwester zuliebe auch wieder blicken lassen", sagt er.

„Dann lass uns gehen. Ich schau kurz, ob alles in Ordnung ist, und du gehst zu deiner Schwester."

„Eine halbe Stunde gebe ich dir. Dann wird getanzt, bevor ich dich in meine Suite entführe."

„Wenn ich mich entführen lasse", antworte ich mit einem verschmitzten Lächeln.

Er wirft mir einen strengen Blick zu.

„Das wirst du."

„Könnte sein."

„Komm!"

Wieder nimmt er meine Hand und wir betreten das Hotel. Ich gehe zu Nicolas und bewege fragend meinen ausgestreckten Daumen. Er schenkt mir ein fettes Grinsen.

„Du hast dich mit der Band abgesprochen?"

„Natürlich."

Ich mache ein letztes Mal meinen Rundgang durchs Hotel, um beim Front-Office-Manager, dem Restaurantmanager und dem Küchenchef vorbeizuschauen und nachzufragen, ob es noch etwas zu regeln gibt.

Aber nein, es ist alles bestens.

Danach gehe ich zurück in den Ballsaal und sehe dem ausgelassenen Treiben zu. Der Alkohol hat die steife Atmosphäre gesprengt. Selbst die älteren Herrschaften drängen sich auf der Tanzfläche.

Mein Blick bleibt an Señor Salazar hängen, der alleine am Tisch sitzt. Er scheint gedanklich ganz woanders zu sein. Ob er wohl über die Konsequenzen seiner Drohung nachgrübelt?

Kopfschüttelnd drehe ich mich um. Dann eile ich in den Umkleideraum. Ich ziehe den Businessanzug aus und schlüpfe in das hübsche Kleid, das ich mir kürzlich gekauft habe und die dazu passenden High Heels. Wegen Alejandros Kuss ist mein Lippenstift komplett verschwunden. Deshalb trage ich neuen auf.

Das könntest du dir sparen, sage ich mit einem verwegenen Lächeln zu meinem Spiegelbild.

Ich betrachte mich in meinem Outfit und nicke zufrieden. Zwar bin ich nicht so edel und teuer gekleidet wie die Hochzeitsgäste, aber ich fühle mich wie Aschenputtel in ihrem schönsten Kleid.

Schnell mache ich mich wieder auf den Weg in den Ballsaal. Die halbe Stunde ist sicher längst um und Alejandro wird bereits auf mich warten.

Das schadet nichts, denke ich. *Dadurch erhöht sich seine Vorfreude.*

Und meine auch!

Ich kann noch gar nicht glauben, was in den letzten Stunden passiert ist und bohre für einen Moment meine Fingernägel in die Handflächen.

Autsch!

Ich bin also wach, stelle ich grinsend fest, während ein prickelndes Glücksgefühl mich erfüllt.

Ich löse mich von meinem Spiegelbild, eile zurück in den Ballsaal und bleibe stehen, um Alejandro in der Menschenmenge auszumachen.

Da spüre ich zwei Arme, die sich von hinten um mich legen.

„Da bist du ja endlich. Und wie schön du aussiehst in deinem Kleid. Dann hast du deinen Job also endlich beendet?“, raunt er mir ins Ohr.

„Jetzt bin ich nur noch für dich da“, verspreche ich.

Er dreht mich zu sich um und küsst mich. Vor allen Leuten!

Ich schmelze dahin.

„Komm, wir tanzen“, sagt er zärtlich.

Wir mischen uns unter die Gäste, die uns teilweise erstaunt ansehen. Aber das haben sie vorhin beim Walzer auch schon getan. Ich lächle in alle Richtungen, denn ich kann gar nicht anders. Meine Mundwinkel wollen sich einfach nicht mehr nach unten bewegen.

Die Band spielt ihr zweites Set und groovt so richtig ab.

„Zufrieden mit der Musik?“, frage ich.

„Sehr zufrieden“, antwortet er.

„Dass du so gut tanzt, hätte ich dir bei unserer ersten Begegnung gar nicht zugetraut“, necke ich ihn.

„Wieso nicht?“

„Du warst so schrecklich förmlich.“

„Wie es sich für einen Businessman gehört“, verteidigt er sich.

Dann grinst er.

„Dass du so pflichtbewusst und zuverlässig sein könntest, hätte ich damals auch nicht erwartet.“

„Weil ich aus der Flasche getrunken und mich verschluckt habe? Man sollte sich eben nicht vom ersten Eindruck täuschen lassen.“

„Das kann ich nur bestätigen“, sagt er und grinst noch immer.

„Du hast mir auf den ersten Blick gefallen. Aber das ist ja auch kein Wunder“, verrate ich ihm.

„Wieso nicht?“

„Schaust du nicht in den Spiegel?“

„Doch. Morgens beim Rasieren zum Beispiel.“

„Dann weißt du ja, wie umwerfend du aussiehst.“

„Das wurde mir schon ein-, zweimal gesagt“, wiederholt er schmunzelnd meine Worte von vorhin.

„Tsts“, mache ich.

„Was tsts auch immer heißen mag ...“

Ich werfe ihm einen verliebten Blick zu.

„Wenn dieser Song zu Ende ist, gehen wir zur Band“, bestimmt er.

„Willst du dir ein Lied wünschen?“

„Ja! Ein langsames, damit ich dich fest in meine Arme nehmen kann.“

„Ich kann es kaum erwarten. Dass du mich in die Arme nimmst und ... noch viel mehr“, hauche ich ihm ins Ohr.

47

VIVIEN: HERZENSKÜSSE

Wir tanzen, lachen und trinken, teils draußen unter dem Sternenhimmel und teils drinnen im Ballsall, bis die Band mit ihren drei Sets durch ist und auch Nicolas schon seit einer Weile auflegt.

Das Feuerwerk ist längst vorbei und der Mitternachtssnack eingenommen. Inzwischen ist es so spät, dass die meisten Gäste sich verabschiedet haben. Auch Señorita Elena und Señor Alonso sind nicht mehr hier.

Ob sie wohl zusammen gegangen sind?

Dass Elena an Alejandros Cousin interessiert ist, steht außer Frage. So, wie sie mich gestern Abend mit bösen Blicken bedacht hat!

Auch Señor Salazar ist nicht mehr hier. Ich befürchte, dass man ihn nicht vermisst.

Nachdem nun fast nur noch Freunde des Paares anwesend sind, kann sich niemand darüber mokieren, dass der Bruder der Braut vor dem Ende des Festes verschwindet.

„Bist du mir sehr böse, wenn ich mich jetzt zurückziehe?“, fragt Alejandro deshalb seine Schwester.

„Natürlich nicht. Vivien hatte heute einen anstrengenden

Tag“, erwidert sie augenzwinkernd. „Sie muss sich sicher ausruhen.“

„Marisol!“, gibt Alejandro sich gespielt entsetzt.

„Alejandro!“, kontert sie gut gelaunt. „Wir werden noch ein wenig mit unseren Freunden feiern, dann schicken wir den DJ nach Hause. Ihr könnt euch also ruhig nach oben begeben.“

Ich stehe daneben und schaue von ihm zu ihr und umgekehrt. Fast ist mir das Geplänkel ein wenig peinlich. Doch da umarmt mich Marisol, als wären wir Freundinnen.

„Ich danke dir, dass meine Hochzeit tatsächlich zu einem unvergesslichen Ereignis wurde“, geht sie zum Du über. „Du hast alles perfekt organisiert.“

„Danke, Marisol“, antworte ich ein wenig verhalten.

Ich muss mich erst noch an die neue Situation gewöhnen.

„Gehen wir“, fordert Alejandro mich auf.

Lächelnd strecke ich ihm meine Hand entgegen. Ich kann es kaum erwarten, mit ihm alleine zu sein.

„Fühlst du dich gut, liebste Vivien?“, fragt er mich zärtlich, als wir im Aufzug stehen.

„Nein, liebster Alejandro.“

Erstaunt sieht er mich an.

„Was fehlt dir denn, damit du dich gut fühlen könntest?“, will er wissen. „Und Vivien?“

„Ja?“

„Dass ich dich jetzt gehen lasse, kannst du vergessen“, sagt er und sieht mich ganz ernst an.

„Es ist eher ein Zuviel als ein Zuwenig.“

„Zuviel wovon? Leute, Musik, Tanz?“

„Nein, es ist etwas anderes. Ich habe Schmetterlingsturbulenzen im Bauch.“

Sein Lachen klingt erleichtert.

„Und das macht dir ein schlechtes Gefühl?“

„Nein. Aber es macht mich ganz kirre.“

„Ist das etwas Schlechtes?“

„Nein", antworte ich erneut und schenke ihm ein verschmitztes Lächeln.

„Gegen Schmetterlinge im Bauch ist sicher kein Kraut gewachsen", bedauert er.

„Zum Glück nicht! Dieses Gefühl ist unbeschreiblich. Aber eben auch sehr aufregend."

„Schöner als das hier?", fragt er, zieht mich aus dem Aufzug und küsst mich.

Es vergeht eine Weile, in der wir uns aneinander schmiegen, unsere Zungen einen wilden Tanz aufführen und ich am liebsten mein Kleid loswerden und seine nackte Haut spüren will.

„Das ist das Zweitschönste", antworte ich und rücke ein wenig von ihm ab.

„Und was ist das Schönste?"

„Das, was wir gleich tun werden."

Da schnappt er sich meine Hand und rennt fast zu seiner Suite. Lachend lasse ich mich von ihm mitziehen.

„Ach, Alejandro ...", flüstere ich, als er die Tür hinter uns geschlossen hat und mich wieder auf seine Arme nimmt.

„Was ist denn, Liebes?"

„Ich bin so glücklich, dass du kein Arsch bist!"

Entsetzt sieht er mich an.

„Kein Arsch?"

„Ja! Kein arroganter, egoistischer Arsch, der es nur darauf angelegt hat, mich in sein Bett zu bekommen."

Lachend lässt er mich auf die Matratze plumpsen.

„Oder wolltest du lieber auf der Couch sitzen und dich ein wenig mit mir unterhalten?", neckt er mich.

„Oh nein! Auf gar keinen Fall."

Ich strecke meine Arme nach ihm aus.

„Komm her. Bitte. Jetzt gleich."

„Ihr Wunsch ist mir Befehl, Señorita", erklärt er lachend und lässt sich neben mir nieder.

Sein Blick ist so leidenschaftlich, dass eine Gänsehaut über meinen Körper krabbelt und mein Unterleib sich danach sehnt, von ihm eingenommen und besiegt zu werden.

Mit einem wissenden Lächeln streift er mein Kleid nach unten und stöhnt sehnsuchtsvoll auf, als ich – nur mit Dessous bekleidet – vor ihm liege.

Doch dann hält er inne, nimmt mein Gesicht zwischen seine Hände und schaut mich erneut intensiv an. Die Schmetterlinge flattern erneut wild durch meinen Bauch.

„Ich habe mich in dich verliebt, Señorita Vivien Hallberg. Dieses Gefühl ist neu für mich. Aber ich bin schon jetzt süchtig danach. Und dieses Wunder will ich mit dir ausleben. Ich bin glücklich, dich in meinen Armen zu halten und glaube mir: Ich werde dich nicht mehr loslassen!"

„Das klingt wie die schönste Drohung, die ich jemals gehört habe, Señor Alejandro Salazar. Ich freue mich schon darauf, dass du sie wahr machst."

„Worauf du dich verlassen kannst und jetzt küss mich, wie du noch nie einen Mann geküsst hast."

Und das tue ich. Hingebungsvoll, zärtlich und voller Verlangen nach diesem schrecklich wundervollen Kerl …

EPILOG

Als ich am nächsten Morgen die Augen aufschlage und sehe, wo ich bin, wende ich sofort den Kopf zur Seite, obwohl das gar nicht nötig wäre. Denn ein Männerarm umschlingt mich und hält mich fest.

Er ist noch da!, denke ich.

Ein irrsinniges Glücksgefühl rollt wie eine große Welle auf mich zu und trägt mich mit sich fort.

Er ist noch da ...

Natürlich habe ich nach allem, was gestern geschehen ist, nicht daran gezweifelt.

Trotzdem fühle ich mich jetzt leicht wie eine Feder.

Vorsichtig drehe ich mich zu ihm um. Ich will ihn in aller Ruhe betrachten.

Da schlägt auch er seine Augen auf und ein Strahlen geht über sein Gesicht.

„Da bist du ja", raunt er.

„Ja, da bin ich", flüstere ich verliebt.

„Hast du gut geschlafen?"

„Natürlich! Nach dieser wundervollen Nacht?"

„Ja, es war atemraubend, dich zu spüren. Deine Leidenschaft, deine Hingabe. Ich befürchte, dass ich von dir nicht genug bekommen kann."

Er gibt mir einen Kuss.

„Hoffentlich kannst du damit umgehen, dass ich dich ab jetzt mit Zärtlichkeiten überhäufe", neckt er mich.

„Da kannst du dir ganz sicher sein", antworte ich lächelnd und küsse ihn ebenfalls.

Einen Augenblick später zucke ich erschrocken zusammen, denn mir ist etwas eingefallen.

„Oh nein!"

„Was ist los?"

„Ich muss ja heute auch noch arbeiten!", stöhne ich.

„Dein Job ist mit dem Ende der Hochzeit doch erledigt. Alles Weitere werden unsere Gäste alleine regeln müssen. Sie sind ja schon erwachsen", erklärt er mit einem schiefen Lächeln.

„Leider muss ich Nacharbeiten erledigen. Die Aufstellung der Dienstleister zum Beispiel, damit die Buchhaltung des Hotels einen Nachweis über die erbrachte Leistung hat, wenn die Rechnungen eintrudeln."

„Am Samstag?"

„So ist es vereinbart. Ab morgen verbringe ich hier offiziell eine Woche Urlaub."

„Im diesem Hotel?", wundert er sich.

„Álvaro, der Besitzer, hat mir das angeboten, weil ich meinen Urlaub unterbrochen habe, um Marisols Hochzeit zu organisieren."

Verwundert schüttelt er den Kopf.

„Das musst du mir noch genauer erklären. Ich weiß viel zu wenig über dich."

„Geht mir umgekehrt auch so."

„Dann sind wir uns ja einig, dass wir viel Zeit miteinander verbringen müssen, um uns gegenseitig zu erkunden", sagt er mit einem anzüglichen Grinsen.

„Oh ja, das müssen wir! Unbedingt“, stimme ich ihm begeistert zu.

„Vielleicht entdeckst du an mir Eigenschaften, die du ganz und gar schrecklich findest?“

„*Das* habe ich schon hinter mir.“

„Du meinst mein Verhalten, als wir uns kennengelernt haben?“

„Du hast dich sehr dünkelhaft benommen.“

„Ich würde es eher genervt nennen. Zuerst war alles weitestgehend geregelt, dann tauchte plötzlich eine neue Mitarbeiterin auf und die Dinge mussten neu besprochen werden.“

„Eine Mitarbeiterin mit einem unmöglichen Benehmen“, ergänze ich. „Du bist übrigens viel zu früh in den Besprechungsraum gekommen. Ich hatte einen Schluckauf und deshalb die Flasche an den Mund gesetzt.“

„Warst du so aufgeregt?“

„Nein, so hungrig“, kichere ich. „Ich hatte zwei von diesen leckeren Sandwiches vernascht. Etwas zu hastig und das hat sich gerächt.“

„Apropos hungrig. Hast du noch Zeit, mit mir zu frühstücken?“

„Die nehme ich mir einfach. Ich habe gerade zehn Tage am Stück durchgearbeitet, da sollte es keine Rolle spielen, ob ich eine Stunde früher oder später an meinem Schreibtisch sitze.“

„Ich bestelle uns etwas aufs Zimmer. Wie wäre es mit ein paar Sandwiches?“, fragt er augenzwinkernd.

„Was auch immer du willst“, antworte ich.

„Kaffee oder Tee?“

„Kaffee.“

„Sonst irgendwelche besonderen Wünsche?“

„Ja. Dich.“

„Mich hast du doch schon am Haken.“

„Autsch“, sage ich lachend.

„Oh nein. Es ist ungewohnt, aber es tut kein bisschen weh, wenn du mir nicht gerade leidenschaftlich in den Po beißt."

Ich kichere.

„Das habe ich doch nur gemacht, damit du später an mich denkst."

„Das tu ich doch sowieso."

Er greift zum Telefonhörer.

„Gibt es in deiner Suite den Luxus einer zweiten Zahnbürste? Und hast du ein wenig Gesichtscreme für mich?", will ich wissen.

„Das findest du alles im Badezimmer. Aber bitte noch nicht duschen. Das Vergnügen, dich einzuseifen, überlässt du bitte mir", fordert er mich grinsend auf.

„Diesen Wunsch kann ich dir nicht abschlagen."

Nach dem Frühstück, bei dem ich ihm erzählt habe, wie ich zu meinem Job im Hotel gekommen und dass ich jetzt arbeitslos bin, landen wir bei dem Versuch, uns voneinander zu verabschieden, doch wieder in Alejandros Bett.

Als wir endlich aufstehen, ist es schon später Vormittag. Obwohl ich nur sehr wenig geschlafen habe, bin ich voller Energie. Das ist gut so, denn ich will schnell meine Arbeit hinter mich bringen, um frei für Alejandro zu sein.

„Ich treffe mich jetzt gleich auf einen Kaffee mit Marisol, Enrique und unseren engsten Verwandten. Kommst du bitte vorbei, um dich vom Brautpaar zu verabschieden? Sie fliegen danach in ihre Flitterwochen."

„Wird dein Vater auch dabei sein?"

Sein Blick verdunkelt sich.

„Wie ich ihn kenne, ist er schon abgereist und sitzt an seinem Schreibtisch."

„Bereust du, was du ihm gestern an den Kopf geworfen hast?", frage ich.

„Nein! Es war kein spontaner Entschluss, sondern höchste Zeit, mich von seiner Diktatur zu befreien."

„Kannst du mit den Konsequenzen wirklich leben? Ich meine ... dein überraschender Sinneswandel ... Ich finde wunderschön, was mit uns passiert ist, aber ..."

„Aber?"

„Dein Verhalten mir gegenüber hat sich so abrupt von arrogant und kalt in liebevoll und zärtlich verwandelt."

Er sieht mich eine Weile nachdenklich an. Voller Ungeduld warte ich darauf, dass er mir erklärt, was in ihm vorgeht.

„Ich verrate dir jetzt etwas sehr Persönliches über mich", sagt er und ich halte den Atem an, weil ich ahne, dass etwas Wichtiges folgt. „Meine Arroganz war immer nur eine Maske, damit niemand merkte, wie sehr ich mich von meinem Vater bestimmen ließ. Als du in mein Leben kamst, war der Moment gekommen, endlich damit Schluss zu machen. Die seit so vielen Jahren unterdrückten Gefühle haben mich regelrecht überrannt. Deshalb konnte ich gar nicht anders, als ihnen nachzugeben."

Ich nehme seine Hände und drücke sie.

„Weißt du eigentlich, wie schön es ist, das aus deinem Mund zu hören?", frage ich leise.

„Ich meine jedes Wort so, wie ich es gesagt habe."

„Und ich glaube dir. Jedes einzelne Wort."

„Danke, das weiß ich sehr zu schätzen", antwortet er und küsst mich zärtlich.

„Wie soll es jetzt mit uns weitergehen, Alejandro?"

„Lass uns das bitte besprechen, nachdem wir unsere Verpflichtungen hinter uns gebracht haben, ja? Dann haben wir alle Zeit der Welt."

Ich nicke zustimmend.

„Rufst du mich kurz an, wenn die Luft rein ist und ich kommen kann, um mich von den Brautleuten zu verabschieden?"

„Die Luft rein?", fragt er grinsend. „Du willst meinen

Verwandten aus dem Weg gehen? Ich beneide dich darum, dass du diese Option hast."

„Du wirst es sicher überleben", tröste ich ihn und verabschiede mich mit einem Kuss.

An der Tür bleibe ich kurz stehen.

„Und Alejandro, was ich dir noch sage will ..."

„Was denn?"

„Ich werde für dich da sein, wann immer du mich brauchst."

Mit ein paar Schritten ist er bei mir und nimmt mich in seine Arme.

„Das bedeutet mir viel, Liebes. Und jetzt geh, damit du schnell wieder zu mir kommen kannst."

Glücklich lächelnd schwebe ich über das Treppenhaus nach unten und husche in den Personalraum, um meine Businesskleidung anzuziehen.

Heute ist mein letzter Tag!, denke ich und obwohl ich durch diesen Job mein Glück gefunden habe, bin ich doch ein wenig traurig, als ich mich an den Schreibtisch setze und in Windeseile meine Arbeit erledige.

Ich bin mit meiner Arbeit noch nicht ganz fertig, als Alejandro mich anruft, damit ich in Marisols Suite komme, um mich zu verabschieden.

Mein Herz klopft heftig, als ich mich auf den Weg nach oben mache. Ich werde gleich ihm und seiner Schwester gegenüberstehen. Nicht als Eventmanagerin, sondern als ...

Ja, als was eigentlich?, frage ich mich.

Als die neue Frau an seiner Seite?

Plötzlich überfällt mich wieder meine alte Angst. Er lebt in Spanien, ich in Deutschland. Was wird er tun, nachdem sein Vater ihn aus der Firma geworfen hat? Dass Alejandro mich – das Nichts – einer millionenschweren Erbin vorgezogen hat, wird sicher ein unangenehmes Nachspiel für ihn haben.

Trotz seines Geständnisses von heute Morgen befürchte ich, er könnte seine Entscheidung bereuen, sobald ihm bewusst wird, was er alles verliert.

Mit einem Schlag fühle ich mich ernüchtert. Ich trete aus dem Aufzug und bleibe erst einmal stehen.

Jetzt reg dich mal ab, Vivien!, ermahne ich mich.

Was hat jemand von der Aussicht auf ein riesiges Vermögen unter der Bedingung, gehorsam den Anordnungen seines Vaters folgen zu müssen, wozu auch gehört, sich lebenslang an eine Frau zu binden, die er nicht liebt? Und das nur, um noch sehr viel mehr Geld anzuhäufen?

Ist so ein Mensch nicht bettelarm?

Ich atme tief ein und aus. Dann beschließe ich, mich auf das zarte Band, was zwischen Alejandro und mir in dieser kurzen Zeit bereits entstanden ist, zu verlassen.

Derart innerlich gestärkt, gehe ich die paar Meter zur Suite und klopfe an. Sofort wird die Tür aufgerissen und Alejandro steht vor mir und strahlt mich erfreut an.

„Da bist du ja“, sagt er wieder.

Ich atme auf und beschließe, meine verdammte Angst endgültig zu begraben.

„Ja, da bin ich“, wiederhole auch ich meine Worte und lächle ihn ebenfalls an.

„Vivien! Wie schön, dass du dich von deiner Arbeit losreißen konntest“, begrüßt mich Marisol und schließt mich in ihre Arme. „Ich begrüße dich ganz herzlich in unserer Familie“, sagt sie leise. „Du wirst meinem Bruder sehr guttun.“

„Danke, liebe Marisol. Du glaubst gar nicht, wie viel mir deine Worte bedeuten“, antworte ich.

Ich höre, wie ein Korken knallt.

„Lasst uns darauf anstoßen, dass wir eine sehr schöne Hochzeit erlebt haben“, fordert uns Señor Mendez auf. „Und diese wunderschöne und liebenswerte Frau nun für immer zu mir gehört."

Mit Besitzerstolz legt er den Arm um Marisol.

„Auf ein Leben voller Freude und Glück", wünsche ich den beiden und stoße mit ihnen an.

„Auf meine Schwester und den Mann, den sie liebt", sagt Alejandro.

„Auf das Leben und die Liebe!", schließt sich Marisol mit vor Glück geröteten Wangen an.

~

„Ich danke Ihnen sehr für Ihre hervorragende Arbeit", sagt Señor Pérez, als ich in seinem Büro bin, um mich von ihm zu verabschieden. „Auch im Namen von Señor Kaltenbach."

Señor Kaltenbach?, frage ich mich.

Dann fällt mir ein, dass er damit nur Álvaro meinen kann.

„Es hat mir große Freude gemacht", antworte ich erleichtert.

Ich hatte schon befürchtet, er könnte bemerkt haben, was zwischen Alejandro und mir geschehen ist.

„Wenn es auch ein wenig ungewöhnlich war, dass sie am Tisch des Brautpaares gesessen und mit unserem Kunden getanzt haben."

Ah ja. Nun kommt doch noch eine Rüge.

„Señora Mendez hatte mich dazu eingeladen und Señor Salazar hat darauf bestanden. Wie hätte ich Ihre Kunden mit meiner Ablehnung brüskieren können?", verteidige ich mich.

„Sie haben das richtig gemacht, Señorita Hallberg. Ihr Honorar hat meine Sekretärin Ihnen bereits überwiesen und ein Dankesschreiben bekommen Sie auch noch von uns. Es wird später in Ihrem Zimmer liegen. Und nachdem nun Ihr Teil unserer Vereinbarung erledigt ist, darf ich Ihnen Ihre Zimmerkarte überreichen. Wir freuen uns, Sie für eine Woche als Gast in unserem Haus begrüßen zu dürfen, damit Sie Ihren

Urlaub bei uns zu Ende führen. Ihnen stehen sämtliche Annehmlichkeiten unseres Hotels zur Verfügung."

Mit einem dankbaren Lächeln nehme ich die Karte entgegen.

„Es ist mir eine große Ehre, Señor Pérez", antworte ich. „Sowohl für ein Hotel wie Ihres gearbeitet zu haben als auch Ihr Gast sein zu dürfen."

„Sehr gerne", antwortet er und ich sehe ihm an, dass er mit seinen Gedanken bereits beim nächsten Thema ist.

„Darf ich noch fragen, wie es Señor Gonzales geht?"

„Er ist auf dem besten Weg zur Genesung. Ich wünsche Ihnen einen angenehmen Aufenthalt."

Damit bin ich entlassen.

Ein letztes Mal betrete ich den Personalraum und nun spüre ich nichts als Erleichterung, als ich meine eigene Kleidung anziehe, den Businessanzug in den Spind hänge und den Raum wieder verlasse, um in der Tiefgarage meinen Koffer zu holen und an der Rezeption den Autoschlüssel abzugeben.

Ich gehe hoch in mein neues Zimmer im ersten Stockwerk. Hier sieht es so ähnlich aus wie in der Suite, aber natürlich ist es sehr viel kleiner und statt aufs Meer schaue ich auf die Berge.

Obwohl ich es kaum erwarten kann, Alejandro zu sehen, hänge ich schnell noch meine Kleider auf. Doch dann eile ich über die Treppe nach oben und klopfe an seine Tür.

„Da bist du ja", sagt er auch jetzt wieder. „Endlich!"

Er schließt mich in seine Arme und küsst mich und alle Anspannung, die heute in mir war, fällt nun endgültig von mir ab.

Ja, da bin ich!, denke ich, *und ich habe nicht vor, wieder zu gehen.*

Nachdem wir uns ausgiebig geliebt haben, beschließen wir, nach draußen zu gehen, um Sonne und Meer zu genießen.

„Leider führe ich trotz meines Reichtums kein Jetset-Leben, sondern sitze täglich viele Stunden an meinem Schreibtisch, oft auch am Wochenende. Aber das wird sich jetzt ändern", erklärt er, als wir am Strand spazieren gehen und unsere nackten Zehen in den Sand bohren.

„Wie wird dein Leben jetzt aussehen?", mache ich einen Vorstoß.

Er bleibt stehen, lässt seine Schuhe fallen und nimmt mein Gesicht zwischen seine Hände.

„Ich will es gemeinsam mit dir führen."

Fragend sieht er mich an.

„Willst du das auch?"

„Ja, ja und noch mal ja!", antworte ich glücklich. „Wir kennen uns zwar kaum, aber es fühlt sich für mich absolut richtig an. Für dich würde ich alles hinwerfen."

So wie er es getan hat ...

„So geht es mir auch. Diese Gefühle, die du in mir geweckt hast ... sie reißen mich aus meiner alten Welt, in der nur Erfolg und Geld etwas gezählt haben. Doch nun ist alles anders. Ich genieße es, mit dir zusammen zu sein. Jede Minute mit dir. Jede Sekunde. Du bist das Beste, was mir passieren konnte."

„Ach, Alejandro ... Haben wir ein Glück, dass wir uns hier begegnet sind. Und das alles nur, weil ich meinen Job verloren habe, neben meinem Hotel eine Baustelle ist und ich deshalb in die Bar del Sol geflüchtet bin, der Besitzer der Bar erfahren hat, was ich beruflich mache und der arme Señor Gonzalez einen schlimmen Autounfall hatte. Hätte auch nur ein Faktor gefehlt, wären wir uns niemals über den Weg gelaufen."

„Wenn das Schicksal es will, werden die Weichen entsprechend gestellt."

Erschrocken sieht er mich an.

„Was ist denn?", frage ich.

„Ich erkenne mich selbst nicht wieder. Jetzt habe ich mich auch noch in einen Romantiker verwandelt!“

Ich muss lachen, weil seine Worte so entsetzt klangen.

„Glaube mir, das tut nicht weh. Du wirst dich sicher schnell daran gewöhnen“, beruhige ich ihn.

„Wir sind jetzt beide frei und können tun und lassen, was wir wollen.“

„Du hast sicher schon eine Idee, was das sein könnte.“

„Was hältst du davon, wenn wir uns zuerst einmal gegenseitig unsere Heimat zeigen? Lass uns Zeit auf dem Festland verbringen und wenn es dort zu heiß wird, fliegen wir nach Deutschland.“

Mit dem guten Gefühl, erst einmal genug Geld für die Miete und meinen Lebensunterhalt auf dem Konto zu haben, nicke ich.

„Lass uns das Leben und unsere Liebe genießen“, sagt er.

Unsere *Liebe* ...

„Danach entscheiden wir, was wir tun. Vielleicht gründe ich eine neue Firma oder wir eröffnen zusammen eine Eventagentur oder wir machen beides“, schlägt er vor und lacht befreit.

„Können wir uns das leisten? Jetzt, da wir beide keine Anstellung mehr haben.“

Für meine Frage ernte ich ein erneutes Lachen.

„Auch wenn ich kein Milliardenunternehmen übernehmen werde, stehen uns trotzdem alle Türen offen. Wir werden garantiert nicht sparen oder gar hungern müssen. Apropos hungern ... Was hältst du davon, wenn wir etwas essen?“

„Oh ja, sehr gerne. Und weißt du, wohin ich jetzt am liebsten mit dir gehen will?“

„Verrate es mir.“

„In die Bar del Sol!“

„Dann machen wir das. Du willst sicher deinem Freund David erzählen, was inzwischen passiert ist. Stimmt`s?“

„Ja, das will ich“, gestehe ich ein wenig verschämt. „Und bei ihm und Javier will ich mich noch mal dafür bedanken, dass sie den Stein mit dem Job im Hotel ins Rollen gebracht haben."

„Und ich will *dir* danke sagen."

„Wofür denn?"

„Dafür, dass es dich gibt und du mein Leben so verändert hast."

„Das war nicht ich. Das war die Magie dieser Insel."

„Damit könntest du recht haben. Und jetzt küss mich, bevor wir deine Freunde besuchen gehen."

„Küss mich, wie du noch nie eine Frau geküsst hast", wiederhole ich seine Bitte von heute Nacht.

Und das tut er dann auch. Oh ja, das tut er ... denn ich spüre Liebe.

War es das schon?
Nein, es gibt noch ein spannendes Extra!

Wenn einem ein Buch gefällt, eilt man durch die Zeilen und weiß gleichzeitig, dass das Ende dadurch umso schneller erreicht ist ...

Du (ich hoffe, es ist in Ordnung, wenn ich dich einfach duze) bist jetzt am Ende angelangt, aber kannst dich noch nicht so ganz von Vivien & Alejandro trennen?

Dann habe ich hier eine Überraschung für dich, denn es gibt noch ein **kleines Extra, in dem du erfährst, wie es den beiden einige Zeit später geht:** Welchen beruflichen Weg haben Vivien & Alejandro eingeschlagen und wie ist das Verhältnis zu Alejandros Vater?

Schreibe mir einfach. Entweder per M*ail – die Adresse findest du ein Stückchen weiter unten – oder bei Facebook und dann schicke ich dir das (natürlich kostenlose!) Extra zu. **Übri-**

gens gibt es auch Extras für Band 3-9, falls du diese ebenfalls gelesen hast.

Diesem Buch wird im Mai ein **Band 11** folgen: **Schicksalsküsse auf Mallorca.** Wenn du über das genaue Erscheinungsdatum informiert werden willst, schreibe mir bitte. **Hier ist meine Mail-Adresse: Cleo_Lavalle@yahoo.de**

Vielleicht hast du ja auch Lust, **über Neuerscheinungen, Gewinnspiele** und **andere Aktionen** informiert zu werden? Dann **abonniere** bitte meinen **Newsletter.**

Dazu musst du nur auf diesen Link drücken und schon bist du auf der richtigen Seite und kannst dir als Dankeschön ein **kostenloses Buch** herunterladen: https://cleo-lavalle.xtme.de/

ACHTUNG:

Es kommt immer wieder vor, dass meine Mail an eine Leserin wieder zurückkommt. Ich finde das sehr schade, denn ich habe dann keine andere Möglichkeit, mit ihr Kontakt aufzunehmen. Es passierte auch schon, dass eine Mail an meine Adresse nicht ankam. Solltest du also innerhalb von max. 2 Tagen keine Antwort von mir bekommen, schreibe bitte hierhin: Helga.Baureis@t-online.de

Aber bitte wirklich nur in diesem Fall, denn dort rufe ich meine Mails nur alle paar Tage ab.

Weitere interessante Infos für dich!

Leseproben

Willst du in meine anderen Bücher reinschnuppern? Dann schicke ich dir gerne **Leseproben** zu. Natürlich auch zu den Büchern, die ich unter den Namen **Charlotte Love, Anabelle Wildbuch** und **Ann Wilde** geschrieben habe, die du weiter hinten in dem Buch findest: **Cleo_Lavalle@yahoo.de**.

Freundschaftsanfrage bei Facebook

Ich liebe es, mit meinen LeserInnen in Kontakt zu sein. Hast du Lust? Dann schicke mir bitte eine **Freundschaftsanfrage** bei **Facebook** an Cleo Lavalle.

Ich habe dort auch eine Gruppe für meine Lieblingsleserinnen. Schreibe mir, dass du dabei sein willst, dann füge ich dich sehr gerne hinzu.

Rezension

Hast du Lust, eine **Rezension** zu **schreiben**? Sie darf auch ganz kurz sein. Als Dankeschön **verlose** ich regelmäßig eine **Printausgabe**, einen **Schal aus Mallorca** oder ein **Armbändchen aus Mallorca**. Bitte schreibe mir, unter welchem Namen du eine Rezension geschrieben hast, dann bekommst du ein Los: **Cleo_Lavalle@yahoo.de**

Weitere Bücher

Blättere bitte weiter. Dann findest du meine anderen Bücher.

Kleines Extra

Das Buch ist zu Ende, aber du willst noch ein bisschen mehr? Dann schreibe mir: **Cleo_Lavalle@yahoo.de** und ich schicke dir noch das das kleine Extra.

Alles Liebe, danke, dass du das Buch gelesen hast und bis bald, deine Cleo

FRÜHLINGSKÜSSE AUF MALLORCA

Sonne, Strand und Meer. Was will man mehr, wenn man verliebt ist und mit einem sexy Kerl auf der Bühne steht ...

Pauline ist glücklich! Ihr größter Wunsch hat sich erfüllt: Sie darf hauptberuflich Sängerin sein und mit der Band ihres Freundes in einem Clubhotel auf Mallorca auftreten.

Es gibt jedoch zwei Dinge, die ihr ordentlich gegen den Strich gehen: Ihr Freund steht vor den anderen Musikern nicht zu ihrer Liebe und die Leadsängerin drangsaliert sie, wo sie nur kann. Als Backgroundsängerin hat Pauline nämlich nichts zu melden.

Als sie völlig frustriert in der Bar del Sol landet, überschlagen sich die Ereignisse. Sie bekommt ein Angebot, das ihr nicht nur eine geniale Möglichkeiten als Sängerin eröffnet, sondern auch ihr Herz schneller schlagen lässt. Pauline spürt: An diesem magischen Ort könnte sich ihr Leben komplett verändern. Aber wird sie sich auch trauen?

Wie immer spielen Zara & Javier eine wichtige Nebenrolle. Und das nicht nur, weil sie eine Finca kaufen und eifrig damit beschäftigt sind, schwanger zu werden. Für Pauline schlüpft Zara auch noch in die Rolle des rettenden Engels.

WINTERKÜSSE AUF MALLORCA

„Dieser Ort ist magisch! Er lässt deine geheimsten Träume wahr werden ...“

Aus Liebeskummer flüchtet Zara in der Vorweihnachtszeit nach Mallorca. Dort wartet die Bar del Sol, das Erbe ihrer geliebten Großmutter, darauf, von ihr weitergeführt zu werden. Sie trifft auf Javier, einen attraktiven Lebenskünstler, der ebenfalls auf dem Grundstück wohnt. Mit seiner provokativen und unkonventionellen Art bringt er Zara immer wieder auf die Palme.

Ziemlich schnell erkennt sie, dass es besser wäre, sich nicht in ihn zu verlieben, denn man sagt, er sei ein Frauenheld und Tagedieb. Kann Zara ihm widerstehen oder wird sie wieder leiden?

Javier scheint sich aus seinem schlechten Ruf nichts zu machen. Liegt das daran, dass sich hinter seiner leichtlebigen Fassade ein Geheimnis verbirgt, das nur er kennt?

Eine spritzige und humorvolle Liebesgeschichte zwischen zwei – oder eigentlich drei – Menschen, die nicht zueinander zu passen scheinen, verbunden mit **herzlichen Grüßen von Mallorca**, der vielleicht schönsten Insel der Welt.

SEHNSUCHT NACH MALLORCA

Gib niemals deine Träume auf …

Im kalten, grauen Winter in Deutschland träumt Claudia von Mallorca, ihrer Herzensinsel, die sie so sehr vermisst. Doch statt ihrer Sehnsucht nachzugeben, schuftet sie für einen tyrannischen Chef und verbringt ihre Abende alleine auf dem Sofa.

Ihre beste Freundin Kerstin kann das nicht mehr mit ansehen und schenkt ihr einen ungewöhnlichen Adventskalender, der sie ordentlich auf Trab hält. Plötzlich gibt es in ihrem Leben gleich zwei interessante Männer und Claudia tut Dinge, die sie sich früher niemals zugetraut hätte.

Ob sich ihr größter Traum doch noch verwirklichen lässt?

In diesem **Spin-off** erfährt die Leserin mehr über Claudia, die in **Weihnachtsküsse auf Mallorca** bereits einen Auftritt hatte und in **Sonnenküsse auf Mallorca** eine wichtige Rolle spielt. Es wird **witzig, romantisch und überraschend**!

SONNENKÜSSE AUF MALLORCA

Schicksalhafte Begegnungen auf der Sonneninsel!

Zara ist glücklich mit ihrem Javier. Dass sie endlich ihre Bar del Sol eröffnen kann, macht ihr Leben perfekt. Doch dann ziehen Eifersuchtswolken am Himmel der Liebe auf. Muss Zara um ihre Liebe bangen?

Daniela fliegt nach Mallorca, um ihren charmanten Chatpartner zu treffen. Weil ihre Freundin Susanne sie vor einer Dummheit bewahren will, reist sie kurzentschlossen mit. Doch wer passt auf, dass sie nicht selbst einen Fehler begeht?

Gentleman Greg sucht im Singleforum nach der großen Liebe. Ist der Traummann zu perfekt, um wahr zu sein?

Adrian ist undurchsichtig, sexy und der beste Beweis dafür, dass man Internet-Bekanntschaften nicht trauen darf. Was hat er zu verbergen?

Dieser Mallorca-Roman ist fesselnd, mit großen Gefühlen, atemberaubender Spannung und einem überraschenden Happy End.

LIEBESKÜSSE AUF MALLORCA

Eine hippe Strandbar auf Mallorca, fünf männliche Models und jede Menge Gefühlschaos

Charlotte: Als sie ihrem Freund den verdienten Tritt in den Allerwertesten verpasst, verliert sie Wohnung und Arbeit. Zum Glück (?) schickt ihre Freundin sie mit fünf attraktiven Models zum Fotoshooting nach Mallorca. Die Sache hat jedoch einen Haken: Um den Job zu kriegen, muss sie sich für etwas ausgeben, das sie gar nicht ist. Dummerweise macht ihr genau das einen Strich durch die Rechnung, als sie auf der Insel ihr Herz verliert.

Oliver: Dass Charlotte mit ihm Schluss macht, lässt er sich nicht gefallen. Um sie zurückzugewinnen, schreckt er auch vor fiesen Methoden nicht zurück. Wird er damit bei ihr durchkommen?

Die fünf männlichen Models: Einer schöner als der andere, aber leider nicht für Frauen gemacht. Trotzdem sorgt Alec bei Charlotte für reichlich Herzklopfen. Vor allem, als die beiden sich ein enges Hotelzimmer teilen müssen ...

Eine sehr witzige und freche Liebeskomödie voller Irrungen mit Happy End. Es fragt sich nur: Wer mit wem?

Natürlich gibt es ein Wiedersehen mit den Leuten von der Bar del Sol und vor allem mit **Zara & Javier**. Die Leserin darf sich auf eine **romantische Hochzeit, auf Sonne, Strand und Mee(h)r freuen ...**

SEHNSUCHTSKÜSSE AUF MALLORCA

Lag es am Himmel voller Sterne? Am Meeresrauschen oder den Hunderten von Kerzen?

Als Mara auf einer Strandparty einem attraktiven Fremden begegnet, kann sie seiner Anziehungskraft nicht widerstehen.

Doch kaum sitzt sie im Flugzeug nach Deutschland, schiebt sie die süße Erinnerung an ihren Flirt weit von sich. Niemals würde sie sich auf einen Womanizer einlassen!

Dann jedoch bittet ihre verliebte Freundin sie um einen Gefallen, der weit über einen Freundschaftsdienst hinausgeht. Wird Mara zustimmen und auf die Sonneninsel zurückkehren? Dorthin, wo sie erneut auf den Mann treffen könnte, dem sie in einem schwachen Moment fast nachgegeben hätte?

Im 5. Band der Mallorca-Küsse geht es wieder turbulent und romantisch zu. Natürlich wird es auch ein Wiedersehen mit dem Hochzeitspaar Zara & Javier und den Leuten aus der Bar del Sol geben.

Haben Sie Lust auf Sonne, Strand und Meer? Dann einfach oben auf ‚In den Einkaufswagen' klicken, um in gleich zwei stürmische Liebesgeschichten einzutauchen. Viel Spaß!

MEERESKÜSSE AUF MALLORCA

Sonne, Strand und Sturm der Liebe!

Lea: Was nach einem harmlosen Urlaub mit Verlobungsring im Champagnerglas aussieht, läuft plötzlich komplett aus dem Ruder. Das liegt nicht nur an dem Mann, den sie heiraten will, sondern auch an dem Mistkerl, der ihr immer wieder in die Quere kommt.

Statt Sonne, Strand und Meer zu genießen, rutscht sie von einer brenzligen Situation in die nächste.

Wird es einen Retter für Lea geben?

Alexander, attraktiv und erfolgreich: Ein Traummann, an dessen Seite sie ein sicheres Leben in Luxus führen könnte.

Oder **Chris, mysteriöser und unverschämter Mistkerl** mit dunklem Geheimnis, der auf seinem Segelboot über das Mittelmeer schippert?

Natürlich gibt es auch in diesem Band ein **spannendes Wiedersehen mit Zara & Javier** sowie den anderen Leuten aus der **Bar del Sol.**

Bitte anschnallen! Es wird so richtig turbulent und emotional auf der traumhaften Sonneninsel Mallorca. Dieses Buch ist in sich abgeschlossen!

STRANDBARKÜSSE AUF MALLORCA

Nele hat eine Mordswut im Bauch!

Einer dieser skrupellosen Profitgeier hat ihr alles genommen, was sie liebte. Als sie ihre Verzweiflung in Tequila ertränkt, endet der Abend im Bett eines Fremden.

Während sie verbissen nach einem neuen Job sucht, schickt ihr der Himmel die Rettung: einen lukrativen Auftrag, der sie auf die Sonneninsel Mallorca bringt.

Der gut aussehende, sympathische Bauleiter und die traumhafte Bar del Sol, das türkisblaue Meer und der warme Sand bringen sie schnell auf andere Gedanken.

Es läuft für Nele. Auch in der Liebe.

Bis plötzlich Dinge ans Licht kommen, die sie erneut in ein Gefühlschaos stürzen.

Wird sie von der Insel fliehen? Nicht, wenn das Schicksal seine Finger im Spiel hat ...

STERNENKÜSSE AUF MALLORCA

Wenn das Herz spricht, hat der Verstand zu schweigen ...

Zara & Javier: Endlich! In wenigen Tagen geht es auf Hochzeitsreise in die Karibik. Dieses Mal wird und darf nichts dazwischenkommen. Doch dann wird in der Nachbarbucht überall eingebrochen und keiner ihrer Freunde hat über Weihnachten Zeit, den Housesitter zu spielen. Müssen sie ihre Reise wirklich abblasen?

Bea: Per Zufall erfährt sie, dass ihre Mutter sie jahrelang belogen hat! Nun weiß sie endlich, wieso sie diese unbestimmbare Sehnsucht in sich spürt. Die Suche nach der Wahrheit führt sie nach Mallorca. Schon in der ersten Nacht hört sie, wie sich jemand an der Eingangstür zu schaffen macht. Zuerst rutscht ihr das Herz in die Hose, dann greift sie zum Regenschirm. Ob sie sich damit gegen den Eindringling wehren kann?

Carlos: Illegale Hausbesetzer sind ein übles Pack und eine richtige Plage auf der Sonneninsel! Als er eine von dieser Sorte im Schlafzimmer von Zara & Javier erwischt, ruft er die Polizei. Wird Bea seine Wiedergutmachung annehmen oder ihn zum Teufel jagen?

WEITERE BÜCHER VON CLEO LAVALLE

Aller guten Männer sind 3 (Kindle Top 10 Bestseller)

2 Männer sind auch keine Lösung (Bild-Bestseller)

1 Mann macht noch keine Liebe (Mallorca-Roman)

Küss mich, wenn es Liebe ist (Mallorca-Roman)

Küsse aus Mallorca, Sammelband

Märchenprinzenküsse

Ein Weihnachtsmann, ein Bad Boy und die große Liebe

Engel im Spitzenhöschen

Das hält keine 3 Wochen

5 Single Millionäre & ICH (Reihe in 4 Bänden)

Alle Bücher der Autorin gibt es als eBook und gedruckt bei Amazon!

BÜCHER VON CHARLOTTE LOVE

Als **Charlotte Love** schreibt die Autorin historische Liebesromane:

Violet und der Duke: Verbotene Küsse

Ein Lord für Penelope: Heimliche Küsse

Zwei Lords für die Lady: Sehnsuchtsvolle Küsse

Ein Lord für eine Nacht: Geraubte Küsse

Der Duke und die widerspenstige Lady: Theater der Liebe

Der Lord und die Schwindlerin: Theater der Liebe

Dark Lords of London: Teuflisches Spiel (Band 1)

Dark Lords of London: Skrupelloses Spiel (Band 2)

Dark Lords of London: Betörendes Spiel (Band 3)

Tag für Tag durchs ganze Jahr mit Charlotte Love: Kalender-/Geschenkbuch

BÜCHER VON ANN WILDE

Als **Cleo Lavalle** und **Ann Wilde** veröffentlicht die Autorin freche Romane mit spritzigen Dialogen und sehr prickelnden Szenen:

Only for 3 Days

Only for 5 Days

Only for 3 Nights

Als **Ann Wilde** veröffentlicht die Autorin Liebesromane mit sehr prickelnden Szenen:

Dark Romance: Channing

Dark Romance: Rivalen

Dark Play

BÜCHER VON ANABELLE WILDBUCH

Als **Anabelle Wildbuch** veröffentlicht die Autorin Liebesromane mit sehr prickelnden Szenen:

Bad Boss Love (Keine Reihe)

Bad Boss Secret (Keine Reihe)

Bad Boss Games (Keine Reihe)

Bad Boss Dating (Keine Reihe)

Bad Xmas Games (Folgeband von Bad Boss Games)

Bad Boss Christmas (Keine Reihe)

Dark Lovers of Chicago. Böses Spiel (Keine Reihe)

Dark Lovers of Chicago. Tödliches Spiel (Keine Reihe)

Dark Lovers of Chicago. Gefährliches Spiel (Keine Reihe)

Wer sagt denn, dass es Sünde ist? (Band 1)

Wer sagt denn, dass es Liebe ist? (Band 2)

Wer sagt denn, dass es Schicksal ist? (Band 3)

DANK

Liebe **Claudia Lenger**: Danke, dass du auch bei diesem Buch wieder mit dabei warst und dich für mich auf Fehlersuche gemacht und mir Hinweise gegeben hast. Ganz lieben Dank!

Lieber **Frank R. Burger**: Du bist jetzt schon so lange an meiner Seite, um meine Texte zu lesen und mich in deiner freundlichen Art auf das eine oder andere hinzuweisen, das man ein wenig schöner formulieren könnte. Besten Dank!

Liebe **Steffi Freyer**: Auch du hast mich bei fast allen Büchern begleitet und achtest mit deinem Fachwissen darauf, dass ich zum Beispiel manche Wörter nicht zu häufig verwende oder die Namen meiner Protagonisten nicht miteinander verwechsle. Herzlichen Dank!

Liebe **Anja Stöber**: Wie immer hast du am Ende doch noch den einen oder anderen Rechtschreibfehler im Text gefunden. Schönen Dank!

Lieber **Johannes Zum Winkel**: Wie immer hast du mich mit deiner Fachkenntnis beraten. Danke für alles.

Liebe Leserinnen und Leser: Ich freue mich riesig, dass ihr die Geschichte von Vivien & Alejandro sowie Zara & Javier gelesen habt!

Im Mai kommt ein neuer Mallorca-Küsse-Roman. Bitte

schreibt mir, wenn ich euch informieren soll oder ihr das kleine Extra haben wollt: Cleo_Lavalle@yahoo.de

UND/oder abonniert einfach meinen Newsletter, dann bekommt ihr ein Buch geschenkt: https://cleo-lavalle.xtme.de/

Liebe Grüße und bis bald, eure Cleo

Impressum:

eBookFaktur
Heynestraße 33
90443 Nürnberg

Cover: © ePandora, Nürnberg
Bildnachweis Cover:
© ePandora, Nürnberg
Licensed by Stable Diffusion under General Commercial Terms

Printed in Poland
by Amazon Fulfillment
Poland Sp. z o.o., Wrocław

54652854R00173